묘사 진술 감정 수사

시인 수업

묘사 진술 감정 수사

© 조동범

초판 1쇄 인쇄 | 2023년 09월 01일
초판 1쇄 발행 | 2023년 09월 06일

지은이 | 조동범
발행인 | 강영란
편집 | 박관용, 권지연
디자인 | 트리니티
마케팅 및 경영지원 | 이진호

펴낸곳 | 슬로우북
주소 | 서울시 충무로 3가 59-9 예림빌딩 402호
전화 | 대표 (02)517-2045
팩스 | (02)517-5125(주문)
이메일 | atfeel@hanmail.net

홈페이지 | https//blog.naver.com/feelwithcom
페이스북 | https//www.facebook.com/publisherjoy
출판등록 | 2006년 7월 8일

ISBN 979-11-92794-27-3(03800)

시인 수업

묘사 진술 감정 수사

조동범 지음

시를 읽고 싶은 당신에게
시를 쓰고 싶은 당신에게

 슬로우북

prologue

시를 쓰는 당신에게

시를 써온 시간과 마음을 이 자리에 놓는다. 그리고 시를 쓰고자 하는 누군가의 마음을 헤아리려 오랫동안 품어온 시의 이야기를 들려주려 한다. 아직도 시가 무엇인지 정확히 알 수 없지만 시를 말하는 시간은 언제나 따뜻하고 행복하다. 이 책은 시를 쓰는 방법에 대한 것이라기보다 시적인 것을 건져 올리는 마음에 대한 것이다. 시의 언어를 다루고 있지만 시를 쓰는 사람의 마음에 가닿고 싶었다. 시를 쓰고자 하는 이들과 함께 시를 나누는 시간을 공유했으면 좋겠다.

이 책은 묘사, 진술, 감정, 수사 등의 내용으로 구성되어 있다.

묘사는 시를 쓸 때 가장 중요하게 언급되는 방법론이다. 시를 이미지의 산물이라고 한다거나, 시인을 '바라보는 사람'이라고 하는 말은 묘사의 중요성에서 나온 것이다. 그런 만큼 많은 이들이 좋은 묘사를 하고 싶어 한다. 하지만 그것은 생각보다 쉽지 않다. 묘사와 설명을 구분하지 못하거나 상투적인 이미지에 갇히는 경우가 많기 때문이다. 〈묘사〉 편에서는 우리에게 익숙한 서경적 묘사는 물론이고 낯설게 다가오는 심상적 묘사를 알기 쉽게 설명했다. 그뿐만 아니라 영상조립시점을 통해 전위적인 작품을 이해하고 창작하는 데 도움이 되도록 했다. 현대시의 난해함을 이해하는 데에도 도움이 될 것이다.

진술은 가장 많이 오해하는 시 언어이다. 흔히 시인의 생각과 감정, 느낌 등을 직접 말하는 것을 진술로 잘못 생각하는 경우가 많다. 〈진술〉 편에서는 비유와 상징으로 기능하는, 우회적인 표현으로서의 진술이 무엇인지 설명했다. 시적 진술을 통해 더욱 깊이 있는 시적 사유의 세계에 가닿을 수 있을 것이다.

〈감정〉 편에서는 감정과 연계하여 화자의 문제까지 다뤘다. 감정의 과잉은 시를 처음 쓰는 이들만 저지르는 오류가 아니다. 오랫동안 시를 써온 경우에도 감정을 절제하지 못하는 경우가 많다. 시의 기본은 감정의 절제라고 해도 과언이 아니다. 감정을 절제하지 못하면 제대로 된 묘사와 진술을 할 수 없다. 문학과 예술을 이해하고 감상하는 데에도 감정에 대한 이해는 필수적이다. 시는 감정에서 시작한 이후 언어로 제시된다. 따라서 감정을 제대로 다뤄야 좋은 시를 쓸 수 있다.

〈수사〉 편에서는 이론적인 수사법 대신 실제 시 쓰기에 도움이 되는 창작 방법론을 설명했다. 시의 언어가 실제로 작동하는 사례를 통해 시를 구축하는 방법을 파악할 수 있을 것이다.

『묘사 진술 감정 수사』를 통해 많은 분이 시의 세계와 만나게 되었으면 좋겠다. 이 책의 씨앗이 된 『묘사』와 『진술』은 권혁웅의 『환유』, 정끝별의 『패러디』, 구모룡의 『제유』, 엄경희의 『은유』 등과 함께 출간한 '시인 수업' 시리즈의 일부로 그동안 독자들의 많은 사랑을 받았다. 출판사의 사정으로 절판되어 아쉬웠는데 슬로우북 출판사의 후의로 개정증보판을 내게 되었다. 『묘사』와 『진술』을 합하여 시 언어를 한눈에 파악할 수 있도록 했고, 여기에 〈감정〉, 〈수사〉 편을 추가하여 시와 시 창작 방법론 전반을 이해할 수 있도록 했다. 시를 이해하고 쓰는 데 실제로 도움이 될 수 있는 시 창작 이론과 방법론을 중심으로 구성했다.

돌아가신 스승을 생각한다. 오규원 선생님. 이 책은 오규원 선생님이 아니었으면 세상에 나오지 못했을 것이다. 이 책은 선생님과 함께했던 지난날의 기록이기도 하다. 안경 너머에서 빛나던 선생님의 눈빛과 명동, 남산, 연구관 등의 공간이 떠오른다. 곁에서 선생님을 모실 수 있었던 건 내게 큰 행운이었다. 스무 살의 내 시를 처음 호명해준 것도 선생님이었고 나의 시론과 창작 방법론을 갖게 된 것도 선생님 덕분이다.

이 책을 읽는 모든 이들이 시의 언어와 함께하기를 기원한다. 묘사와 진술, 감정과 수사를 통해 저마다 담고 있는 시와 만났으면 좋겠다. 고정관념을 접어두고 이 책을 따라간다면 좋은 시와 만날 수 있을 것이다. 하지만 이 책을 읽으려는 마음만으로도 시에 대한 마음은 충분하다고 생각한다. 당신이 시를 쓰고자 마음먹었다면 이미 시의 자리에 놓인 사람이기 때문이다. 부디 좋은 시의 영토에 당도하기를 바란다.

2023년 여름
조동범

contents

감정

수사 ㅡ

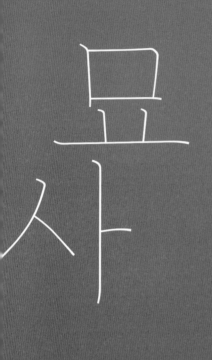

—   묘사의 새로움과

시적 새로움

시를 쓴다는 것은 시적 대상의 이면에 감춰진 의미와 사유를 통해 우리의 삶과 세계를 탐문하는 일이다. 이때 시는 시적 대상을 재현한 기표 안에 기의를 감춤으로써 우회적 양상의 언술 양식을 전면에 내세우게 된다. 따라서 눈앞에 펼쳐진 시적 이미지를 통해 시적 의지를 제시하는 묘사는 시적 언술의 중요한 표현 양상일 수밖에 없다. 묘사는 시적 대상이 드러내는 이미지를 구체화하며 감각화된 세계를 소환한다. 그리고 이렇게 소환된 묘사 안에 시인이 말하고자 하는 의지를 내재함으로써, 비유와 상징이라는 시적 구조를 수렴한다.

따라서 묘사는 그 자체가 시의 중요한 원리인 비유와 상징을 수용한다고 할 수 있다. 결국 시적 언술로서의 묘사는 시의 구성 원리와 본질에 가장 가까이 다가설 방법이기도 하다. 또한 시는 감각화된 세계를 통해 우리의 미의식을 자극하고자 하는 언어이다. 이때 감각적 세계를 드러내는 가장 중요한 요소가 바로 묘사이다. 묘사는 이미지를 통해 감각화된 세계를 제시하여 시에 감각적 특성을 부여한다. 그럼으로써 시는 우리의 감각과 감수성을 극대화하며 매혹적인 세계를 펼쳐놓는다.

묘사는 그 자체가 시적 의미를 형성하기도 한다. 시적 묘사는 단순히 겉으로 드러난 이미지로 한정되지 않는다. 시적 이미지는 시인의 의지에 따라 치밀하게 조직된 구조물이다. 따라서 시적 묘사는 감각과 사유 모두를 아우르며 유의미한 감수성을 제시하게 된다. 그런 점에서 묘사는 새로움의 언어이기도 하다. 새로운 시적 경향과 감수성은 등장할 때마다 여러 논쟁을 불러일으키곤 했다. 새로운 감수성이 우리 시에 긍정적인 역할을 했는지 아닌지는 저마다 생각이 다를 것이다. 한 가지 분명한 점은 새로운 시적 감수성이 우리 시의 스펙트럼을 확장했다는 점이다.

'묘사'를 통해 전통적인 시적 감수성과 구성 원리를 설명하고자 했을 뿐만 아니라, 새로운 시의 구성 원리와 감수성을 체계적으로 파악하고자 했다. 특히 심상적 구조와 영상조립시점을 통해 파편화된 최근 시의 구조와 양상을 밝히고자 했다. 아울러 서경적 구조의 새로움을 강조함으로써 상투성을 극복하게 하는 묘사의 방법론을 제시하기도 했다. 시를 쓰고자 하는 사람들이 가장 먼저 파악해야 하는 것은 묘사이다. 관념, 생각, 감정 등을 날것 그대로 표현하지 않고 시적 대상의 이미지를 묘사할 때 시적 세계는 펼쳐진다. 그동안 묘사를 다룬 여러 책이 있었지만, 묘사의 구조와 원리를 체계화시킨 책은 찾아보기 힘들었다. '묘사'를 통해 여러분이 매혹적인 시의 비밀에 다가갈 수 있었으면 좋겠다.

1. 묘사란 무엇인가

시적 언술과 묘사

시의 언어는 묘사와 진술로 이루어져 있다. 묘사는 가시적 세계인 이미지를 재현하여 시적 감각을 우리에게 전달하며, 진술은 시인의 음성을 통해 가청적 세계를 전달한다. 이때 묘사는 이미지를 통해 지배적인 인상을 드러내며 감각화된 세계를 보여주게 된다. 한편 진술은 시인이 전달하고자 하는 것을 청각에 기대어 들려주는 방식을 취한다. 시적 언술로서 묘사와 진술은 둘 다 중요하다. 하지만 시가 비유와 상징을 통해 시적 대상에 내재한 기의의 세계를 지향한다는 점에서, 이미지라는 기표 안에 기의를 감추는 묘사는 더욱 중요할 수밖에 없다.

묘사는 시적 대상을 이미지화하여 하나의 시적 정황을 완성한다. 이렇게 재현된 이미지는 그 안에 시적 의미를 감추고 있기 때문에 시적 비유와 상징으로 기능하게 된다. 따라서 묘사는 단순히 시적 대상의 이미지만 재현하는 것이 아니다. 겉으로 드러난 것은 묘사라는 기표이지만, 비유와 상징을 통해 기의를 감추고 있기 때문이다. 시적 대상을 묘사하는 것은 그것 자체로 비유와 상징이라는 시적 본질에 접근하는 것이기도 하다.

```
                (묘사)                    (미적 구조)
시적 대상 ──────────→ 시적 이미지 ──────────→ 작품
                (의도와 의미)
```

시적 대상은 묘사를 통해 시적 이미지로 재현된다. 그리고 이와 같은 시적 이미지에 미적 구조를 더하면 감각적인 묘사 유형의 작품이 된다. 이때 시인의 의도와 의미는 겉으로 드러나지 않으며, 작품에 표면화된 것은 묘사된 이미지일 뿐이다. 묘사는 원관념인 시인의 의도와 의미를 감춘 채, 그것을 대체하는 보조관념으로서의 시적 이미지를 내세우게 된다. 따라서 묘사는 그 자체로 상징과 비유로 기능하는 언술 양상이다. 이때 원관념인 시인의 의도와 의미는 보조관념인 시적 이미지와 매우 낯선 관계 속에 놓일 수도 있고, 어느 정도의 유사성을 띨 수도 있다. 분명한 점은 어떤 경우라도 묘사가 시의 중요한 기능을 담당하고 있다는 점이다.

길고 느린 하품과 게으른 표정 속에 숨어 있는 눈
풀잎을 스치는 바람과 발자국을 빈틈없이 잡아내는 귀
코앞을 지나가는 먹이를 보고도 호랑이는 움직이지 않는다
위장을 둘러싼 잠은 무거울수록 기분좋게 출렁거린다
정글은 잠의 수면 아래 굴절되어 푸른 꿈이 되어 있다
근육과 발톱을 부드럽게 덮고 있는 털은
줄무늬 굵은 결을 따라 들판으로 넓게 뻗어 있다
푹신한 털 위에서 뒹굴며 노는 크고 작은 먹이들
넓은 잎사귀를 흔들며 넘실거리는 밀림
그러나 멀지 않아 텅 빈 위장은 졸린 눈에서 광채를 발산시키리라
다리는 무거운 몸을 일으켜 어슬렁어슬렁 걷기 시작하리라
느린 걸음은 잔잔한 털 속에 굵은 뼈의 움직임을 가린 채

한번에 모아야 할 힘의 짧은 위치를 가늠하리라

빠른 다리와 예민한 더듬이를 뻣뻣하고 둔하게 만들

힘은 오로지 한 순간만 필요하다

앙칼진 마지막 안간힘을 순한 먹이로 만드는 일은

무거운 몸을 한 줄 가벼운 곡선으로 만드는 동작으로 족하다

굶주린 눈초리와 발빠른 먹이들의 뾰족한 귀가

바스락거리는 풀잎마다 팽팽하게 맞닿아 있는

무더운 한낮 평화롭고 조용한 정글

-김기택, 「호랑이」 전문

「호랑이」는 묘사된 기표를 통해 삶과 죽음이라는 기의를 제시한다. 따라서 「호랑이」는 호랑이와 초식동물 사이에 일어나는 상황만을 보여주는 것이 아니다. 「호랑이」에 등장하는 사냥의 순간은 삶과 죽음이라는 이미지를 재현하며, 사냥이라는 기표로부터 삶과 죽음이 전달하는 기의를 호명한다. 이처럼 묘사는 묘사된 이미지를 통해 시인의 의도와 의미를 감각화할 수 있다는 점에서 시적 상징과 비유라는 시의 본질에 가장 가까이 있는 언술 양상이다.

시인이 '죽음'을 이야기하기 위해 '죽음'을 직접 말하는 것보다 죽음의 구체적 국면을 이미지로 재현하는 것이 보다 더 시적인 언술 양상이다. 이를테면 '죽음은 고통스런 순간이다'라는 식의 직설적인 발화는 우리에게 별다른 감동을 주지 못한다. 하지만 '죽음'의 순간을 포착하여 그 이미지를 묘사한 경우, 직설적으로 이야기했을 때보다 더욱 깊은 울림을 줄 수 있다. 그뿐만 아니라 이와 같은

방식의 언술 양상은 이미지가 전달하는 미적 감각을 극대화할 수 있게 한다. 그리하여 이미지는 단순히 장면을 재현하는 차원을 넘어 지배적인 정황(dominant impression)[1]을 제시하는 수준에 이르게 된다.

또한 시의 언어는 기존의 언어 질서를 무너뜨림으로써 새로운 감각과 상상력을 제시하고자 한다. 이때 가장 중요하게 사용되는 언술 양상 역시 묘사이며, 그것은 감각적인 이미지를 통해 제시된다. 시는 묘사를 통해 "일상적으로 보아온 낯익은 사물에 난생 처음 본 듯 신선감"[2]을 부여함으로써, 시적 대상에 "신선감, 강렬성, 환기력"[3] 등을 제시한다. 이렇게 제시된 감각과 상상력은 기존 언어가 보여주기 힘든 시적 사유와 감정을 전달한다. 따라서 묘사는 대상의 새로운 감각과 상상력을 극대화시키는 중요한 시적 언술이다.

시적 언술로서의 묘사는 크게 서경적 구조와 심상적 구조, 서사적 구조로 분류된다. 이때 서경적 구조는 가시적(사실적) 세계를 재현하는 언어 문법을 차용한다. 반면 심상적 구조는 비가시적 세계를 이미지화함으로써 비현실적이고 환상적인 세계를 제시한다. 〈묘사〉편에서 집중적으로 다룰 내용은 서경적 구조와 심상적 구조이다. 그리고 서경과 심상 각각의 구조에 포함된 영상조립시점

---

1) 미적 인식을 제시하는 시적(예술적) 정황. 지배적인 정황에 대한 내용은 23~26쪽과 272~279쪽을 참조할 것.
2) 김준오, 『시론』, 삼지원, 2002(4판), 163쪽.
3) 위의 책, 같은 쪽.

을 따로 설명할 것이다. 서사적 구조는 묘사의 측면에서 설명하는 것보다 시의 서사가 만들어내는 구조적 특성과 체계성의 측면에서 설명하는 것이 효과적이기 때문에 〈수사〉 편에서 다뤘다. 서사적 구조는 서사라는 구조의 특성상, 이미지가 강조된 묘사보다는 시의 서사적 구조 양상과 체계성 같은 시의 구조적 완결성과 긴밀한 관계에 놓이기 때문이다.

가시적 묘사인 서경적 구조는 사실적 묘사가 주요한 특징이다. 그런데 서경적 묘사의 경우, 전형성을 띤 장면을 포착함으로써 상투성이라는 한계에 머무는 경우가 많다. 그 이유는 시지각 안에 들어온 주변의 익숙한 장면을 손쉽게 포착한 뒤, 그것을 별다른 고민 없이 시적 국면으로 사용하기 때문이다. 따라서 서경적 묘사는 관찰, 수사, 시선의 새로움 등 다양한 방법론을 통해 기존의 낡은 감수성과 감각을 탈피해야 한다. 그렇지 않을 경우, 진부함을 극복하기가 쉽지 않다.

심상적 구조는 마음으로 그리는 비가시적 이미지이다. 마음으로만 볼 수 있는 이미지이기 때문에 주관적 묘사의 성격을 띤다. 따라서 심상적 구조는 시인의 개성이 오롯이 드러나는 표현이기도 하다. 심상적 구조의 경우, 비가시적 이미지라는 특징 때문에 비현실적이고 환상적인 특성을 갖는다.

영상조립시점은 서경적 구조와 심상적 구조의 하위분류다. 그럼에도 영상조립시점을 따로 떼어 설명하는 이유는 영상조립시점을 형성하는 원리가 독특하기 때문이다. 영상조립시점은 서로 어울리지 않는 파편적 영상을 한데 모아 특별한 감각을 환기하는 창작 방법이다. 이때 영상조립시점이 제시하는 감각은 조립된 영상들의 단순한 합이 아니다. 영상조립시점으로 조립된 영상의 합은 새로운 감각을 창조하며 낯선 의미 구조를 형성하기도 한다.

시의 가장 중요한 언술 양상인 묘사를 파악하는 것은 시의 구성 원리를 파악하는 것과 다르지 않다. 특히 심상적 구조와 영상조립시점의 구성 원리를 통해, 최근 한국 시에 나타난 환상성과 전위적인 시적 경향은 설명 가능한 구조적 체계성을 획득할 수 있게 된다. 시의 언술 양상과 상징체계의 난해함은 근래에 더욱 강하게 나타나고 있다. 물론 이전에도 전위를 지향하는 다양한 방식의 작품이 있었다. 하지만 최근에 나타난 전위의 양상은 이전의 그것과 상당한 차이가 있다. 작품이 시인의 내면을 탐문하는 양상이 더욱 강조되었기 때문에 소통에 어려움을 겪는 경우가 다수 있었다. 그리고 이렇게 내면화된 언술 양상과 상징체계는 전위에 국한되지 않고 젊은 시인들의 작품을 중심으로 시단 전반에 광범위하게 나타나게 되었다. 따라서 심상적 구조와 영상조립시점은 새로운 시적 경향을 이해하는 데 유용한 창작 방법론이다.

물론 심상적 구조와 영상조립시점은 최근의 전위적인 작품에만 적용되는 한정적인 개념이 아니다. 또한 심상적 구조와 영상조립시점은 단순하게 언어를 전위적으로만 다루는 방법 역시 아니다. 이러한 창작 방법론은 서경적 구조만으로는 표현하기 힘든 시인의 내면을 제시할 수 있다거나, 시의 본질이라고 할 수 있는 '낯설게 하기'와 밀접하게 연관되어 있다는 점에서 매우 중요하다. 심상적 구조는 가시적 이미지 이외의 모든 비가시적 표현의 구성 원리를 설명하고, 영상조립시점은 파편화되어 분절되어버린 이미지가 하나의 세계로 구축되는 과정을 효과적으로 제시한다. 그럼으로써 서경적 구조 이외의 시에 드러난, 낯설게 구축되는 시적 언어와 구조에 논리적인 근거를 제시한다. 하지만 심상적 구조와 영상조립시점이 서경적 구조보다 우위에 있는 창작 방법론은 아니다. 오히려 서경적 구조는 묘사의 기본을 형성한다는 점에서 간과해서는 안 되는 매우 중요한 창작 방법론이다.

묘사는 아무리 강조해도 지나침이 없는 시적 언술이다. 서경적 구조와 심상적 구조 그리고 영상조립시점을 통해 재현되는 묘사가 시적 수사와 정황의 근간을 이룬다는 점은 명백하다. 시를 쓴다는 행위는 하나의 세계를 제시하는 것이다. 그리고 이때 제시되는 시적 세계는 이미지를 통해 구체적인 시적 정황을 드러내는 것이다. 물론 진술 역시 중요한 시적 언술이다. 하지만 습작기에 있는 이들이 처음부터 시적 진술을 능숙하게 사용하는 것은 쉽지 않다. 그 이유는 시적 진술과 직설적인 언술의 차이를 파악하기 어렵기 때문이다. 또한 진술은 감각적인 묘사와의 호응을 통해 제시될 때 시적 언술로서의 효과를 유감없이 발휘할 여지가 많다.

묘사의 중요성과 지배적인 정황

"시는 묘사되는 것이다"라는 파이퍼의 말이 아니더라도 시에 있어서 묘사가 중요하다는 점은 명백하다. 시적 언술이 묘사와 진술로 이루어져 있고, 묘사와 진술 모두 중요한 시적 언술이지만, 묘사된 세계를 통해 시적 감각이 극대화된다는 점에서 묘사의 중요성은 특별히 강조된다. 앞에서 언급한 것처럼 묘사는 이미지로서의 대상을 관찰하여 그것을 표현하는 언어이며, 시적 대상이라는 기표를 재현함으로써 그 안에 숨어 있는 기의를 제시하고자 한다. 즉, 시적 대상을 묘사한다는 것은 대상의 외적인 모습을 보여주는 것이지만, 묘사의 기능은 시적 대상의 이미지를 제시하는 데 그치지 않는다. 묘사가 재현하는 것은 겉으로 드러난 이미지이지만, 시적 이미지는 비유와 상징의 효과를 통해 의미를 내재화함으로써 시적 의미를 형성하게 된다. 시의 감각과 사유는 비유와 상징으로부터 비롯된다. 묘사는 시적 사유와 의미를 이미지 안에 감춤으로써, 그 자체가 비유와 상징으로 기능한다. 그런 만큼 묘사는 시를 표현하는 중요한 시적 언술 양상이 될 수밖에 없다.

시적 묘사는 시적 정황으로 기능할 수 있느냐 아니냐가 관건이다. 아무리 좋은 묘사라고 하더라도 시적 정황이 되지 못한다면 그것은 더 이상 시적 묘사가 될 수 없다. 일반적인 묘사와 시적 묘사는 이미지라는 점에서 동일하지만, 각각의 묘사가 전달하는 감각은 상당한 차이를 보인다. 시적 묘사는 일반적인 묘사와 달리 시적 정황으로 기능해야 하는데, 시적 정황은 우리의 미의식에 어떠한 자극을 줄 수 있느냐의 문제가 중요하다. 이와 같이 미적 인식을 제시하는 시적 정황을 지배적인 정황이라고 한다. 시는 지배적인 정황을 언어화할 때 의미 있는 시적 세계를 만들어낸다. 따라서 시를 언어화하기 이전에 지배적인 정황을 확보해야 좋은 작품을 쓸 수 있게 된다.

지배적인 정황은 시적 발상 단계에서 해결해야 하는데, 이는 시를 창작하는 데 매우 중요한 요소이다. 지배적인 정황은 지배적 인상을 시적 정황으로 구조화한 것을 의미한다. 이때 지배적인 정황은 단순히 강렬하기만 한 정황이 아니다. 그것은 우리의 미의식을 자극할 수 있는 미적 인식으로서의 장면이다. 물론 지배적인 정황이나 인상이 묘사만을 통해 나타나는 것은 아니다. 진술 역시 지배적인 정황과 같은 미적 인식이 중요하다. 하지만 정황이 이미지와 긴밀한 관계를 맺고 있다는 점에서 지배적인 정황과 묘사는 특별한 관계에 놓인다. 묘사는 지배적인 정황이 됨으로써 비로소 시적 감각을 갖게 된다. 이미지가 만들어내는 미적 감각은 우리의 미의식을 자극하며 예술적인 인상과 정황을 만들어내는데, 이것이 바로 지배적인 인상과 정황이다. 모든 시에는 어떤 방식으로든 지배적인 정황이 존재한다. 지배적인 정황이 없거나 부족할 때, 작품은 시적 감각과 감흥이 약화되거나 사라지게 된다.

묘사는 특히 지배적인 정황을 형성하는 데 매우 중요한 역할을 한다. 일반적으로 묘사는 이미지를 통해 인상적인 장면을 제시한다. 이때 인상적인 장면은 우리의 미의식을 자극할 수 있는 미적 강렬함과 충격을 의미한다. 이러한 미적 강렬함과 충격을 통해 미의식을 자극하는 인상적인 장면이 바로 지배적인 정황이다. 따라서 지배적인 정황은 지배적인 인상, 미적 인식, 미의식 등과 연결되어 있는 개념이며 서로 유기적인 관계를 형성한다. 지배적인 정황은 앞에서 언급한 바와 같이 언어화하기 전에 구축해야 하는 시의 중요한 요소이다. 지배적인 정황이 전제되지 않은 시 언어는 한낱 껍데기에 불과한 것이다. 그러나 오해하지 말아야 할 점은, 지배적인 정황이 강렬함만을 동반하는 것이라거나 서정성과 배치된 개념일 것이라는 생각이다. 아울러 지배적인 정황이 시의 모든 정황과 장르에 공통적으로 요구되는 필수 항목이라는 점 역시 잊어서는 안 된다.

묘사와 설명의 차이

묘사를 할 때 가장 어려운 점 중 하나는 설명과의 차이를 구분하는 일이다. 실제로 묘사는 시적 대상의 겉모습을 제시한다는 점에서 설명과 비슷해 보이기도 한다. 그러나 묘사가 구체적인 이미지에 초점을 맞춰 전개되는 데 반해 설명은 (이미지로 착각하기 쉬운) 개괄적인 행위나 모습을 제시하고 정보를 전달하는 데 그친다. 묘사가 감각화된 장면을 통해 이미지화한 의미와 사유를 내재하는 데 반해 설명은 대상의 행위와 모습만 있을 뿐, 감각화된 장면이나 의미, 사유 등을 만들어내지 못한다. 따라서 설명을 통해 제시된 장면은 눈앞에 펼쳐진 단편적인 정보만 전달할 뿐, 이미지의 감각과 디테일을 제시할 수 없다.

이와 같은 차이를 지니고 있는 묘사와 설명은 미적 인식의 측면에서도 다른 양상을 보인다. 시적 묘사가 지배적인 인상과 정황을 통해 우리의 미적 인식을 자극하는 반면, 설명은 대상의 인상적이지 않은 모습을 개괄함으로써 미적 인식을 형성하지 못한다. 따라서 행동과 모습을 개괄하여 설명한다는 것과 대상의 이미지를 구체적으로 묘사한다는 것은 미적 인식과 관련하여 확연한 차이를 지닐 수밖에 없다.

① 개 한 마리가 도로 위에 죽어 있다.
② 도로 위에 납작하게 누워 있는 개 한 마리. 터진 배를 펼쳐 놓고도 개의 머리는 건너려고 했던 길의 저편을 향하고 있다.

'로드킬 당한 개'라는 상황을 표현한 두 문장은 같은 장면을 드러내고 있지만, 그것이 전달하는 감각은 상당한 차이를 보인다. ①번 문장의 경우, 개가 죽어 있는 상황을 단순하게 제시하며 정보를 전달하고 있다. 반면 ②번 문장은 이미지를 구체적으로 제시함으로써 감각화된 개의 죽음을 생생하게 펼쳐 놓는다.

①번과 ②번 문장의 또 다른 차이는 두 정황이 제시하는 미적 인식에 있다. ①번 문장은 개가 죽어 있다는 단편적인 정보만을 전달할 뿐이다. 따라서 여기에는 미적 인식과 사유가 개입될 여지가 거의 없다. 반면에 ②번 문장은 개의 죽음이라는 정보를 단편적으로 전달하지 않고, 정황 안에 개의 죽음이 환기하는 비극적 감각과 사유를 내재시킨다. 이때 개의 죽음은 보다 선명하게 우리의 미의식 안으로 잠입하게 된다. 이 문장에서 "납작하게 누워" 있다는 표현은 개가 죽어 있는 모습을 단순하게 보여주기만 하는 것이 아니다. 또한 개의 배가 터져 있다거나, 개의 머리가 "건너려고 했던 길

의 저편을 향하고 있다"는 묘사 역시 개가 처한 상황을 설명하는 것이 아니다. 이 모든 묘사는 개의 죽음이 환기하는 미적 인식을 제시하며 시적 사유의 세계를 보여주는 것이다.

① 한 남자가 앉아 있다.
② 오래된 나무 의자에 앉아, 남자는 오후의 햇살을 느리게 어루만지고 있다.

위의 두 문장 역시 남자가 의자에 앉아 있는 장면을 보여준다. 그러나 두 문장은 남자의 내면을 보여줄 수 있느냐 없느냐라는 점에서 차이가 나타난다. ①번 문장에서 남자의 내면을 파악하는 것은 쉽지 않다. 남자가 앉아 있는 장면만을 설명하고 있기 때문에 이 문장은 대상의 표면적인 모습 이상도 이하도 아니다. ②번 문장의 경우는 남자의 내면이 느껴질 뿐만 아니라 남자를 둘러싼 삶의 느낌까지 확연하게 전달된다. 남자가 앉아 있는 의자의 이미지는 남자의 내면으로 치환되고, 오후의 햇살을 "느리게" 어루만지고 있는 남자의 행동 역시 남자의 내면을 적확하게 제시한다.

설명적 문장이 되는 또 다른 경우는 인과관계이거나, 부연하여 설명하려는 인과적 특성이 나타날 때이다. 이것은 묘사와 진술에 공통적으로 해당된다. 인과적 특성을 지니고 있는 문장은 일반적으로 부연의 성격을 지니고 있다. 이때 부연의 성격을 지니고 있는 문장은 원인과 결과의 양상으로 인해 설명적이 되는 경우가 많다. 또한 인과관계의 문장은 아니지만, 인과적 특성이 드러나는 것만으로도 설명적 표현이 되는 사례가 많다. 이 경우 역시 부연하려는 문장의 특성 때문에 설명적이 된다. 즉, 묘사해야 하는 대상 자체에 집중하는 글쓰기 방식이 아니라 그것을 부연하여 다시 한 번 설명하는 형식이기 때문이다.

물론 인과적 특성을 지니고 있는 문장이나 부연이 언제나 비묘사적인 것은 아니다. 인과적 특성을 보이는 문장 역시 좋은 묘사가 될 수 있다. 하지만 시 언어에 익숙하지 않은 사람들의 경우, 인과적 특성이 드러나는 문장을 잘못 사용함으로써 부연 설명하는 경우가 많다. 인과적 특성을 가지고 있는 문장은 글을 설명적으로 만들기 때문에 시적 긴장감과 감각을 매끄럽게 표현하기가 쉽지 않다.

① 버스가 지나가고 택시가 급정거를 했기 때문에 거리가 소란스러워 졌다.
② 시끄럽게 도로를 지나가던 버스도, 갑자기 급정거를 했던 택시도, 모두 사라지고 보이지 않았다.

일반적으로 인과관계는 ①번 문장의 '~했기 때문에 ~하다'처럼 원인과 결과가 명백한 경우에 나타난다. 이때 뒤의 문장이 전달하는 결과가 앞의 원인을 전제로 하여 부연하기 때문에 문장 전체가 설명적이 된다. 결과에 해당하는 문장을 설명하기 위해 원인을 제시하는 방식의 언술 양식은 대상의 이미지를 직접적이고 명백히 제시하는 묘사와 차이를 지닐 수밖에 없다. 그런데 원인과 결과의 관계가 아닌 경우에도 인과관계와 같은 부연 설명형 문장 구조가 형성되는 경우가 있다. ②번 문장과 같은, '~도'의 경우가 그러하다. 이때 '~도'를 중심으로 문장은 앞과 뒤로 나뉘게 된다. 이 문장이 명확히 인과관계를 형성하는 것은 아니지만 인과적 특성을 드러낸다. 그리하여 '~도'의 앞 문장은 원인과 같은 역할을 하게 되고, 뒤의 문장은 결과의 역할을 하게 된다. 결국 이 문장은 인과관계가 명확하게 나타나는 것은 아니지만, 인과관계와 같은 설명적 특성이 강하게 드러나게 된다.

묘사와 진술의 어울림

앞에서도 언급했듯 시적 언술은 묘사와 진술로 나뉜다. 이때 시적 언술은 묘사만으로 이루어질 수도 있고, 진술만으로 이루어질 수도 있다. 하지만 대부분의 시는 묘사와 진술이 어우러지며 유기적인 세계를 형성한다. 묘사와 진술은 그런 점에서 상호 보완적인 관계를 형성한다. 즉 묘사 중심의 시에 진술이 개입함으로써 시적 사유가 확장되기도 하고, 진술 중심의 시에 묘사가 개입함으로써 진술이 감각적으로 이미지화하기도 한다. 아울러 묘사형의 문장에 의미 중심적인 시어를 결합시킴으로써 묘사가 곧 의미를 내재할 수 있게도 할 수 있다. 묘사를 설명하기 위해 앞에서 제시했던 「호랑이」를 다시 보도록 하자.

그러나 멀지 않아 텅 빈 위장은 졸린 눈에서 광채를 발산시키리라

다리는 무거운 몸을 일으켜 어슬렁어슬렁 걷기 시작하리라

느린 걸음은 잔잔한 털 속에 굵은 뼈의 움직임을 가린 채

한번에 모아야 할 힘의 짧은 위치를 가늠하리라

빠른 다리와 예민한 더듬이를 뻣뻣하고 둔하게 만들

힘은 오로지 한 순간만 필요하다

앙칼진 마지막 안간힘을 순한 먹이로 만드는 일은

무거운 몸을 한 줄 가벼운 곡선으로 만드는 동작으로 족하다

굶주린 눈초리와 발빠른 먹이들의 뾰족한 귀가

바스락거리는 풀잎마다 팽팽하게 맞닿아 있는

무더운 한낮 평화롭고 조용한 정글

  -김기택, 「호랑이」 부분

「호랑이」는 묘사의 전형을 보여주고 있는 작품이다. 그런데 이 작품이 지니고 있는 또 다른 장점은 진술과의 조화를 통해 시적 사유의 깊이를 마련했다는 점이다. 특히 이미지를 형상화하는 데 있어서, 의미 중심적인 시어를 통해 묘사 자체가 의미가 될 수 있도록 했다. 이를테면 초식동물을 "빠른 다리와 예민한 더듬이"라고 표현함으로써 묘사와 함께 시적 의미를 형성하도록 했다. 이때 '다리'와 '더듬이'라는 대상은 각각 "빠른"과 "예민한"이라는 의미 중심적인 시어를 통해 시적 의미를 부여받게 된다.

또한 초식동물이 죽음에 이른 순간을 "앙칼진 마지막 안간힘"으로 표현하거나, 사냥의 순간을 "무거운 몸을 한 줄 가벼운 곡선으로 만드는 동작으로 족하다"라고 말함으로써 묘사와 진술의 접점

을 획득한다. 아울러 "앙칼진 마지막 안간힘"과 같은, 이미지화한 진술을 통해 묘사의 감각과 진술의 사유를 동시에 획득하기도 한다. 사냥의 순간 역시 호랑이의 이미지를 직접적으로 표현하기보다 "무거운 몸"이나 "가벼운 곡선" 등과 같은 우회적 표현을 사용함으로써 직접적인 이미지만으로 이루어진 묘사의 한계를 극복하고자 했다. 대상을 묘사할 때, 겉으로 드러난 직접적인 이미지를 중심으로 표현할 수도 있지만 의미 중심적인 시어를 통해 묘사가 사유를 내재할 수도 있음을 이해해야 한다.

고운사 가는 길
산철쭉 만발한 벼랑 끝을
외나무다리 하나 건너간다
수정할 수 없는
직선이다

너무 단호하여 나를 꿰뚫었던 길
이 먼 곳까지
꼿꼿이 물러나와
물 불어 계곡 험한 날
더 먼 곳으로 사람을 건네주고 있다
잡목 숲에 긁힌 한 인생을
엎드려 받아주고 있다

문득, 발 밑의 격랑을 보면

두려움 없는 삶도

스스로 떨지 않는 직선도 없었던 것 같다

오늘 아침에도 누군가 이 길을

부들부들 떨면서 지나갔던 거다

-이영광,「직선 위에서 떨다」전문

「직선 위에서 떨다」는 진술을 통해 시인의 음성을 가청화한다. 특히 이 작품은 해석적 진술을 사용하여 시인의 시적 사유를 직접적으로 드러낸다. 이때 묘사적 특성을 개입시킴으로써 시인은 진술을 감각화한다. 1연을 통해 묘사적 언술 양상을 전제함으로써 이 시는 선명한 이미지를 획득하게 된다. 이러한 묘사적 속성은 이후에 등장하는 진술 중심의 작품 전반에 감각적 특성을 부여한다. 그런데「직선 위에서 떨다」를 관통하는 진술은 과연 전적으로 직설적인 언술 양식일까? 이 시를 읽으며 한 가지 더 생각해봐야 하는 점은 진술 역시 우회적 양상으로 표현하는 경우가 대부분이라는 사실이다. 묘사가 이미지라는 기표를 통해 그 안에 내재한 기의를 제시하는 것처럼, 진술 역시 시인의 생각을 직접적으로 언급하기보다 시적 정황을 우회적으로 말한다.

진술을 주된 언술 양상으로 사용하고 있는「직선 위에서 떨다」는 삶에 대한 직설적인 진술을 통해 시인의 사유를 제시하고 있는 것처럼 보인다. 이때 오해하기 쉬운 부분이 있다. 삶을 직설적으로 언급하고 있는 것처럼 보이는 이 시의 진술이 사실은 '외나무다리'

라는 매개체를 통해 우회적으로 표현한 것이라는 점이다. "잡목 숲에 긁힌 한 인생을/엎드려 받아주고 있다"는 인생에 대한 직접적인 진술이 아니다. 언뜻 보기에 이 표현은 인생을 직접적으로 언급한 발화처럼 보인다. 그러나 이 시에서 언급하고 있는 인생은 '외나무다리'라는 매개체를 통해 파악한 우회적 양상으로서의 인생이다. 또한 "두려움 없는 삶도/스스로 떨지 않는 직선도 없었던 것 같다" 역시 '외나무다리'를 통해 나오게 된 우회적 양상의 시적 진술이다.

이처럼 진술 역시 주제를 직접 이야기하기보다, 기표를 통해 기의를 제시하는 묘사처럼 우회적 양상을 띠는 경우가 많다. 특히 「직선 위에서 떨다」는 이와 같은 우회적 진술 어법에 더하여 묘사적 특성을 전제함으로써 시적 진술이 전달하는 사유를 감각화하는 데 성공했다.

묘사의 시적 구조와 구성 원리

묘사와 진술은 언술 양상이 다르기 때문에 시적 구조와의 연관성에서 차이를 나타낸다. 이 중에서 시적 구조와 관련한 창작 방법론과 긴밀한 관계를 맺는 것은 묘사이다. 진술은 시인의 내면을 가청화하여 들려주는 방식이기 때문에 언어의 구조적인 측면으로 체계화하여 설명하는 것이 쉽지 않다. 반면 묘사는 감각화된 세계를 이미지화하는 가시화의 방법을 사용하기 때문에 구조적인 층위에서 창작 방법론을 설명하기에 적합한 언술 양상이다. 묘사는 서경적 구조, 심상적 구조, 서사적 구조로 세분화되는데, 서경적 구조와 심상적 구조는 다시 고정시점, 회전시점, 이동시점, 영상조립시점으로 구분된다. [4] 이것을 정리하면 다음과 같다.

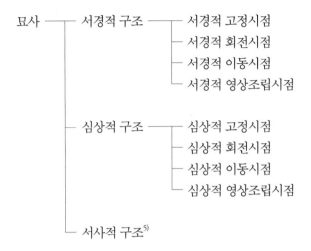

묘사 ┬ 서경적 구조 ┬ 서경적 고정시점
│ ├ 서경적 회전시점
│ ├ 서경적 이동시점
│ └ 서경적 영상조립시점
│
├ 심상적 구조 ┬ 심상적 고정시점
│ ├ 심상적 회전시점
│ ├ 심상적 이동시점
│ └ 심상적 영상조립시점
│
└ 서사적 구조 [5]

서경적 구조는 가시적 세계를 재현하는 방법론이다. 가시적 세계이므로 당연히 직접 볼 수 있는 대상을 묘사한다. 이때 가시적 세계는 지금 당장 볼 수 있는 가시권의 사물과 지금 당장 볼 수는 없지만 가시적으로 파악할 수 있는 비가시권의 사물 모두를 수용

---

4) 오규원은 브룩스(C. Brooks)와 워렌(R. P. Warren)의 저작(Modern Rhetoric, Harcourt Brace jovanovich, 1979)과 문덕수의 저작(『문장강의』 시문학사, 1985)을 참조하여 묘사에 대한 논리를 전개했다.
5) 서사적 구조는 묘사의 범주에 들어가지만 여기에서는 다루지 않는다. 앞에서 밝힌 바와 같이, 서사적 구조는 시의 서사가 만들어내는 구조적 특성과 체계성의 측면에서 설명하는 것이 좋겠다는 판단에 따라 제외하기로 했다.

한다. 서경적 구조는 시적 묘사 중에서 기본이 되는 중요한 방법론이다. 그러나 시적 대상을 가시적인 이미지로 파악하는 서경적 구조는 익숙한 장면을 고민 없이 표현할 때 상투성을 드러낼 위험이 있다.

심상적 구조는 비가시적인 이미지를 통해 시적 정황을 구축하는 방법론이다. 이때 비가시적인 이미지는 눈으로 볼 수 없는, 마음으로만 바라볼 수 있는 이미지를 의미한다. 눈으로 파악하는 이미지가 아니기 때문에 시인의 주관적 양상이 도드라지게 제시된다. 따라서 심상적 구조는 환상적이거나 비현실적인 장면으로 묘사되는 경우가 대부분이다. 또한 심상적 구조는 비가시적인 이미지로 이루어져 있기 때문에, 문장 구조가 서경적 구조와 달리 일반적인 문법 체계에서 벗어난 경우가 많다. 문장 구조와 성분이 낯설게 사용될 때, 비현실적이거나 환상적인 시적 정황으로 나타나는 경우가 많기 때문이다. 따라서 심상적 구조는 시어의 위치를 변주하거나 구성 성분을 낯설게 적용하는 등 기존 문법과 다른 문장 구성법을 통해 낯선 감각을 구축할 수 있다.

서사적 구조는 이야기를 내세워 시를 전개하는 방법론이다. 그러나 서사적 구조는 묘사라는 이미지의 측면보다 시적 서사가 만들어내는 이야기의 구조와 체계성으로 이해하는 것이 타당하다. 이미지가 구축되고 해체되는 묘사의 문제와는 일정한 거리가 있다. 서사적 구조는 시각적 이미지를 재현하며 나타나는 묘사라기보다, 시적 정황의 개연성이나 시 전반의 전개 방식과 같은 구조적 체계성과 긴밀한 관계에 놓인다. 따라서 시 언어의 감각적 이미지를 중심으로 한 창작 방법론에 대한 논의로는 적절치 않다.

영상조립시점은 서경적 구조와 심상적 구조에 포함된 하위 개념이며, 각기 다른 파편화된 이미지를 일관된 감각으로 수용하여 하나의 시적 세계를 만들어내는 방법론이다. 영상조립시점의 경우, 서로 어울리지 않는 낯선 정황들의 조합으로 이루어지기 때문에 그것을 관통하는 일관된 정서와 감각이 필수적이다. 그렇지 않을 경우, 각각의 영상들이 파편화되어 흩어진 감각으로 전락하기 때문이다. 따라서 영상조립시점은 파편화된 조각의 단순한 합이어서는 안 된다. 이때 제시된 여러 영상은 파편화된 이미지가 단편적으로 결합된 상태를 지향하지 않는다. 영상조립시점에 나타난 서로 다른 이미지는 하나의 중심축을 두고 일관된 정서와 감각을 보여줘야 한다. 한편 영상조립시점은 제시된 영상의 일차적 감각만을 전달하지 않는다. 두 개 이상이 결합된 영상은 전혀 다른 감각으로 재탄생되어 새로운 감각을 소환하기도 한다. 즉, 제시된 영상과 전혀 다른 이미지와 감각으로 전이되기도 하는 것이다.

서경적 구조나 심상적 구조와 같은 묘사의 구조는 문장의 구조와 시적 구조라는 체계화된 층위에서 설명 가능한 것이다. 시의 구조는 단순히 시인의 감각과 사유가 자연스럽게 형성된 것만을 의미하지 않는다. 시적 구조가 시의 전체적 구조뿐만 아니라 개별 문장과 언어의 구성 원리에 따라 미적 세계를 구축한다는 점은 자명하다. 서경적 구조와 심상적 구조는 단순한 수사나 표현 기법의 문제를 넘어선다. 각각의 수사와 표현 기법이 작품의 전체 구조와 의미에도 많은 영향을 주기 때문이다. 그런 점에서 서경적 구조와 심상적 구조의 구성 원리를 파악하는 것은 체계적으로 설명하기 힘들었던 시 창작 방법론을 이해하는 것이며, 동시에 창작 원리와 관련한 구체적 근거를 제시하는 것이라고 볼 수 있다.

아울러 각각의 시점이 한 작품 안에 두 개 이상 동시에 나타날 수 있다는 점을 잊으면 안 된다. 서경적 구조 내에 고정, 회전, 이동, 영상조립시점이 혼재되어 표현될 수도 있고, 심상적 구조 내에 고정, 회전, 이동, 영상조립시점이 동시에 제시될 수도 있다. 물론 서경적 구조와 심상적 구조가 뒤섞여 나타날 수도 있다. 다음은 서경적 고정시점을 기본 구조로 하여 심상적 구조를 결합한 작품이다.

여자가 떠오른 것은 저물녘의 마지막 순간이었다.

여자가 떠오른 순간 파문이 일었고, 파문을 따라 해넘이의 붉은빛이 넘실댔다.

여자가 떠오른 것은 바람이 잔잔해진 적막 속에서였다. 다시 바람이 불었고, 바람을 따라 산 그림자가 서늘하게 내려앉았다.

여자의 등은 단호하게 하늘을 향하고 있다.

등을 돌린 채, 저수지의 바닥을 바라보고 있다. 바닥의, 깊은 어둠을 굽어보고 있다. 어둠을 훑는 여자의 시선을 따라

저물녘의 마지막 순간이 사라진다.

여자는 무엇을 놓고 왔는지, 하염없이

저수지의 바닥을 바라보고 있다. 마지막까지 바라보아야 할 것이 있던 것인지, 여자의 시선은

처연히 어둠을 헤집고 있다. 창백한 어둠 속에 시선을 풀어

눈물을 뚝뚝, 흘리고 있다.

쏟아지는 눈물을 닦지도 못하고,

여자의 양 팔은 저수지의 바닥을 향해 있다. 무엇을 잡으려 했는지,
무엇을 건지려 했는지.

뻗은 손의 끝은 힘없이 굽어 있고

수초처럼, 여자의 팔이 느리게 흔들렸다.

여자의 신발이 발견되었다고도 하고, 여자의 목걸이가 발견되었다
고도 했다. 저수지를 향하던 여자의 발자국을 따라 풀이 눕기도 하고
그녀의 구두가 남긴 무늬를 따라 숲의 어둠이 들어섰다고도 했다. 저
물녘의 마지막 순간과 해넘이의 산 그림자가 사라지는 계절이었다.

아직, 눈을 감지 못한 것인지, 지금도 여자는

-조동범, 「저수지」 전문

서경적 구조와 심상적 구조가 하나의 작품 안에 적용된 「저수
지」처럼 묘사의 구조와 시점은 혼재되어 나타날 수 있다. 이 작품
은 저수지에 떠오른 시신을 서경적 고정시점으로 파악하고 있다.
그런데 이와 같은 서경적 고정시점에 심상적 구조를 덧씌움으로써
감각과 사유가 어우러진 시적 입체감을 형성할 수 있다. 죽은 자가
저수지의 깊은 어둠을 바라보며 눈물을 흘리는 심상적 장면은 서
경적 구조만으로는 형언하기 힘든 시인의 내면을 제시한다. 이처
럼 묘사의 구조와 시점은 다양하게 결합하여 복합적인 층위의 감
각과 의미를 만들어낸다.

2. 서경적 구조와 시점

서경적 구조는 가시적인 이미지를 묘사하는 것을 말한다. 서경적 구조는 고정된 대상을 묘사하느냐, 주변의 사물들을 묘사하느냐, 장소를 이동하며 묘사하느냐에 따라 서경적 고정시점, 회전시점, 이동시점으로 나뉜다. 그리고 서로 어울리지 않는 이미지의 조각을 하나의 작품 안에 수용하는 서경적 영상조립시점도 있다. 다만 서경적 영상조립시점은 고정, 회전, 이동시점과 다른 구성 원리를 지니고 있기 때문에 별도의 장에서 다루기로 한다. 아울러 각각의 시점은 독립적으로 사용될 수도 있지만 두 개 이상의 시점이 섞여 사용될 수도 있다.

서경적 구조는 관찰자의 눈을 통해 인지한 이미지를 묘사하기 때문에 사실적인 장면을 제시한다. 이때 가시적 이미지는 가시권의 이미지와 비가시권의 이미지 모두를 포함한다. 가시권의 이미지는 눈앞에 펼쳐져 직접 볼 수 있는 이미지이며, 비가시권의 이미지는 지금 당장은 볼 수 없지만 우리가 눈으로 직접 파악할 수 있는 모든 이미지이다.[6]

이를테면 도시 속의 시적 화자가 바로 볼 수 있는 버스나 빌딩 같은 사실적 장면이 가시권에 속하는 가시적 이미지이며, 북극의 오로라나 아프리카의 초원처럼 지금 당장은 볼 수 없지만 해당 장소로 이동하면 볼 수 있는 장면이 비가시권에 속하는 가시적 이미지이다. 서경적 구조는 그것이 가시권에 놓인 사물을 묘사하든, 비가시권에 놓인 사물을 묘사하든, 모두 가시적 이미지를 재현하기

---

6) 서경적 구조 : 가시적 이미지(가시권의 이미지+비가시권의 이미지)

때문에 있는 그대로의 사실적 이미지의 재현을 중요한 축으로 삼는다. 그러나 현대 예술에서 대상의 모습을 그대로 모방, 복제하는 것이 최선이 아닌 것처럼, 시의 경우도 대상(의 상투적인 부분)을 그대로 모방하는 것에 주의를 기울여야 한다. 서경적 구조 역시 새로움이 작품의 중요한 미덕일 수밖에 없기 때문이다.

서경적 구조는 이미지를 구현하는 가장 기본적인 묘사의 양상이다. 그 이유는 시가 삶의 국면을 다루는 것이니만큼 대다수의 묘사가 우리 삶의 사실적 풍경을 근간으로 삼고 있기 때문이다. 심상적 구조를 통해 나타나는 묘사의 경우에도 작품 전체에 심상화된 이미지가 제시되기보다 서경적 구조를 기반으로 심상적 구조가 개입되는 경우가 흔하다.

서경적 구조는 묘사의 대상으로 주변의 익숙한 것들을 선택하는 경우가 많다. 이때 대상을 상투적 인식의 수준에서 바라보면 문제가 발생한다. 시적 대상을 상투적 관점으로 바라본다는 것은 시적 대상이 전달하는 상식적인 부분을 감각하는 것이다. 아울러 시인의 감수성이 상투적인 층위에 머물고 있다는 반증이기도 하다. 서경적 구조는 이와 같은 진부함을 극복해야 한다.

물론 이러한 문제가 서경적 구조에만 나타나는 것은 아니다. 모든 시적 언술에 나타날 수 있기 때문에 시를 쓸 때 특히 주의해야 한다. 다만 서경적 구조의 경우, 이러한 낡은 감수성과 표현이 나타나는 경우가 많기 때문에 특히 주의를 기울여야 한다. 바슐라르가 아름다운 나무가 아닌 "고통받는 나무일 때 고통이 한층 더 깊은 것으로 우리에게 느껴"[7]진다고 했던 것처럼, 감상적 인식이 전달하는

이명호, 「Tree#2」Ink on paper, 52×76cm, 2012.

단편적인 아름다움은 배격되어야 한다. 그것은 진부하고 상투적인
아름다움에 불과한 것이기 때문이다.

　이명호의 사진은 평범한 자연에 머물 수 있는 풍경을 새로움의
감각으로 치환한다. 우리가 흔하게 볼 수 있는 자연의 서경적 모습
에 흰색 천을 설치함으로써 대상(나무)과 배경을 분리시킨다. 그리
하여 이명호가 바라보는 자연은 기존의 모습과는 다른 감각을 전
달하게 된다. 흰색 천이 없었다면 사진 속 풍경은 특별한 개성을 확
보하지 못했을 것이다. 흰색 천을 설치함으로써 평범한 자연은 미
적 인식을 전달하는 특별한 양상으로 전이된다.

7) 가스통 바슐라르, 정영란 옮김, 『공기와 꿈』 민음사, 1993, 430~431쪽.

이 사진을 통해 대상의 새로움에 대해 생각해볼 필요가 있다. 서경적 국면의 상당수가 진부하게 느껴지는 이유는 대상을 새롭게 파악하지 않았기 때문이다. 그렇다고 특별한 방법을 동원해야만 새로움을 획득할 수 있는 것은 아니다. 시적 대상을 바라보는 시선을 조금만 다르게 해도 진부함을 극복할 수 있다. 이명호의 사진 속 자연의 경우, 흰색 천을 없애고 바라본다면 평범한 풍경일 뿐이다. 그런데 흰색 천을 덧댐으로써 평범한 자연은 지배적인 정황을 획득하게 된다. 사소한 듯 보이지만 사진에 새로운 감각을 불어넣은 결정적 장치이다. 서경적 장면을 파악하여 시를 창작할 때에도 마찬가지의 자세가 필요하다. 우리가 바라보는 모든 사물을 조금만 다른 시선으로 파악한다면 그것은 평범한 사물에서 지배적 인상을 제시하는 시적 대상으로 바뀌게 될 것이다.

①리어카를 끌고 가는 남자
②폐지를 줍는 노인
③막노동을 하는 남자
④좌판을 펼친 노점상
⑤구걸하는 사람
⑥산동네의 골목길과 귀가하는 젊은 가장

위의 예문은 문학적인 것으로 오해하기 쉬운 장면들이지만 실제로는 상투성을 지니고 있는 정황이다. 이와 같은 정황에서 새로움을 발견하기란 쉽지 않다. 서경적 국면으로 묘사를 할 때 가장 많

한성필, 「마그리트의 빛」 chromogenic print, 122x152cm, 2009.

이 경험하게 되는 오류가 바로 이와 같은 것들이다. 흔히 문학적인 것으로 생각하는 정황은 이미 문학적인 시효를 상실한 경우가 많다. 상투적 진부함을 극복하기 위해서는 이와 같은 정황을 사용하지 않거나, 이러한 정황의 새로운 면모를 파악해야 한다.

서경이란 과연 무엇인가? 우리는 흔히 서경을 사실적 장면이라고만 생각한다. 물론 맞는 말이다. 그러나 이때 우리는 서경을 상식 수준에서 파악하는 상투적인 장면으로 오해하는 경우가 많다. 보편타당한 장면이 아닌 이미지를 서경의 범주로 생각하는 것은 쉽지 않다.

사실적 장면은 우리가 늘 보아왔던 익숙함의 범주 안에서 이해되는 경우가 대부분이다. 그러나 보편타당하고 익숙한 서경이 아닌 장면도 있지 않을까? 「마그리트의 빛」은 서경적 장면이지만, 심상적 감각을 통해 우리의 미의식에 잠입한다. 그렇다면 과연 이 작품은 서경적인가? 아니면 심상적인가? 「마그리트의 빛」은 실제 공사 중인 건물의 가림막을 찍은 사진이다. 따라서 이 작품 속에 등장하는 환상적인 이미지는 심상적 이미지가 아니라 실재하는 서경적 이미지이다.

이 작품을 통해 생각해볼 문제는 우리가 믿고 있던 서경적 이미지란 무엇인가이다. 그동안 서경적 이미지는 보편적 범주 안에서 쉽게 볼 수 있는 장면을 떠올리는 경우가 많았다. 그러나 이 경우, 상투성의 세계를 벗어나지 못한 진부한 장면을 작품화하게 될 여지가 크다. 서경적 묘사가 언제나 낯선 장면을 통해 구현되어야 하는 것은 아니지만, 늘 보던 것만을 표현하려고 할 때 문제는 발생한다. 굳이 한성필의 작품과 같이 현실과 비현실, 실재와 허상을 오가는 것은 아니더라도, 새로움을 찾으려는 노력만큼은 절실히 요구된다. 다시 한 번 말하지만 한성필의 작품을 통해 비현실적이거나 환상적인 장면을 강조하려는 것이 아니다. 서경적 이미지가 드러낼 수 있는 상투성을 극복해야 한다는 것이다.

서경적 구조는 가시적 정황만을 대상으로 삼기 때문에 상상력을 확장하는 데 어려움을 겪는 경우가 많다. 그러나 서경적 구조 역시 상상력을 통해 낯선 세계를 불러올 필요가 있다. 또한 서경적 구조로 파악한 눈앞의 실체가 다른 서경으로 낯설게 전이될 수도 있음을 이해하고, 그것을 적극적으로 수용해야 한다. 서경적 구조가 사실적 장면임은 분명하지만 그것이 곧 익숙함으로 이루어진 상투적 장면을 의미하는 것은 아니다.

서경적 구조가 상투적 묘사의 함정에 빠지지 않기 위해서는 다양한 방식의 노력이 필요하다. 첫 번째, 기존의 작품들이 보여주었던 장면을 아무런 반성도 없이 관습적으로 가져다 쓰는 것을 주의해야 한다. 그동안 익숙하게 보아온 풍경에 새로움을 부여하지 못하면 진부함에 빠질 수밖에 없다. 특히 주변의 사물을 상투적인 풍경과 사실로만 인식할 때 뻔한 서경이 나타난다.

두 번째, 우리가 흔히 문학적 국면이라고 생각하는 것들의 진부함을 극복해야 한다. 문학적 장면이라고 쉽게 떠올리는 것들 중에는 상투적인 문학적 감상성에 기댄 것이나 진부함에 빠진 낡은 장면들이 많다. 물론 이와 같은 이미지나 정황 역시 사용할 수 있다. 다만 이때 전제되어야 하는 것은 기존의 진부함을 극복할 수 있게 하는 새로운 장치가 있어야 한다는 점이다. 새로움이 결여된 장면은 낡은 감각을 재생산할 뿐이다. 이러한 장면들은 문학적 포즈를 양산하기 때문에 주의해야 한다.

세 번째, 서경적 구조를 떠올릴 때 자연을 중심으로 한 서정적 장면만을 떠올리는 것 역시 주의해야 한다. 자연과 서정이 우리 시의 중요한 부분임은 분명하지만 그것만을 떠올리는 것은 곤란하다. 아울러 자연이나 서정과 연관된 진부한 장면을 손쉽게 떠올리는 것도 삼가야 한다.

네 번째, 서경적 구조를 통해 나타나는 장면을 일차원적인 아름다움의 측면으로만 인식하는 것은 곤란하다. 이때의 아름다움은 미적 인식 차원에서의 아름다움이 아니다. 현대 예술은 "'아름다운 가상'이기를 포기"[8]했다. 표면적이고 일차원적인 아름다움이 아닌, 부조리와 비극을 다룰 때 예술적 아름다움인 미의식이 나타날 수 있다는 말이다. 서경적 구조의 경우, 감상적이고 일차원적인 아름다움에 특별한 주의를 기울여야 한다. 서경적 구조가 미적 아름다움이 아닌, 단편적인 아름다움에 머물게 된다면 그것은 더 이상 미학적 가치를 지닐 수 없게 된다.

서경적 고정시점

서경적 고정시점은 고정되어 있는 하나의 대상이나 국면을 사실적으로 묘사하는 방법이다. 하나의 대상이나 국면에 집중하게 되므로, 서경적 고정시점은 묘사하고자 하는 사물을 집중적으로 관찰하고 표현할 수 있다. 시를 쓸 때 중요한 것 중의 하나는 관찰의 힘이다. 대상을 집중하여 관찰하지 못한다면 묘사의 긴장감과 완성도는 떨어질 수밖에 없다. 서경적 고정시점은 바라보는 대상을 낱낱이 분해하여 대상의 모든 이미지를 파악하고자 하기 때문에 우리가 쉽게 파악할 수 없었던 것들까지 바라볼 수 있게 만든다. 또한 하나의 대상을 집중적으로 관찰하여 표현하기 때문에, 구체

---

8) 진중권, 『현대미학강의』, 아트북스, 2013(2판), 98쪽.

적 언술로서의 시 쓰기를 할 수 있도록 돕는다.

　물론 이러한 관찰의 힘은 심상적 고정시점에서도 동일하게 얻을 수 있는 효과이다. 하지만 심상적 구조는 시적 정황을 비현실이나 환상 같은 비가시적 세계로 변주하기 때문에 문장과 관찰의 정교함 이상으로 상상력의 힘이 강조된다. 이에 반해 서경적 고정시점은 분명하게 제시된 가시적인 세계에 집중하기 때문에 심상적 고정시점에 비해 정황을 정확하게 포착하는 데 힘이 집중된다. 심상적 고정시점이 묘사의 대상이 되는 이미지를 끊임없이 변주하려는 반면, 서경적 고정시점은 대상 자체의 사실적인 이미지를 집중적으로 묘사하려고 하기 때문에 묘사 자체가 좀 더 강조된다.

　　지하도

　　그 낮게 구부러진 어둠에 눌려

　　그 노인은 언제나 보이지 않았다.

　　출근길

　　매일 그 자리 그 사람이지만

　　만나는 건 늘

　　빈 손바닥 하나, 동전 몇 개뿐이었다.

　　가끔 등뼈 아래 숨어 사는 작은 얼굴 하나

　　시멘트를 응고시키는 힘이 누르고 있는 흰 얼굴 하나

　　그것마저도 아예 안 보이는 날이 더 많았다.

　　하루는 무덥고 시끄러운 정오의 길바닥에서

그 노인이 조용히 잠든 것을 보았다.

등에 커다란 알을 품고

그 알 속으로 들어가

태아처럼 웅크리고 자고 있었다.

곧 껍질을 깨고 무엇이 나올 것 같아

철근 같은 등뼈가 부서지도록 기지개를 하면서

그것이 곧 일어날 것 같아

그 알이 유난히 크고 위태로워 보였다.

거대한 도시의 소음보다 더 우렁찬

숨소리 나직하게 들려오고

웅크려 알을 품고 있는 어둠 위로

종일 빛이 내리고 있었다.

다음날부터 노인은 보이지 않았다.

-김기택, 「꼽추」 전문

도로 위에 납작하게 누워 있는 개 한 마리.

터진 배를 펼쳐놓고도 개의 머리는 건너려고 했던 길의 저편을 향하고 있다. 붉게 걸린 신호등이 개의 눈동자에 담기는 평화로운 오후. 부풀어오른 개의 동공 위로 물결나비 한 마리 날아든다. 나비를 담은 개의 눈동자는 이승의 마지막 모퉁이를 더듬고 있다. 개의 눈 속으로, 건너려고 했던 저편, 막다른 골목의 끝이 담긴다. 개는 마지막 힘을 다해 눈을 감는다. 골목의 끝이, 개의 눈 속으로 사라진다. 출렁이는 어

둠 속으로

　물결나비 한 마리 날아간다.

　납작하게 사라지는 개의 죽음 속으로

　-조동범, 「개」 전문

「꼽추」와 「개」는 각각 고정된 시적 대상인 꼽추 노인과 개를 묘사하고 있다. 이때 시적 화자의 시선은 시적 대상에 고정된 채 다른 곳을 바라보지 않는다. 그럼으로써 꼽추 노인과 개의 이미지를 낱낱이 파헤치고자 한다. 이렇게 구체적으로 재현된 시적 대상은 묘사를 통해 구현되는 시적 사유의 지점을 보다 선명하게 확보할 수 있게 된다.

서경적 회전시점

서경적 회전시점은 화자나 시적 주체가 한 장소에서 주변의 사물을 파악하는 사실적 묘사의 방법이다. 이때 바라보는 시적 대상은 화자나 시적 주체의 주변에 존재한다. 서경적 회전시점은 주변의 사물들 가운데 무엇을 포착하느냐가 관건이다. 수많은 사물 가운데 시의 주제와 연결될 수 있는 것들을 선택함으로써 시적 정황을 제시한다. 또한 서경적 회전시점은 주변의 사물과 정황 가운데 어느 것을 배제할 것인가도 중요하다. 시적 정황으로 기능할 수 없는 것들을 배제함으로써, 작품에 지배적인 인상을 부여할 수 있게 된다.

이 도시는 연중 삼백 일 이상 비 올 확률 백 퍼센트
새우 시체가 부유하는 튀김 우동은 수증기를 내보이고
마스카라와 아이섀도가 번진 몸무게 사십이 킬로그램의 매춘부는
파란 비닐우산을 들고 편의점 앞에 서 있다
축축이 젖어 털이 곤두선 시궁쥐들이 교미를 하고
각각 무릎 위로 짧게 그리고 복사뼈를 덮게끔 교복 치마를 수선한 여
고생 두 명이 벤슨 앤 헤지스 담배를 피우며 그 광경을 바라보고 있다
비에 젖은 풀잎처럼 곱게 빗은 단발머리는 아니다
다리를 저는 젊은 사내가 운영하는 레코드점에서는
도어스의 「라이더스 온 더 스톰」이 흘러나오고
더러운 컨버스 올스타 하이탑 농구화와
1979년산 리바이스 오공오 청바지는 물을 먹는다
속눈썹 사이로 물방울이 흐르고
아무도 히치하이커를 차에 태워주지 않는다
뒷골목 폐차 안에는 난자 당한 소년의 시체가 이틀째 방치되어 있다
피로 심판 받았다면 물로써 정화되어야 한다
쓰레기통 곁에 주황색 얼룩의 패드만 발에 밟힌다
티브이 시청도 싫증 난 젊은 실업자는
주차된 아버지의 차 안에 앉아 와이퍼를 계속 작동시키고
시내는 항상 교통 체증이다
-이승원, 「근미래의 서울」 부분

「근미래의 서울」의 전반부는 서경적 회전시점으로 이루어져 있으며 후반부는 서경적 영상조립시점을 사용하고 있다. 인용한 부분은 서경적 회전시점인 앞부분이다. 「근미래의 서울」의 화자는 도시의 어느 지점에서 주변을 바라보고 있다. 화자의 시선은 "튀김 우동"을 보기도 하고 "몸무게 사십이 킬로그램의 매춘부"를 바라보기도 하며 "뒷골목 폐차 안"의 "난자 당한 소년의 시체"를 바라보기도 한다. 그리고 이 모든 풍경은 이 시의 제목인 "근미래의 서울"을 향해 치밀하게 조직된다. 서경적 회전시점은 이처럼 주변부의 사물이 모여 일관된 시적 정서를 드러낼 수 있어야 한다.

서경적 이동시점

서경적 이동시점은 사실적인 이미지로 이루어진 공간을 이동하며 시를 전개하는 묘사이다. 시의 화자는 장소를 따라 이동하며 시적 배경과 공간의 변화를 보여준다. 그런데 서경적 이동시점은 서사적 구조를 동반하며 나타나는 경우도 많다. 그 이유는 장소를 이동하는 공간적 국면이 시간의 이동과 동시에 이루어지는 경우가 많기 때문이다. 서경적 이동시점은 공간의 이동이 자연스럽게 연결되어야 한다. 만일 공간이 연결되지 않고 분절된다면, 그것은 이동시점이라기보다 영상조립시점에 더 가까워지기 때문이다. 그러나 심상적 이동시점의 경우는 서경적 이동시점과 달리 공간 이동이 낯설게 전개되어도 어색함이 적다. 심상적 구조가 비현실과 환

상을 근간으로 삼기 때문에 공간의 전개가 하나의 흐름 속에 연속
성을 띠지 않아도 되기 때문이다.

　　홀린 듯 끌린 듯이 따라갔네

　　그녀의 희고 아름다운 다리를

　　나 대낮에 꿈길인 듯 따라갔네

　　또박거리는 하이힐은 베짜는 소린 듯 아늑하고

　　천천히 좌우로 움직이는 엉덩이는

　　항구에 멈추어선 두 개의 뱃고물이

　　물결을 안고 넘실대듯 부드럽게 흔들렸네

　　나 대낮에 꿈길인 듯 따라갔네

　　그녀의 다리에는 피곤함이나 짜증 전혀 없고

　　마냥 고요하고 평화로왔다

　　나 대낮에 꿈길인 듯 따라갔네

　　점심시간이 벌써 끝난 것도

　　사무실로 돌아갈 일도 모두 잊은 채

　　희고 아름다운 그녀 다리만 쫓아갔네

　　도시의 생지옥 같은 번화가를 헤치고

　　붉고 푸른 불이 날름거리는 횡단보도와

　　하늘로 오를 듯한 육교를 건너

　　나 대낮에 여우에 홀린 듯이 따라갔네

　　어느덧 그녀의 흰 다리는 버스를 타고 강을 건너

　　공동묘지 같은 변두리 아파트 단지로 들어섰네

나 대낮에 꼬리 감춘 여우가 사는 듯한

그녀의 어둑한 아파트 구멍으로 따라들어갔네

그 동네는 바로 내가 사는 동네

바로 내가 사는 아파트!

그녀는 나의 호실 맞은 편에 살고 있었고

문을 열고 들어서며 경계하듯 나를 쳐다봤다

나 대낮에 꿈길인 듯 따라갔네

낯선 그녀의 희고 아름다운 다리를

-장정일, 「아파트 묘지」 전문

「아파트 묘지」는 한 여자를 따라가는 "나"의 이동 경로를 중심으로 전개된다. 도심을 지나 "변두리 아파트 단지"에 이르기까지의 여정은 끊김 없는 경로를 따라 연속적으로 펼쳐진다.

서경적 이동시점은 이처럼 분절되지 않은 이동 경로를 통해 펼쳐지게 되는데, 그럼으로써 구조적 안정감을 가지고 있는 공간과 서사를 획득하게 된다. 아울러 고정시점이나 회전시점보다 더 많은 공간을 등장시킴으로써 시적 외연을 확장시킬 수 있기도 하다. 이때 서경적 이동시점은 가시권에 있는 일상적 공간을 배경으로 할 수 있을 뿐만 아니라 비가시권에 있는 이국적 공간을 통해 제시할 수도 있다. 이 경우, 낯선 공간의 이동이라는 비일상성을 통해 새로운 감각을 환기할 수 있다.

3. 심상적 구조와 시점

심상적 구조는 눈으로 직접 볼 수 없는, 마음으로 바라볼 수 있는 이미지를 묘사하는 방법이다. 이때 심상적 구조는 현실 속에서 파악할 수 없는 이미지를 재현하기 때문에 비현실적이거나 환상적인 세계를 제시하게 된다. 이것은 시인의 개성적인 표현이라는 점에서 주관적 묘사의 성격을 지닌다. 따라서 심상적 구조는 시인의 시적 개성을 발휘하기에 적합하며, 주관적인 묘사를 통해 낯설게 하기를 수행한다. 그 이유는 심상적 구조가 "가시적인 물리적 공간에서 감지한 것이 아니라 어디까지나 심리적이라는 비가시적 공간"[9]을 통해 제시되기 때문이다.

심상적 구조는 눈으로 파악할 수 없는 비가시적 이미지를 통해 재현되므로, 가시적 이미지를 통해 사유와 감각을 환기하는 서경적 구조와는 다른 감각을 불러일으킨다. 시인의 내면에 자리 잡은, 비가시적인 심상적 이미지는 가시적 이미지와 진술로는 설명하기 힘든 감각과 감정까지 형상화할 수 있다. 그럼으로써 말로는 설명하기 힘든, 의식의 흐름과 내적 세계의 미묘한 파동, 정서의 울림과 같은 감각을 효과적으로 제시할 수 있다.

① 토끼가 풀밭에 앉아 눈물을 흘리고 있다.
② 토끼가 붉은 바다 밑에 주저앉아 눈물을 흘리고 있다.

'토끼가 풀밭에 앉아 눈물을 흘리고 있다'처럼 서경적 구조로 표

---

9) 오규원, 『현대시작법』, 문학과지성사, 1993(2판), 107쪽.

현했을 때, 우리는 토끼가 눈물을 흘리는 객관적인 사실 이상의 감
각을 느끼기 어렵다. 하지만 '토끼가 붉은 바다 밑에 주저앉아 눈물
을 흘리고 있다'처럼 심상적 구조로 된 문장으로 표현했을 때에는
말로는 설명하기 힘든 토끼의 근원적인 슬픔까지 드러낼 수 있다.
겉으로 드러내기 힘든 내면의 미세한 감정까지 표현할 수 있는 것
이 바로 심상적 구조이다. 이처럼 심상적 구조는 비가시적 정황과
이미지를 통해 서경적 구조와는 다른, 낯선 감각을 제시한다.

심상적 구조는 시적 대상을 비가시적 이미지로 바라보려는 노
력의 산물이다. 서경적 구조인 가시적 이미지의 경우에도 시어와
문장을 변주하여 비가시적 이미지인 심상적 구조로 바꿀 수 있다.
서경적 장면을 새롭게 파악하려는 노력을 통해 심상화된 이미지를
제시할 수 있다. 간단히 말하자면, 심상적 구조는 비현실적이고 환
상적인 이미지이다. 따라서 서경적 구조의 이미지에 환상적이고
비현실적인 감각을 더하는 것만으로도 서경적 구조의 가시적 이미
지는 심상적 구조의 비가시적 이미지로 전환될 수 있다.

① 소가 들판에서 풀을 뜯어 먹고 있다.
② 몸통을 잃어버린 소가 풀의 어둠을 뜯어 먹고 있다.
③ 머리 잘린 소의 더러운 혀는 풀의 뿌리를 천천히 더듬기 시작한다.

①번 문장은 서경적 구조이며 주변에서 실제로 볼 수 있는 장면
이다. 이 세 개의 문장은 소가 풀을 뜯어 먹고 있다는, 본질적으로
같은 장면을 담고 있는 이미지이다. 하지만 그 장면을 가시적으로

보느냐 아니냐에 따라 각각의 문장이 제시하는 시적 감각은 상당한 차이를 나타낸다. ①번과 같은 가시적 이미지를 ②번이나 ③번 문장처럼 변주하면 비가시적 이미지인 심상적 구조로 만들 수 있다. 평범한 소를 '몸통이 없는 소'와 '머리가 잘린 소'로 파악하고, 이파리 대신 '어둠'과 '뿌리'를 먹고 있는 장면으로 변주하여 심상적 표현으로 만들었다. 이러한 표현과 상상력은 서경적 구조를 개성적으로 드러내고자 하는 시인의 의지로 얼마든지 가능하다.

간이침대 위에 한 여자가 앉아 있다. 무희로 추측되는 여자는 꽃을 수놓은 드레스를 입고 담배를 피우고 있다. 이 사진을 서경적으로 파악했을 때에는 담배를 피우고 있는, 피곤해 보이는 무희의

낸 골딘, 「간이침대 위의 트릭시」 뉴욕, 미국, 1979.

모습에서 미적 인식을 느낄 수 있다. 그러나 이 장면을 심상적 구조로 파악하게 되면 서경적 구조로 파악했을 때와는 전혀 다른 양상의 이미지를 제시할 수 있다. 이를테면 드레스에 수놓은 장미를 살아 움직이는 것으로 생각할 수 있을 것이다. 그리하여 살아 움직이는 장미가 여자의 온몸을 휘감으며 자라거나, 가시가 있는 장미의 가지가 여자의 심장을 움켜쥐는 장면을 떠올릴 수 있다. 그리고 여자의 심장으로부터 흘러나온 피가 장미의 가지를 적시고, 장미의 가지가 두근거리는 여자의 심박을 끝도 없이 파고든다는 식의 상상력이 가능하다. 이처럼 심상적 구조로 이루어진 문장과 이미지는 서경적 구조를 기반으로 하는 경우도 많다.

심상적 구조는 심상적 고정시점, 심상적 회전시점, 심상적 이동시점, 심상적 영상조립시점으로 구분한다.

심상적 고정시점은 고정된 대상의 비가시적 이미지를 파악하여 묘사하며, 심상적 회전시점은 화자가 비가시적인 주변 이미지를 회전하며 묘사하는 방법이다. 또한 심상적 이동시점은 비가시적 세계의 공간을 이동하며 각각의 공간을 순차적으로 묘사하는 방법론이며, 심상적 영상조립시점은 조각난 비가시적 정황과 이미

지의 파편을 모아 하나의 감각 안으로 수렴하는 방법이다. 다만 심상적 영상조립시점의 경우, 다른 시점과 다른 독특한 구성 원리를 지니고 있기 때문에 서경적 영상조립시점과 함께 별개의 장에서 다루도록 한다.

심상적 구조는 서경적 구조와 마찬가지로 하나의 시점만으로 이루어질 수도 있지만, 두 개 이상의 시점이 혼재되어 나타날 수도 있다. 물론 서경적 구조를 가진 묘사를 동반하며 나타나기도 한다.

심상적 고정시점

심상적 고정시점은 고정되어 있는 비가시적 이미지를 묘사하는 방법론이다. 이것은 고정된 것을 대상으로 삼는다는 점에서 서경적 고정시점과 동일한 구조를 지니고 있다. 하지만 서경적 구조가 시적 대상을 가시적으로 다루는 데 반하여, 심상적 구조는 시적 대상을 비가시적으로 다룬다. 다음에 제시한, 고정시점으로 이루어진 문장을 살펴보도록 하자.

① 어느덧 비가 쏟아진다.
② 어느덧 비가 쏟아지자 적막함은 밀려온다.
③ 어느덧 비가 쏟아지자 황폐함은 밀려온다.
④ 어느덧 적막한 오전 9시는 쏟아지기 시작한다.
⑤ 어느덧 헐벗은 가슴은 쏟아지기 시작한다.

①번 문장은 서경적 구조의 문장으로, 하늘에서 비가 내리고 있는 모습을 사실 그대로 전달하고 있다. 서경적 구조는 객관적인 묘사를 통해 문장의 감각을 전달한다. ②번과 ③번 문장은 객관적인 이미지에 화자의 감정을 더하여 쓴 문장이다. 이와 같은 경우는 의미 중심적인 시어를 통해 보다 직접적으로 화자의 감정을 전달한다.

이에 반해 ④번과 ⑤번 문장은 가시적으로 파악할 수 있는 서경적 구조의 문장이 아니다. "적막한 오전 9시"가 쏟아진다거나 "헐벗은 가슴"이 쏟아진다고 표현함으로써 현실에서는 마주할 수 없는, 비가시적인 이미지를 구축한다. 그리하여 이 문장은 시적 화자의 내면을 드러내며, 마음으로만 바라보고 파악할 수 있는 심상적 구조의 특징을 드러낸다.

심상적 구조의 문장이 가지는 특징은 첫 번째, 시인의 내면에 있는, 직접적인 묘사나 진술만으로는 드러내기 힘든 감각과 감정을 모두 제시할 수 있다는 점이다. 두 번째로는 시어의 성분과 위치가 낯설게 적용됨으로써 시인만의 주관적이고 독특한 표현이 가능하다는 점이다. 심상적 구조의 문장은 서경적 구조의 문장과 유사한 구조와 의미를 지니고 있다고 하더라도 비가시적 이미지로 인하여 감정과 감각의 양상에서 많은 차이를 나타낸다.

① 저수지로부터 한 사람이 걸어 나온다.
② 저수지로부터 죽어버린 당신은 걸어 나온다.
③ 저수지로부터 죽어버린 미래는 걸어 나온다.

세 개의 문장은 저수지에서 걸어 나오는 누군가를 바라보는 고정시점으로 이루어져 있다. ①번 문장은 사람이 걸어 나오는 장면을 가시적 이미지로 제시하고 있다. 이 문장은 객관적인 사실을 전달하고 있는데, 특별한 시적 감각이 드러나지 않는다. 여기에서 독자들이 얻을 수 있는 것은 저수지로부터 사람이 걸어 나온다는 객관적인 이미지와 정보일 뿐이다. 그러나 ②번 문장의 경우는 "죽어 버린 당신"이라는 구절을 통해 비가시적인 심상적 구조로 바뀐다. 이때 저수지로부터 걸어 나오는 "죽어버린 당신"은 단순한 존재가 아닌, 시적 상징을 부여받는 특별한 지위를 획득하게 된다.

③번 문장은 ②번 문장처럼 심상적 구조로 이루어져 있다. 그러나 "사람"이나 "당신"과 같은 주체가 아닌, 관념적 언어인 "미래"가 사용되었다는 점이 다르다. 특히 "미래"는 ③번 문장에서 어울리지 않는 지점에 사용되었기 때문에 일반적이지 않은 감각을 환기한다. 일반적으로 관념적이거나 비감정적인 단어는 시어로 사용하기에 부적합한 경우가 많다. 하지만 ③번 문장의 경우는 "미래"라는 단어를 하나의 객체처럼 운용하여 '관념의 대상화'를 이루었기 때문에 관념적이고 비감정적인 감각을 극복할 수 있다. 그리고 이렇게 감각화된 "미래"는 그것이 원래 지니고 있는 관념적 의미를 문장 안에 투사시켜 묘사에 시적 의미를 강화하는 역할을 한다. 그럼으로써 ③번 문장은 묘사가 곧 의미를 드러내는 시적 입체감을 형성한다. 관념을 사물이나 존재 같은 특정 대상처럼 다루는 것을 '관념의 대상화'라고 한다. 대상화된 관념은 형체가 있는 사물이나 존재처럼 다루어지기 때문에 관념적 인식을 탈피하게 된다.

내 열쇠는 피를 흘립니다 내 사전도 피를 흘립니다 내 수염도 피를 흘리고 저절로 충치가 빠졌습니다 내 목소리는 굵어지고 주름도 굵어지고 책상 서랍의 쥐꼬리는 사라졌습니다 소문대로 난 일 년의 절반을 지하실과 지상에서 공평하게 떠돕니다

나의 눈에서 물이 흐릅니다 한쪽 눈알은 말라빠졌습니다 두 다리의 무릎까지만 털이 수북합니다 음부의 반쪽에선 피가 나오고 오른쪽 사타구니엔 정액이 흘러내립니다 백 년에 한 번 있는 일입니다만

   -김이듬, 「푸른 수염의 마지막 여자」 부분

심상적 고정시점으로 시적 대상을 응시한 작품이다. 김이듬의 시는 전반적으로 이미지가 선명하고 지배적 정서가 효과적으로 드러난다는 점에서 인상적이다. 「푸른 수염의 마지막 여자」는 여기에 심상적 구조를 더하여 그로테스크한 환상성이 시 전반을 지배한다. 그리하여 시적 화자인 "나"는 현실 너머의 존재로서, 상상력을 극대화시키는 개성적인 시적 '실존'이 된다.

심상적 회전시점

심상적 회전시점은 시적 화자가 회전하며 주변에 있는 시적 대상을 심상적으로 파악하는 창작 방법론이다. 이때 회전하며 바라보는 대상은 심상적 구조이니만큼 비가시적으로 파악해야 한다.

주변의 사물과 배경을 비가시적인 측면에서 파악할 경우, 화자 주변부의 풍경은 환상적이고 비현실적인 시적 배경으로 작용하게 된다. 그럼으로써 시 전반의 분위기는 시인의 내면을 더욱 농밀하게 제시할 수 있게 된다. 그러나 주변의 모든 정황을 심상적으로 파악하려는 강박에 빠질 필요는 없다. 서경적 구조와 심상적 구조가 혼재되어 나타날 수 있는 것처럼 주변의 사물들 역시 서경적 장면과 심상적 장면이 섞여 있을 수 있다. 각각의 장면들이 지배적인 정황으로 기능할 수 있느냐의 문제와 더불어, 그것들이 유기적으로 연결되어 있느냐에 주의를 기울여야 한다.

① 날개가 잘린 채 날아가는 새
② 새의 썩어버린 눈동자와 검은 구름의 석양
③ 나뭇가지마다 걸려 있는 죽음들
④ 침몰하는 태양과 영원히 저물지 않는 저녁
⑤ 경악을 거듭하는 들판과 뿌리부터 자라는 나무들

위에 열거한 문장들은 화자를 둘러싼 주변 풍경을 심상적 회전시점으로 파악한 시적 정황이다. 이와 같은 장면들을 화자의 주변에 배치하게 되면 심상적 회전시점이 만들어진다. 심상적 구조는 주관적인 표현이라는 점에서 시인의 개성을 드러내기에 적합한 창작 방법론이다. 따라서 심상적 구조는 시인만의 개성적인 표현을 제시할 수 있게 된다. 위에서 예로 제시한 장면들은 심상적 회전시점을 통해 서경적 구조가 전달하기 힘든 특별한 감각을 드러낸다.

그리하여 이와 같은 장면은 낯선 배경을 통해 형언하기 어려운 시인의 내면을 제시한다.

어젯밤 꺼내놓았던 나의 하얀 새들은 다 죽었네. 돌의 틈을 벌려 죽은 새를 넣으니 창밖 잎사귀 검게 물들며 펄럭였네. 엄마, 새가 날갯짓하는데도 자꾸만 내 방이 땅속으로 가라앉아요.

아무리 팔을 펄럭여도, 밤은 물러가지 않았네. 누구의 목소리가 나무의 뿌리를 흔드나, 나뭇가지 자꾸 창을 때리네. 창을 열어주자 나뭇가지 소리를 지르며 방 안으로 기어들어오고, 방 안은 내 뼈 검게 물들어가는 소리와 나무가 지르는 고함으로 가득하네. 엄마, 귓속에서 잎사귀들이 자라요.

귀를 틀어막으니 어젯밤 죽은 나의 새들이 뒷산 너머에서 날아오고 있었네. 집 밖으로 나와 밤하늘을 보았네. 수천 마리의 죽은 새들이 부서진 지붕의 어깨에 켜켜이 쌓여가고 있었네. 집은 무릎을 꿇은 채 덜덜 떨며 가라앉고 있었네. 나는 땅속으로 가라앉고 있는 내 방을 보네.
 -김안, 「이암(泥巖)」 부분

「이암(泥巖)」은 화자를 둘러싼 배경을 심상적 회전시점으로 묘사하고 있다. 이때 시인은 심상적 구조가 전달하는 비현실적 기이함을 시 전반에 배치한다. 그럼으로써 화자가 위치한 세계는 특별한 지배적 정서를 획득하게 된다.

심상적 회전시점으로 시적 배경을 파악하는 것은 삶의 근간이 되는 세계를 '다르게' 파악하는 것이다. 그럼으로써 시적 세계는 보다 개성적이고 유의미한 세계를 만들어낸다. 그리고 이렇게 만들어진 세계는 독자들의 상상력과 미적 인식의 범위를 확장시킨다. 아울러 이와 같은 배경 속에 등장하는 화자는, 화자 자신이 심상적 존재이든 아니든 심상화된 존재가 된다. 「이암(泥巖)」에 등장하는 화자 역시 그 자체만 놓고 보면 심상적 존재가 아니다. 그러나 회전하며 응시하고 있는 심상적 배경 속에서 화자는 심상적 세계를 이끄는 심상적 존재가 된다.

심상적 이동시점

심상적 이동시점은 시적 배경이 되는 장소를 이동하며 제시하는 비가시적 표현 방법이다. 비가시적 장면으로 이루어진 문장과 정황이 각기 다른 장소로 이동하며 하나의 세계를 구축하는 묘사의 방법이다. 이것은 비가시적이라는 점을 제외하면 기본적인 창작 방법은 서경적 이동시점과 동일하다. 그러나 심상적 이동시점은 장소의 이동과 전환이 서경적 이동시점보다 자유롭다는 점에서 차이점을 보인다. 심상적 이동시점은 연속성이 약한 낯선 공간으로 이동하는 것이 얼마든지 가능하다. 또한 심상적 이동시점은 표면적으로 심상적 고정시점이나 심상적 회전시점보다 확장된 세계를 제시하는데, 환상과 비현실이라는 비가시적 공간을 이동하며 나타나기 때문에 감각과 상상력이 더욱 확대된다. 그럼으로써 심상적 이동시점은 시적 외연을 넓힐 수 있는 방법론이 되기도 한다.

　사무실을 나서는 남자의 어깨 위로
　늙은 개와 썩은 생선 통조림으로 가득한 죽은 나무의 거리가 피어오른다.
　남자는 가방을 든 채,
　하수구를 향해 맹렬히 쏟아지는 썩은 생선을 바라보고 있다.
　뻥 뚫린 생선의 주둥이는 죽은 나무의 가지에 걸려 몸속의 내장을 게워내고 있다.
　남자의 신발 속으로 생선의 내장이 비릿하게 들어선다.
　남자의 가방은 썩은 생선의 대가리로 가득 찬다.
　말라죽은 나무와 썩은 생선의 거리를 지나 남자는
　검은 버스를 타고 검은 구두의 집으로 돌아간다. 집으로 돌아가는 남자를 바라보며 늙은 개는 더러운 밤을 뒤적인다.
　남자는 검은 전등을 켜고 검은 샤워를 하고 어둡고 오래된 냉장고의 식욕 속으로 걸어들어간다. 남자의 식사가 검은 전등불 아래에서 검게 빛난다.
　남자는 검은 커튼을 치고 검은 TV를 켠 채 오래되고 익숙한 검은 날의 밤을 맞이한다.
　남자의 검은 밤이 무수히 지나간다.
　남자는 여전히 늙은 개와 썩은 생선 통조림으로 가득한 거리를 지나 검은 구두의 집으로 돌아간다.

남자의 식탁은 어둡고 오래된 냉장고의 식욕으로 빛났지만 누구도 검은 전등불 아래에서의 식사를 본 사람은 없었다.

　남자의 검은 밤과 검은 낮이, 무수히 지나간다.

　남자의 검은 TV는 언제나 켜 있고

　검은 구두의 현관 앞은 검은 신문으로 넘쳐흐른다.

　검은 신문에서 검은 활자가 쏟아졌지만 아무도 그것을 본 사람은 없었다.

　검은 현관이 열리는 것을 본 사람도 없었다. 썩은 생선이 담긴 남자의 가방이 검은 구두의 현관으로 들어서는 듯도 했지만 그것의 냄새를 맡은 사람 역시 없었다.

　검은 구두의 현관 너머에선 언제나

　검은 TV의

　검은 노래와

　검은 코미디와

　검은 쇼가

　쉬지 않고 새어나왔다.

　검은 TV와 신문이 도래한 날들이 시작되었다.

　　-조동범, 「검은 TV와 신문의 날들」 전문

　모든 대상이 "검은" 색상으로 이루어진 시의 정황은 출발부터 심상적 구조를 근간으로 하고 있다. 현실 속에서는 있을 수 없는, 검은 것들의 집합체는 비현실적인 이동 경로를 통해 우리 삶의 비극성을 더욱 강조한다. 이때 우리 삶이 강조되는 이유 중의 하나는 심상적 구조 때문이다. 심상적 구조는 시인이 인식하고 있는 시적 세계의 비극성을 강조하며 시인의 내면을 제시하게 된다. 그럼으로써 이 시에 등장하는 검은 색상 이미지는 단순히 검은색이 재현하는 비극성을 넘어서게 된다.

심상화된 검은 이미지들은 현실 너머의 세계를 제시하여 현실의 서경적 국면이 제시하지 못하는 비극의 모든 내면을 파헤칠 수 있도록 만든다. 이때 비극적 검은 색상 이미지들은 장소를 따라 이동하며 도시적 삶 도처에 널려 있는 비극을 제시한다. 그럼으로써 이 시의 배경이 되는 도시 공간은 모두 심상화된 이미지를 획득하게 된다. 그리하여 도시 공간 전체는 심상화된 덩어리를 이루며, 시적 배경이 되는 모든 공간의 이동 경로를 심상화된 이미지로 만들어버린다.

4. 영상조립시점

영상조립시점은 어울리지 않는 낯선 정황들을 돌연히 내세우되, 그 안에 일관된 정서와 감각을 부여하는 창작 방법론이다. 영상조립시점을 구축하는 각각의 정황은 파편적 이미지들로 연결되는데, 이때 개별 이미지는 파편화되어 분절적이기만 하면 안 된다. 영상조립시점은 어울리지 않는 이미지들의 조합이지만, 전체적인 맥락에서 그것을 관통하는 정서와 감각, 의미 등이 필요하다.

서경적 구조의 경우는 가시권 사물과 비가시권 사물이 혼재될 때 자연스럽지 않은 경우가 있다. 그러나 영상조립시점은 "마음에 떠오르는 것들을 함께 묶어 재구성한 것이므로, 가시권 사물과 비가시권 사물이 섞여 있을 수 있다".[10] 또한 가시적 사물과 비가시적 사물 역시 혼재되어 나타날 수 있다.[11] 두 개 이상의 조각난 영상이 조립되는 영상조립시점은 조각의 합이 전혀 다른 감각을 소환하기도 한다. 1+1이 2가 아니라 a일 수 있으며 '사과'나 '의자'가 될 수도 있다. 영상조립시점은 감각적인 정황을 만들어내기에 적합한데, 시인의 상상력을 극대화하는 데 도움이 되기도 한다.

영상조립시점은 서경적 영상조립시점과 심상적 영상조립시점으로 나뉜다. 서경적 영상조립시점은 서경적 구조의 정황들로 이루어진 것이며, 심상적 영상조립시점은 심상적 구조의 정황들로

---

10) 오규원, 앞의 책, 105쪽.
11) 서경적 구조는 가시적 이미지를 묘사하는 창작 방법론인데, 이때 가시적 이미지는 가시권의 사물과 비가시권의 사물을 모두 포함한다. 반면 심상적 구조는 비가시적 이미지를 묘사한다. 서경적 구조와 심상적 구조의 차이는 시적 대상을 사실적 이미지로 묘사하느냐 심리적인 이미지(비현실적, 환상적)로 묘사하느냐이다.

이루어진 것이다. 눈으로 직접 파악할 수 있는 이미지로 이루어진 서경적 영상조립시점과 마음으로 볼 수 있는 심상적 영상조립시점은 모두 초현실적 감각을 제시한다. 이때 서경적 영상조립시점의 경우, 가시적 정황으로 이루어졌음에도 불구하고 심상화된 감각을 강하게 드러낸다. 그리고 서경적 영상과 심상적 영상을 하나의 작품 안에 섞어 영상조립시점을 구성할 수도 있다.

서경적 영상조립시점

서경적 영상조립시점은 가시적 이미지의 조각을 조립하여 구조화하는 기법이다. 사실을 묘사하지만 조각난 장면들을 낯설게 조합하기 때문에 서경적 영상조립시점은 심상적 구조와 유사한 효과를 나타내기도 한다. 또한 낯선 이미지가 충돌하면서 나타내는 효과로 인해 초현실적인 감각을 환기하기도 한다. 이처럼 사실적이지만 낯선 장면들이 충돌하기 때문에 서경적 영상조립시점은 서경적 고정시점, 회전시점, 이동시점과 달리 서경적 감각이 축소되는 경향이 있다.

택시를 잡으려는 여교수의 안경이 얼룩진다
축구를 할 수 없는 청년들은
친구 집 차고에 모여 마샬 앰프와 워시번 전기 기타와 타마 드럼을
가져다 놓고 합주를 한다

유원지에는 레인코트를 입은 여자가 울면서

혼자 회전목마를 타고 있다

폭력 조직의 두목들이 호텔 스카이라운지에 앉아

우중 도시의 전망을 보며 협상을 벌인다

브레이크를 밟다가 미끄러진 모터사이클 운전자는

깨진 헬멧과 함께 일어날 줄을 모른다

화교들이 모여 사는 거리의 삼층 다락방에서는

대마초 연기가 눈을 따갑게 하고

화창한 맑은 날에 리비도가 저하되는 성도착증 환자는

낡은 가죽 재킷을 맨몸 위에 걸치고

입주자들이 모두 떠난 폭파 예정인 아파트를 배회한다

밤새 벼락이 친다

-이승원, 「근미래의 서울」 부분

　「근미래의 서울」의 후반부는 서경적 영상조립시점을 이용하여 시적 정황을 전개한다. 서경적 영상조립시점이니만큼 각각의 정황은 모두 가시적으로 파악할 수 있는 것들이다. 「근미래의 서울」은 전적으로 서경적 영상으로 이루어져 있지만 영상조립시점을 통해 보다 감각화된 장면을 제시한다. 또한 작품을 관통하는 일관성을 통해 조각난 영상을 하나의 감각과 세계로 수렴시킨다. 이때 파편화된 각각의 정황은 "근미래의 서울"이라는 비극적 공간과 시간을 중심으로 전개된다. 도시의 비극을 작품의 중심축으로 삼음으로써 「근미래의 서울」은 현대 문명사회의 비극을 중심으로 펼쳐지는 일관된 주제 의식을 제시할 수 있게 된다.

심상적 영상조립시점

심상적 영상조립시점은 서로 어울리지 않는 비가시적 이미지를 조립하여 구축하는 창작 방법론이다. 따라서 심상적 영상조립시점은 서경적 영상조립시점보다 초현실적 성향이 더욱 강화된다. 심상적 고정시점, 회전시점, 이동시점 역시 비현실과 환상성을 통해 초현실적 성향의 시적 세계를 드러내지만, 심상적 영상조립시점은 이러한 방법보다 더욱 강렬하게 독자의 미의식을 자극한다.

섭던 바람을 벽에 붙여놓고
돌아서자 겨울이다
이른 눈이 내리자
취한 구름이 엉덩이를 내놓고 다녔다
잠들 때마다 아홉 가지 꿈을 꾸었다
꿈속에서 날 버린 애인들을 하나씩 요리했다
그런 날이면 변기 위에서 오래 양치질을 했다
아침마다 가위로 잘라내도
상처 없이 머리카락은 바닥까지 자라나 있었다
휴일에는 검은 안경을 쓴 남자가 검은 우산을 쓰고 지나갔다
동네 영화관에서 잠들었다

지루한 눈물이 반성도 없이 자꾸만 태어났다

종종 지붕 위에서 길을 잃었다

텅 빈 테라스에서 달과 체스를 두었다

흑백이었다 무성영화였다

다시 눈이 내렸다

턴테이블 위에 걸어둔 무의식이 입안에 독을 품고

벽장에서 뛰쳐나온 앨범이 칼을 들고

그대로 얼어붙었다

숨죽이고 있던 어둠이 미끄러져내렸다

어디선가 본 적 있는 음악이

남극의 해처럼 게으르게 얼음을 녹이려 애썼다

달력을 떼어 죽은 숫자들을 말아 피웠다

뿌연 햇빛이 자욱하게 피어올랐지만

아무것도 녹진 않았다

-강성은, 「12월」 전문

　「12월」은 12월을 통해 떠올릴 수 있는 소멸, 종료, 파국 등을 하나의 작품 안에 배치하여 영상조립시점으로 표현한다. 「12월」에서 주로 사용하고 있는 것은 심상적 영상조립시점이다. 이 시에서 각각의 심상적 정황은 서로 어울리지 않는 것들이지만 모두 12월이라는 시간적 배경이 전달하는 정서와 부합한다. 이 시의 화자는 "동네 영화관에서 잠"이 드는가 하면 갑자기 "텅 빈 테라스에서 달과 체스를" 두기도 하고, "턴테이블 위에 걸어둔 무의식"이 "입안에 독을 품"는가 하면 "벽장에서 뛰쳐나온 앨범이 칼을 들고" 나타나기도 한다. 이처럼 영상조립시점은 서경적 구조로 제시할 수 없는 문장을 자연스럽게 작품화한다. 심상적 영상조립시점은 「12월」에서처럼 파편화된 듯 어울리지 않는 심상적 정황을 제시하여 개성적이고 일관된 정서와 감각을 드러낸다. 그리하여 심상적 영상조립시점으로 쓰인 작품은 상상력이 극대화된 비가시적 환상성을 펼쳐놓는다.

영상조립시점의 구성 원리

영상조립시점을 구성할 때의 관건은 조각난 정황들이 일관된 흐름을 형성할 수 있느냐 없느냐이다. 파편화된 이미지가 조각나 있기만 하고 일관된 감각과 정서를 만들어내지 못하면 영상조립시점은 실패하고 만다. 조각난 이미지를 관통하는 감각과 정서를 확보했을 때, 영상조립시점은 비로소 고유한 구조와 낯선 감각을 소환하며 우리 앞에 모습을 드러낸다. 이처럼 두 개 이상의 낯선 정황이 충돌할 때, 기존의 정황이 제시하지 못했던 낯선 감각은 만들어진다. 영상조립시점은 이와 같이 낯선 감각을 만들어내는 특성으로 인하여 평범한 정황을 결합시킬 때조차 지배적 감각을 만들어내기도 한다. 영상조립시점은 두 개 이상의 낯선 정황을 결합하여 하나의 문장으로 만들 수도 있고, 각각의 낯선 문장을 연결하여 제시할 수도 있다. 다음은 한 문장에 정황을 결합하는 방법이다.

① 달이 뜬다.

② 태양이 저물지 않는다.

두 개의 문장을 각각 읽을 때, 이것은 특별할 것 없는 평범한 정황으로 다가온다. 여기에 미적 인식을 자극할만한 요소는 눈에 띄지 않는다. 이것은 그저 '달이 뜬다'는 상황과 '태양이 저물지 않는다'라는 상황을 제시할 뿐이다. 그런데 두 개의 문장을 하나로 결합하여 낯설게 연결하면 특별한 감각을 소환하며 우리의 미의식을 사로잡는다.

① 달이 뜨고

　　태양은 저물지 않는다.

② 달이 뜨면

　　태양은 영원토록 저물지 않는다.

③ 달이 뜨면

　　두 개의 태양은 영원토록 침몰을 거듭한다.

두 개의 정황을 변주하여 하나의 세계 안에 넣었더니 기존의 문장과 달리 미적 인식이 작동하는 지배적인 정황으로 바뀌었다. ①번은 서경적 영상을 조립하여 일관된 감각을 만든 서경적 영상조립시점이다. 단순하게 두 개의 문장을 조립했을 뿐인데도 각각의 개별 문장으로 존재했을 때와는 달리 상이한 감각을 보여준다. ②번은 '달이 뜨면'이라는 전제 조건과 태양이 '영원토록' 저물지 않는다는 심상적 구조의 문장을 결합하여 심상적 영상조립시점으로 변환한 경우이다. 이때 (서경적 영상조립시점도 마찬가지이지만) 심상적 영상조립시점은 초현실적인 감각을 더욱 극대화한다. ③번은 심상화된 정서를 더욱 강하게 부여하여 심상적 영상조립시점의 기능을 두드러지게 나타나도록 했다. 이번에는 독립된 각각의 문장을 결합하여 완성한 영상조립시점을 살펴보도록 하자.

① 시베리아의 유성우
② 타오르는 숲
③ 남극의 혹등고래와 먼 바다의 음역
④ 적도의 적란운
⑤ 저수지의 죽은 물고기 떼

이것을 시적 정황이 느껴지는 문장으로 만들어보았다.

① 유성우가 쏟아지지 않는 시베리아
② 타오르는 숲
③ 남극의 혹등고래가 더듬는 먼 바다의 음역
④ 끊임없이 피어오르고 사라지는 적도의 적란운
⑤ 성큼성큼 걸어 나오는 저수지의 죽은 물고기 떼

제시한 다섯 개의 정황에는 서경적 영상과 심상적 영상이 혼재되어 있다. 이 중에서 유성우가 쏟아지지 않는 시베리아(①번 정황)

와 타오르는 숲(②번 정황), 그리고 적도에서 적란운이 피어오르고 사라지는(④번 정황) 장면은 서경적 정황이다. 그리고 남극의 혹등고래가 먼 바다의 음역을 천천히 더듬고 있는 장면(③번 정황)과 죽은 물고기 떼가 성큼성큼 걸어 나오는 장면(⑤번 정황)은 심상적 정황이다. 이때 각각의 정황은 서경적 영상끼리 결합할 수도 있고 심상적 영상만으로 구성할 수도 있다. 또한 서경적 영상과 심상적 영상을 혼재하여 구성할 수도 있다. 이와 같이 분절된 정황들을 일관된 세계 안에 배치하면 다음과 같은, 영상조립시점으로 이루어진 작품이 된다. '소멸'이라는 주제를 떠올리며 다음 작품을 읽어보자.

> 시베리아로부터 유성우는 쏟아지지 않는다
> 숲은 타오르고
> 남극의 혹등고래가 먼바다의 음역을 천천히 더듬고 있다
> 적도의 적란운은 끊임없이 피어오르고 끊임없이 사라진다
> 그리하여 저수지로부터,
> 죽은 물고기 떼는 성큼성큼 걸어 나오기 시작한다

어울리지 않는 다섯 개의 정황을 하나의 작품으로 구성했다. 이렇게 만들어진 작품에 '소멸'을 대입하여 다시 한 번 읽어보면 조각난 것들의 합인 다섯 개의 정황이 '소멸'이라는 하나의 시적 주제와 상징 안으로 수렴되고 있음을 파악할 수 있다.

영상조립시점은 조각난 낯선 정황들을 내세워 그것들을 하나의 작품 안으로 수렴하는 창작 방법론이다. 하지만 이때 조각난 정

황들의 경우, 파편화되기만 하고 그것을 관통하는 사유와 감각이 없으면 안 된다. 영상조립시점은 조각의 모음이지만 그것을 관통하는 지점을 필연적으로 갖춰야 하는데, 만약 관통하는 지점이 없을 경우에 그것은 낯선 정황들의 의미 없는 조각으로 전락하게 된다. 예시로 제시한 다섯 개의 정황은 모두 '소멸'이라는 의미를 내재하고 있다. 그럼으로써 어울리지 않는 다섯 개의 정황은 일관된 정서를 제시하며 하나의 작품으로 수렴된다.

영상조립시점의 효과는 다음과 같이 정리할 수 있다.

첫 번째, 보편적인 언술 양상으로는 설명할 수 없는, 시인의 의식 속에 있는 모든 것을 드러낼 수 있다. 서경적 구조가 시인의 의식을 제시하기에 일정한 한계를 지니고 있는 데 반해 영상조립시점은 시인의 의식을 적극적으로 재현한다. 이 점은 서경적 영상조립시점과 심상적 영상조립시점 모두에 해당된다.

두 번째, 각각의 조각들이 낯설게 연결되면, 개별 문장이 가지고 있던 원래의 의미와 감각에 머물지 않고 새로운 의미와 감각을 만들어낸다.

세 번째, 감각적인 정황을 만들 수 있다. 낯설게 결합되는 정황들은 기존의 상투적인 시적 구조를 탈피하여 언어의 새로운 감각과 구조를 만들어낸다. 그럼으로써 영상조립시점으로 쓰인 시는 감각화된 세계를 적극적으로 제시할 수 있게 된다.

네 번째, 상상력을 극대화할 수 있다. 영상조립시점은 어울리지 않는 이미지를 결합하기 때문에 하나의 작품에 여러 낯선 정황이 제시되기 마련이다. 이때 각각의 정황들 사이의 거리가 일반적 구조의 글과는 달리 멀기 때문에 상상력의 진폭이 커진다. 따라서 영상조립시점은 일반적인 연상 체계를 벗어나 극대화된 상상 체계를 획득하게 된다.

다섯 번째, 초현실적인 감각을 소환하기 때문에 서경적 구조로 표현하기 힘든 세계를 제시할 수 있다. 초현실적인 감각은 서경적 영상조립시점과 심상적 영상조립시점에서 모두 드러나는데, 심상적 영상조립시점의 초현실적인 감각이 보다 강렬한 양상을 보이는 경우가 많다. 이와 같은 효과는 다른 심상적 구조에서도 일부 나타난다.

다음은 영화 「중경삼림」의 이미지를 무작위로 추출하여 일관된 흐름을 만들어보았다. 한 편의 영화에서 조각난 영상을 추출한 이유는, 조각난 영상이 형성하는 일관된 흐름을 좀 더 쉽게 파악할 수 있어서이다. 영화 속에서 가져온 이미지는 조각난 영상이라는 점에서 파편화된 이미지이지만, 하나의 미적 구조(영화)에서 가져온 것이기 때문에 일관성을 제시하기 쉽다. 이런 방식의 훈련을 통해 하나의 감각과 의미를 만들지 못한 채 파편화되는 영상조립시점의 문제점을 파악하고 극복할 수 있다.

캘리포니아행 비행기가 미지를 향해 아득하고

몸통을 잃어버린 셔츠가 허방을 딛고 있다.
수신되지 않는 음역이 과거를 흐느끼면

거울 속의 여자는 거울 밖의 여자를 바라보며
되돌릴 수 없는 순간들을 호명한다.

그리하여 제복은 눈물을 흘리는가.
아니면 닿을 수 없는 매트릭스를 떠올리는가.

전화기 너머로부터 불온한 소식은 전해진다.

묘사

유통 기한을 넘긴 통조림처럼 모든 것은 되돌릴 수 없다고
제복은 중얼거린다.

쓸모없는 시간을 향해 킬러는 당신의 심장을 겨누고
선글라스 너머로 두 개의 태양과 단 하나의 침묵은 침몰을 거듭한다.

킬러의 총구를 향해 세계의 모든 순간들은 불길하게 수렴된다.

그리하여 제복은 잠이 드는가.

제복의 곰 인형은 눈물을 흘리는가.

캘리포니아행 비행기는 추락을 거듭하고,

허방을 딛고 매달린 거울 밖의 세계는

영원토록 거울 속의 세계를 참혹하게 흐느끼고 있다.

위의 이미지는 왕가위 감독의 「중경삼림」에서 선정한 장면이다. 한 편의 영화에서 선택한 장면이지만 단편적으로 선택한 각각의 이미지는 분절된 정황으로 기능한다. 물론 각각의 정황이 분절적으로 인식되기는 하지만 한 편의 영화에서 가져온 이미지이기 때문에 정황의 연결 장치를 구조화하기에 수월하다.

이때 주의할 점은 이와 같은 방법으로 영상조립시점을 제시할 때 영화의 줄거리에 집착하면 안 된다는 점이다. 영화의 내용과 주제 의식을 벗어나, 영화의 이미지를 모티프 삼아 정황을 새롭게 전개할 때 온전한 문학적 개성이 표현되기 때문이다. 이러한 점은 동화적 상상력이나 신화적 상상력을 동원하여 창작을 할 때에도 마찬가지이다. 또한 줄거리를 요약하는 것처럼 써서도 안 된다. 줄거리는 묘사가 아닌 설명이 되기 쉽다. 위에서 제시한 「중경삼림」의 장면을 연결하면 고유한 개성을 확보한, 다음과 같은 영상조립시점의 시가 만들어진다.

캘리포니아행 비행기가 미지를 향해 아득하고

몸통을 잃어버린 셔츠가 허방을 딛고 있다.

수신되지 않는 음역이 과거를 흐느끼면

거울 속의 여자는 거울 밖의 여자를 바라보며

되돌릴 수 없는 순간들을 호명한다.

그리하여 제복은 눈물을 흘리는가.

아니면 닿을 수 없는 매트릭스를 떠올리는가.

전화기 너머로부터 불온한 소식은 전해진다.

유통 기한을 넘긴 통조림처럼 모든 것은 되돌릴 수 없다고

제복은 중얼거린다.

쓸모없는 시간을 향해 킬러는 당신의 심장을 겨누고

선글라스 너머로 두 개의 태양과 단 하나의 침묵은 침몰을 거듭한다.

킬러의 총구를 향해 세계의 모든 순간들은 불길하게 수렴된다.

그리하여 제복은 잠이 드는가.

제복의 곰 인형은 눈물을 흘리는가.

캘리포니아행 비행기는 추락을 거듭하고,

허방을 딛고 매달린 거울 밖의 세계는

영원토록 거울 속의 세계를 참혹하게 흐느끼고 있다.

심상적 구조와 영상조립시점은 전위적인 작품에만 제한적으로 사용되는 창작 방법론이 아니다. 또한 심상적 구조와 영상조립시점은 최근 새롭게 제시된 창작 방법론이 아니라 오래전부터 시를 구성하는 중요한 요소였다. 그럼에도 이러한 창작 방법론은 시의 주요한 측면으로 파악되기보다 단편적인 측면으로 이해되고 파악

되는 경우가 많았다.

하지만 영상조립시점과 심상적 구조는 시의 형식과 내용 모두와 긴밀한 연관관계를 갖는다. 그리고 이와 같은 언어의 구조적 양상은 현대시의 상상력을 이해하는 데 중요한 역할을 담당한다. 현대시가 가시적 이미지로만 이루어지지 않는다는 점은 자명하다. 시의 언어가 일상 언어와 같이 정상적인 어순과 구조만으로 구축되지 않는다는 점 역시 당연하다. 현대시의 상상력은 서경적 구조가 전달하는 일차적 이미지의 이면이나 시인의 의도 너머를 지향하는 경우가 많다.

물론 서경적 구조 역시 현대시를 구성하는 중요한 요소임은 분명하다. 서경적 구조는 시적 언어를 구축하는 기본적인 방법으로서 가장 오래되고 전통적인 창작 방법론이다. 하지만 서경적 구조의 언어와 인식만으로 현대의 세계 인식과 시적 감각을 표현하고자 할 때 아쉬움이 남는 경우가 있다. 현대에 이르러 우리의 감각과 사유, 세계를 구축하는 모든 사물은 보다 복잡한 층위를 이루게 되었는데, 그러한 것들을 기존 언어의 방식만으로 표현하는 것은 한계에 부딪힐 수밖에 없다. 그런 점에서 심상적 구조와 영상조립시점이 현대시의 창작 방법론으로 중요하게 부각되는 것은 자연스러운 것이라고 볼 수 있다.

●

5. 묘사와 시적 이미지

이미지와 시적 사유

몇 개의 장면을 떠올려보기로 하자. 홍대나 강남의 거리를 걷고 있는 당신은 무수히 많은 빌딩을 가로질러 어디론가 가고 있다. 세련된 도시의 거리를 걷는 것은 언제나 즐겁고 행복한 것이라고 당신은 불현듯 생각한다. 빌딩 옥상에 설치된 전광판에는 자동차 광고가 방영되고 있고, 당신은 문득 그것을 소유하고 싶은 욕망에 사로잡힌다. 빌딩과 거리는 온통 간판이라는 기호체계로 뒤덮여 있다. 그러나 간판이 만들어내는 기호를 통해 당신이 파악하는 것은 단순히 그곳에서 판매되는 상품에 대한 정보가 아니다. 간판이 만들어내는 정보와 의미 이전에 우리의 의식과 무의식을 지배하는 것은 그것이 만들어내는 고유한 상품 이미지이다.

간판은 이미지를 연상하게 함으로써 자신이 만천하에 드러내고자 하는 상품을 감각하게 만든다. 이때 감각을 통해 재현되는 이미지는 실용적 가치를 압도한다. 당연히 대중소비사회의 소비자는 상품의 기능적이고 실용적인 항목을 소비하면서도 상품의 이미지를 소비하려는 양상을 보인다. 때로 상품의 이미지는 기능적이고 실용적인 항목에 우선하여 대중의 소비 심리를 파고든다. 그것을 통해 우리는 이미지라는 허상이 현대 문명사회를 지배하고 조직한다는 사실을 확인하게 된다.

현대의 대중소비사회는 모든 것들을 이미지로 환원하여 감각화하며 자본의 이데올로기를 공고히 하려고 한다. 이제 이미지로 대체되지 않는 것은 없다고 해도 과언이 아니다. 우리가 먹고 마시고 즐기고 소비하는 모든 재화는 실용적 사물이 아닌, 무형의 이미지라는 환영으로 자신의 실체를 드러낸다. 당연히 우리가 소비하는 이미지는 단순히 재화의 성격을 보여주는 물질적인 기표로만 기능하지 않는다. 대중소비사회의 이미지는 물질적 기표가 전달하는 단편적인 기호의 성격에 머물지 않는다. 이때 이미지라는 기표는 그 안에 복잡다단한 기의를 내재함으로써 치밀하게 조직화되기 마련이다. 이미지는 우리의 욕망을 자극하여 물질적 욕망으로 치환되기도 하고, 원초적인 욕망을 통해 쾌락을 재현하기도 한다. 깊이를 담보하는 사유는 대중소비사회 속에서 쓸모없는 존재로 전락하고 만다. 그럼으로써 대중소비사회의 이미지는 점점 더 강력한 괴물이 되어가기에 이른다.

대중소비사회의 이미지는 이처럼 괴물로 진화하여 우리의 삶 전반을 지배하는 더욱 막강한 힘을 갖게 된다. 이미지는 단순히 욕망 등을 드러내는 기표에 머물지 않는다. 이미지는 더 치밀하고 정교하게 우리의 삶과 세계를 지배한다. 이미지는 단순히 사유를 무화시키고 욕망을 드러내는 존재가 아니다. 이미지는 이제 그 자체로 하나의 사유를 만들어내기에 이른다. 그럼으로써 이미지는 스스로 진화하는 괴물이 되어가는 것이다.

하나의 사물이 단순히 물질적 존재로만 제시된다면 그것은 능동적인 사유의 주체가 될 수 없을 것이다. 그러나 대중소비사회의 이미지는 단편적인 사물이나 재화의 지위를 넘어선다. 오늘날 맞닥뜨린 대중소비사회의 이미지는 우리가 주도적으로 이끌 수 있는 판단과 의미의 단계를 넘어섰다. 대중소비사회의 이미지는 우리가 의식하지 못하는 지점으로부터 자신만의 의미를 만들어내고 그것을 확대 재생산하기에 이르렀다. 그리고 현대인들은 이와 같은 이미지를 그저 소비하고 즐길 뿐이다. 이미지가 만들어낸 세계 속에 우리가 자리할 영역은 존재하지 않는다.

이미지는 현대 문명사회의 대중 소비적인 면모를 적극적으로 수용하며 영향력을 확장한다. 그렇기 때문에 이미지는 대체적으로 현대의 속성과 의미를 적극적으로 수용하게 된다. 이러한 이미지의 모습은 우리의 삶을 조금만 둘러보아도 명백하게 파악된다. 이때 이미지가 영화나 텔레비전 등의 영상매체 이미지만을 의미하지 않는다는 점은 자명하다. 이미지는 시각 기호에 직접적으로 호소하는 영상매체와 같은 이미지를 넘어, 우리의 삶을 둘러싼 모든 것들에 투사되기에 이른다. 그것은 우리가 삶을 영위하는 모든 일상생활에 존재한다. 놀이공원이나 백화점처럼 특별하게 조직된 곳에서는 쾌락이나 욕망을 발현시키는 중요한 요소로 기능하게 된다. 그리하여 이미지는 우리가 감각하고 판단하는 상당수의 의식 작용에 지대한 영향을 미치게 된다.

우리가 일상생활에서 무수히 마주하게 되는 광고를 보며 의식하는 것은 과연 무엇인가? 광고는 상품을 소개하고 정보를 제공함으로써 그것에 대한 판매를 도모하고자 한다. 그러나 광고가 호소하고자 하는 것은 상품에 대한 소비자들의 판단과 이해가 아니다. 그곳에는 상품을 욕망하게 만드는 이미지가 제시될 뿐이다. 상품에 대한 정보와 기능은 이미지 뒤에 숨는다. 이때 소비자에게 남는 것은 감각과 욕망뿐이다.

이미지의 이와 같은 속성은 도처에 널려 있다. 그리하여 길을 걸어가며 마주하게 되는 평범한 쇼윈도조차 철저하게 우리들의 욕망을 지배하는 기호의 체계 위에 놓이게 된다. 그러한 공간 중에 대표적인 곳으로 놀이공원과 백화점을 들 수 있다. 놀이공원과 백화점은 이미지를 치밀하게 조직하여 만들어낸 인공 낙원이다. 그곳의 이미지는 철저하게 쾌락과 소비와 욕망을 자극하는 데 맞춰져 있다. 놀이공원과 백화점은 그 자체로 우리 삶의 모습과 하등 다를 바 없는 공간이다. 놀이공원과 백화점 같은, 허위와 욕망과 환상적 이미지로 가득한 것이 바로 우리의 현실인 것이다. 이처럼 이미지는 우리의 삶 전반을 지배하며 현대 문명사회의 주체가 되어버렸다.

현대인의 의식과 무의식은 이미 이미지라는 지배 체계 안에서 사유하고 고민하기 시작했다. 그리하여 이미지는 이제 하나의 이데올로기가 됨으로써 현대의 모든 정신 체계를 지배하기 시작한다. 이미지가 곧 이데올로기일 수 있다는 점은 이마골로기(imagologie)라는 말로 설명할 수 있다. 이마골로기는 이미지와 이데올로기의 합성어이다. 이마골로기는 이미지가 곧 이데올로기가 되는 것을 의미하는 단어이다. 이미지를 통해 이데올로기는 얼마든지 조작될 수 있는 것이다. 그런 점에서 현대의 이미지는 그 자체가 바로 이데올로기가 되기에 이르렀다.

이미지는 단순한 시각 기호의 차원에 머물지 않을 뿐만 아니라 단편적인 생각이나 사유를 만들어내는 수준에 머물지도 않는다. 이미지는 이제 그 자체로 하나의 이데올로기가 되어 우리의 세계를 지배하기 시작한다. 이미지는 이데올로기로 환원되며 우리의 의식 체계 안에 자리 잡은 기존의 질서를 변형시킨다. 그리하여 하나의 대상은 이미지를 조작하고 변형시킴으로써 새로운 의미 구조를 만들어내게 된다. 그리고 그렇게 변형된 이미지는 조작된 이데올로기를 통해 전혀 다른 존재로 탈바꿈하게 된다. 이미지가 이데올로기로 치환된다는 점은 더 이상 새로운 사실이 아니다.

대중소비사회의 이미지는 스스로 이데올로기화함으로써 의미를 만들어낸다. 이때 만들어진 의미(이데올로기)는 처음부터 체계적인 의도 아래에서 만들어진 산물이라기보다 즉흥적이고 감각적으로 만들어진 이미지 위에 덧씌워진 것이다. 이미지를 만들 때 이데올로기를 염두에 두었다기보다는 기표의 수준에서 제작된 이미지가 스스로 기의가 되어 이데올로기를 제시하는 것이라고 볼 수 있다. 물론 이미지가 처음부터 의도된 이데올로기를 위해 제작되고 복무하는 경우도 있다. 하지만 대중소비사회의 대부분의 이미지는 의도와 사유체계 안에서 만들어지기보다 감각과 소비의 차원에 의지하여 만들어진 경우가 많다.

현대의 이미지는 사유하지 않는다. 그것은 그저 쾌락을 드러내고 물화된 세계의 모든 것들을 욕망할 뿐이다. 하지만 이와 같은 이미지는 어느 순간 스스로 사유의 지점을 형성하며 이데올로기화하게 된다. 이미지가 단순히 시각 기호에 머물지 않는다는 사실은 상식이 되었다. 이제 이미지는 이데올로기가 되어 우리의 삶 전반을 지배하게 되었다. 그것은 너무나 강력하게 현대 문명사회의 모든 것에 영향력을 끼치고 있다.

대중소비사회의 이미지는 우리가 인지하지 못하는 사이에 우리의 의식을 지배하는 경우가 많다는 점에서 더욱 비극적이다. 그뿐만 아니라 이미지의 비극을 인지하는 경우에도, 우리는 이미 그것을 기꺼이 받아들일 준비가 되어 있는지도 모른다. 대중소비사회의 모든 이미지를 비극으로 받아들임에도 불구하고 그것을 거부할 용기도 의향도 우리에겐 없다. 욕망과 쾌락은 이미지라는 강력한 기표를 통해 하나의 세계를 구축하고 우리의 모든 의식을 통제한다. 이미지를 통해 현현하는 모든 것들은 이제 거부할 수 없는 완전체가 되었다. 그리하여 그것은 우리의 의식과 무의식 모두를 지배하며 우리의 삶 자체가 되기에 이르렀다.

일찍이 앙리 르페브르가 이야기한 것처럼 현대 문명사회는 양식을 잃어버렸다. 양식이 사라진 곳에 오롯이 남게 된 것은 주체할 수 없는 욕망과 쾌락의 감각뿐이다. 그리고 양식이 사라졌으므로, 그러한 세계에서 사유한다는 것은 불가능한 현실처럼 되어버렸다. 사유할 수 없게 되어버린, 양식이 사라진 거리는 물화된 사물의 즉흥적인 이미지로 가득 채워지게 된다. 이때 대중소비사회의 재화를 통해 가장 중요하게 제시되는 것은 소비와 감각이다. 그 안에서 우리는 그저 끊임없이 욕망하고 말초적인 자극을 감각할 뿐이다. 그럼으로써 우리에게 과거의 양식은 더 이상 존재하지 않게 되었다.

그렇다면 이와 같은 비극적 이미지 속에서 우리의 시와 예술은 무엇을 바라보아야 하는가? 우리를 둘러싼 세계의 이미지가 이러한 비극을 표상할 때, 예술가들은 세계의 어떠한 지점을 바라보고, 어떻게 그것을 재현해야 하는가? 시에서 이미지는 없어서는 안 될,

매우 중요한 요소이다. 그렇다면 우리가 맞닥뜨린 이러한 세계 속에서 시는 어떠한 이미지를 응시해야 하는가?

욕망과 쾌락이 지배하게 된 세계 속에서 시인은 비극적 이미지를 통해 우리 삶의 고통에 관심을 기울이게 된다. 그런 점에서 현대의 시가 작품을 통해 세계에 대응하는 비극적 자세는 지극히 자연스러운 일이다. 문학과 예술이 언제나 당대의 문제를 호명하고자 한다는 점에서, 우리를 둘러싼 세계의 비극적이고 파편화된 양상을 드러내려는 노력은 당연한 일이다. 이미지가 곧 이데올로기를 드러내는 세계에서 이미지에 주목하여 세계를 파악하려는 문학과 예술의 입장은 지극히 자연스러운 것일 수밖에 없다.

이미지와 미적 갱신의 감각

시가 이미지의 산물이라는 점은 명백하다. 물론 시를 구성하는 원리와 요소는 무수히 많지만 그중에서 이미지가 차지하는 비중은 압도적이라고 할 수 있다. 파이퍼는 시를 묘사되는 것이라고 했으며, 옥타비오 파스는 "시는 설명하지도 않고 표상하지도 않으며 단지 '보여줄' 뿐이다"[12]라는 말로 이미지의 중요성을 언급했다.

시인들은 자신의 경험과 상상력이 그 어떤 시적 이미지를 통해 드러나기를 희망한다. 이미지를 통해 시인들의 경험과 상상력은 실

---

12) 옥타비오 파스, 김홍근·김은중 옮김, 『활과 리라』, 솔, 1998, 148쪽.

재의 국면으로 재현되어 하나의 시적 세계를 구축하게 된다. 그런 점에서 이미지는 실재하는 상상력이며 동시에 구체적으로 재현된 시적 경험이다. 이미지를 통해 드러나는 상상력은 존재하지 않는 것들을 실제의 세계로 소환하기도 하고 기존의 시적 세계에 새로움을 부여하기도 한다. 그런 점에서 문학 이미지는 바슐라르가 언급한 것처럼 "새로운 몽상(onirisme nouveau)으로써 풍요로워져야"[13] 하며 "다른 것을 의미하고 달리 꿈꾸게 해야"[14] 한다.

시는 이미지를 통해 새로운 세계에 진입하게 되며 다층적인 지점과 만나게 된다. 그리하여 시적 이미지는 시의 감각을 형성하는 데 중요한 수단으로 기능한다. 그러나 시적 이미지가 언제나 상상력과 감각의 수단으로만 사용되는 것은 아니다. 때로 "이미지는 수단이 아니라 목적이며, 이미지 자체가 의미"[15]가 되기도 한다. 따라서 이미지를 재현하는 것은 단지 눈에 보이는 장면만을 제시하는 것으로 국한되지 않는다. 이미지는 그것만으로 하나의 시적 의미를 만들어내기도 하는데, 시에서 묘사가 곧바로 의미로 전이되는 경우가 그러하다. 그런 점에서 시적 이미지와는 다르지만, 이미지가 곧 이데올로기로 환원되는 이마골로기를 통해 이미지와 의미의 상관관계를 살펴볼 수도 있다. 이미지는 외부로 드러난 기표로만 기능하지 않고 그것 자체가 하나의 기의로서 역할을 수행하기도 한다. 따라서 시적 이미지가 이마골로기처럼 표면적으로 드러

---

13) 가스통 바슐라르, 앞의 책, 497쪽.
14) 위의 책, 같은 쪽.
15) 옥타비오 파스, 앞의 책, 145쪽.

난 이미지만으로도 시적 의미를 제시할 수 있음은 자명하다.

　이미지가 중요한 시적 장치임에도 불구하고 최근에 나타난 일군의 시적 경향과 관련하여 한 가지 우려되는 점이 있다. 이미지의 과잉이 그것인데, 2000년대 이후 하나의 군(群)을 이루며 집중적으로 나타나는 양상을 보이고 있다. 이때 많은 사람들이 2000년대 중반에 있었던 '미래파' 논쟁을 떠올리겠지만 최근 이미지의 과잉은 '미래파' 문제와는 다른 측면에서 접근해야 할 것이다. 오히려 '미래파' 논쟁과 '미래파' 시인들의 작품은 이전 세대와 차별화된 새로운 상상력과 감각을 제시하고 개척했다는 점에서 긍정적인 측면이 크다. 또한 우리 시의 스펙트럼을 넓혔다는 점에서도 유의미한 가치를 지닌다.

　오히려 문제는 '미래파' 이후에 형성된 시적 감수성의 문제라고 볼 수 있다. '미래파' 논쟁이 불거졌던 2000년대 중반을 전후로 한 시기는 다채로운 문법과 감각이 다양하게 확장된 시기였다. 그런데 어느 순간 '미래파' 논쟁 이후의 우리 시는 '미래파'가 어렵게 용인받은 어법과 상상력을 그야말로 '유행'처럼 수용하게 되었다. 미적 갱신을 통해 새로운 지점을 모색하지 못한 채 자기복제의 덫에 빠지게 되는 경우가 적지 않았다. 이와 같은 시적 경향의 작품들은 감각적인 이미지를 시의 전면에 배치함으로써 일견 세련된 어법과 감각을 드러낸다. 감각적이고 세련된 어법과 상상력이 돋보이는 작품들은, 그러나 그와 같은 부분들을 지나치게 강조함으로써 이미지를 통해 발현되는 시적 의미로부터 멀어진 채 감각만 남게 된 경우가 많았다. 유행처럼 번진 그 자리에 시인의 이름은 온데간데

없이 사라지고 언어의 허상만 남게 되는 경우도 있었다.

문학이미지가 가진 의지의 하나인, 표현을 다듬는 의지 속에서 파악될 때의 문학이미지는 각별한 기복을 가진 물리적 현실이다. 더 자세히 말하자면 문학이미지는 정신심리적인 기복이며, 다면적 정신심리태이다. 그것은 새겨 들기도 하고 부풀려 올리기도 한다. 그것은 깊이를 재발견하기도 하고 혹은 상승[들어올림을 암시하기도 한다. 그것은 하늘과 땅 사이를 오르고 또 내린다. 그것은 다성적이니 왜냐하면 그것은 다의적이기 때문이다. 의미들이 너무 분할된다면 그것은 "말장난"으로 전락할 수도 있다. (그와 반대로) 그것이 단 하나의 의미 속에 갇힌다면 그것은 교조주의로 빠져 버릴 수도 있다.[16]

시적 이미지가 언제나 의미를 만들어내야 하는 것은 아니지만, 의미를 확보하지 못한 시적 이미지가 한계를 지닐 수밖에 없음은 자명하다. 그런 점에서 2000년대 이후의 시적 감수성이 보여주고 있는 언어와 감각은 다소 우려스러운 측면이 있다. 이와 같은 시적 이미지는 다층적인 의미 구조에 기대기보다 감각이 지나치게 극대화된 시적 이미지에 경도된 경우가 많기 때문이다. 감각적이고 발랄한 기표가 전달하는 것이 말장난이나 감각만으로 제한될 때 문제는 발생한다. 이러한 말장난과 감각에 경도된 시는 화려한 이미지를 동반하는 경우가 많은데, 바로 이때 언어와 감각만 남게 될 여

---

16) 가스통 바슐라르, 앞의 책, 502쪽.

지가 생긴다. 그것은 일견 화려하고 아름답게 보이지만, 진정성이나 깊이의 문제와 관련한 의혹을 떨치기는 쉽지 않다.

이 자리에서 언급하고자 하는 것은 전위에 대한 비판이나 '미래파'에 대한 회의가 아니다. 우리 시의 전위가 시문학사에서 새로운 미적 갱신의 역할을 수행해왔음을 생각한다면, 전위는 끊임없는 애정의 대상이 되어야 마땅하다. '미래파' 역시 미적 갱신을 통해 새로운 감수성과 감각을 창출했다는 점에서, 그것은 의미 있는 긍정적 '사건'일 수밖에 없다.

다시 말하지만 여기서 다루고자 하는 것은 화려한 이미지만으로 무장한 시이다. 물론 이와 같은 혐의를 특정 시인으로 한정 짓는다거나 특정 경향만을 지목하여 배타적으로 적용할 수는 없다. 그리고 최근의 시적 경향 전체를 이와 같은 시선으로 비판할 수도 없을 것이다. 하지만 분명한 것은 이러한 경향의 시가 '미래파' 논쟁 이후에 하나의 군(群)을 이루며 유행처럼 번졌다는 점이다. 그럼으로써 적지 않은 작품이 다채로움을 잃어버린 채, 화려한 감각과 언어라는 시적 경향에 지나치게 몰입하는 태도를 보이기도 했다.

2000년대 이후의 한국 시에 있어서 상상력을 기반으로 한 환상성은 매우 중요한 시적 가치로 주목받았다. 환상성이 아닌 경우에도 기존의 상상력과는 매우 다른, 자유롭고 전투적인 상상력이 주요한 감각으로 등장하여 한국 시단을 지배하게 되었다. 그 이전의 한국 시단의 경우, 환상성이나 파편적 감각이 절대적인 주류 질서를 형성했다고 보기는 힘들다. 일부 전위적 작품이 지속적으로 주목을 받았지만 그와 같은 감수성이 시단 전체를 지배한다고 볼 수 없었다. 그동안 시적 상상력은 대체적으로 실재의 세계를 기반으로 하거나 자연스러운 감각을 통해 시인의 경험과 사유를 부각시키는 경우가 많았다. 물론 그동안 환상성을 비롯한 전복적 상상력이 없었던 것은 아니지만, 그것이 집단적으로 나타난 것은 매우 이례적인 일이었다. 하지만 이와 같은 최근의 시적 경향은 심상적 이미지를 시의 주된 언술 양상이자 감각으로 자연스럽게 받아들이게 했다.

심상화된 세계는 서경적 세계와는 달리 주관적 언술 양상을 띠기 때문에 비현실적인 이미지나 환상적인 이미지로 재현되기 마련이다. 그것은 시인의 내면으로 바라본 이미지이기 때문에 시인 자신만이 볼 수 있는 주관화된 이미지의 양상을 띠게 된다. 이와 같은 심상적 구조가 최근에 나타난 것은 아니지만 2000년대 이후에 집중적이고 집단적으로 나타남으로써, 심상적 구조가 만들어내는 환상성은 또 하나의 시적 세계를 창출하기에 이르렀다. 심상적 구조는 시인 내면에 있는 모든 것을 표현할 수 있다는 점에서 의미 있는 언술 양식이다. 심상적 구조는 서경적 구조와는 달리 사실적 이미지나 진술이 전달할 수 없는 내면의 미묘한 울림과 파동을 효과적으로 제시할 수 있기 때문에, 시인 내면의 복잡다단한 감각을 적극적으로 수용할 수 있다.

'미래파' 이후에 자리 잡은 우리 시의 새로운 감각은 바로 이러한 심상적 구조를 주요한 창작 방법론으로 내세우는 경우가 많다. 이때 심상적 구조를 통해 드러나는 이미지는 비현실적 감각과 환상성으로 인하여 화려한 이미지와 감각을 통해 제시되고는 한다.

서경적 구조가 가시적 정황을 통해 이미지를 재현하는 것과 달리 심상적 구조는 비가시적 정황을 통해 이미지를 제시한다. 따라서 비가시적 정황을 통해 제시되는 심상적 구조는 현실의 그것과는 다른 비현실적 감각과 환상성을 부여받게 된다. 그런데 문제는 이와 같은 심상적 이미지가 화려함을 기반으로 하여 이미지의 과잉 상태에 놓이게 되는 경우가 많다는 점이다.

심상적 구조를 주요한 창작 방법론으로 내세우든, 환상을 시적 세계의 주된 감각으로 사용하든, 그것 자체는 아무런 문제가 되지 않는다. 오히려 이와 같은 감각은 새로운 정서와 감각, 그리고 언술 양식을 제시할 수 있다는 점에서 긍정적인 것이라고 할 수 있다. 다만 그것이 분절되고 파편화되기만 할 때, 그리고 의미 없는 감각만으로 채워질 때 문제는 발생한다. 화려한 이미지의 향연 속에서 시인들은 과연 무엇을 그리려고 하는가? 그리고 독자들은 이러한 이미지를 통해 시인들의 어떤 감각과 의도를 수용할 수 있게 되는가? 과잉 이미지로 가득한 시를 읽으며 독자들은 얼마나 깊은 시적 세계와 맞닥뜨리게 되는가? 지금 우리에게 필요한 것은 감각만이 남게 된 이미지가 아니라 확고한 개성과 정제된 이미지일 것이다.

옥타비오 파스는 "두 개 혹은 그 이상의 의미를 내포하는 이미지가 단순히 말장난이 아니라, 하나의 이미지가 되어 상반되는 여러 힘들의 긴장을 유지"[17]할 수 있다는 점에 주목한다. 시인의 심상적 내면은 파스가 지적한 바와 같이 조각난 심상들이 합을 이루

---

17) 옥타비오 파스, 앞의 책, 141쪽.

는 과정을 통해 조립된 영상의 새로운 감각을 환기하기도 한다. 그리하여 심상화된 언어나 조립된 언어가 전달하는 비가시적 세계의 환상성과 비현실적 감각은 서로 다른 조각들을 끌어모음으로써 새로운 지점으로 나아가게 된다. 이때 주의할 점은 심상적 구조와 조립된 시적 이미지는 더욱 정교한 구조화의 단계를 거쳐야 한다는 점이다. 심상화된 이미지와 조립된 시적 이미지가 치밀한 구조화의 단계로부터 멀어질 때, 그것은 의미를 잃어버린 채 동의할 수 없는 이미지의 세계로 전락하게 된다.

이미지는 시에 그 어떤 역동성을 부여하며 감각적 세계를 만들어낸다. 그러나 과잉된 이미지만이 남게 될 때, 그리고 그와 같은 이미지가 이미지 너머의 세계를 확보하지 못할 때 문제는 발생한다. 이때 이미지는 가치를 잃어버린 채, 의미 없는 장면만을 양산하는 말장난과 표피적인 감각에 머물게 된다. 그리하여 이러한 이미지는 시적 의미와 감각으로 전이되지 못한 채, 미적 갱신이 사라진 허상으로서의 기표로만 남게 된다. 현란한 감각이 의미 없는 이미지의 향연만으로 현현할 때, 시가 전달하는 깊이와 세계는 사라지게 된다. 우리는 과연 어떤 이미지를 바라보고 드러내기를 희망하는가?

이미지의 과잉을 통해 남게 되는 것은 표면화된 언어의 화려함뿐이다. 이렇게 되었을 때 시의 언어는 시적 언어라는 기호 이상도 이하도 아닌 상태에 머물게 된다. 화려한 외연을 가지면 가질수록 시적 세계는 자칫 의미화하지 못한, 이미지의 소모적 양상이 되기 쉽다. 감각에 지나치게 경도된 시는 이미지를 소모함으로써 시적 생명력을 지속시킬 수 없다. 따라서 이렇게 소비되는 일회적이고 즉흥적인 시적 태도는 우려를 자아낼 수밖에 없다. 결국 이미지의 과잉은 이미지 너머의 텅 빈 세계와 만나게 되어, 종국에는 우리 시의 결핍이 될 것이다.

진
술

—

진술의 방식과

시적 언술

시적 언술은 크게 묘사와 진술로 나뉜다. 묘사가 이미지를 통해 재현되는 시적 언술이라면 진술은 시인이나 시적 화자[18]가 말하는 방식으로 이루어진 시적 언술이다. 묘사가 시각적이고 감각적인 양상으로 재현되는 데 반해 진술은 말하거나 듣는 방식을 통해 나타난다. 때문에 진술은 대체적으로 시적 화자가 제시하고자 하는 사유나 감정, 깨달음 등을 전달한다.

진술은 시적 화자의 마음 속 사유, 감정, 깨달음 등을 말한다는 특징 때문에 오해받고 있는 시적 언술이기도 하다. 그리고 이와 같은 진술에 대한 오해는 시 전반에 대한 오해로 이어지기도 한다. 비유와 상징의 방식으로 재현되어야 하는 시 언어를 직설적인 언어로 착각하는 것이다. 그러나 시를 비롯한 문학의 언어는 주제를 직

---

18) 진술의 발화자는 시인과 시적 화자로 나눌 수 있다. 넓은 의미에서의 시적 화자는 시인을 포함한다. 이 책에서는 글의 맥락과 상황에 따라 시인과 시적 화자를 번갈아 쓰거나 함께 표기했다.

접 드러내지 않는다. 우회적인 내용 속에 시인의 의도를 감추는 것이 시적 언술의 기본이다. 진술 역시 시인이 하고자 하는 말과 생각을 직설적으로 표현하지 않는다. 물론 경우에 따라 하고자 하는 말을 직설적으로 나타내는 경우가 있지만 이때에도 일상적인 어법과 다른, 문학적인 양상을 동반하며 나타난다.

시는 언어라는 형식 안에 시인의 의도를 숨긴다. 시인은 시적 대상을 관찰하여 그것을 언어화한다. 그 언어 안에 말하고자 하는 주제를 숨겨 우회적으로 표현한다. 따라서 시를 쓴다는 것은 시적 대상의 이면에 감춰진 의미와 사유를 통해 우리의 삶과 세계를 제시하는 일이다. 시는 묘사와 진술이라는 시적 언술을 내세워 작품화된다. 이때 언어화된 시적 언술은 기표이며 그 안에 담긴 의미는 기의이다. 우리는 비유와 상징으로 대표되는 우회적 시적 언술로 묘사만을 떠올리는 경우가 많다. 그러나 진술 역시 우회적 발화 방식으로 작동하는 시적 언술이다. 그런데 많은 이들이 진술을 직설적인 발화로 오해한다. 이런 오해 때문에 아포리즘과 다를 바 없는 언어를 시의 언어라고 생각하는 경우가 있기도 하다.

직설적인 언어로 오해받기도 하는 진술은 이러한 잘못된 인식 때문에 상투적인 양상으로 나타나는 경우도 적지 않다. 주제를 직설적으로 드러낼 때 시는 비유와 상징이라는 시적 언어의 특징을 잃어버린다. 이때 시는 누구나 생각할 수 있을 정도로 상투적인 주제를 드러내며 상식적이고 일상적인 수준의 주장을 하게 된다. 또한 마음속에 담고 있는 감정과 느낌을 직설적으로 표현하는 경우도 잘못된 진술의 양상이다.

진술을 오해하여 이와 같은 방법으로 표현하게 될 때, 작품은 시적 감각과 사유를 제시할 수 없게 된다. 그것은 직설적인 주장에 불과한 것이며 일차원적인 감정의 배설일 뿐이다. 진술의 경우에도 우회적 양상으로 작동하는 시적 장치가 필요하다. 진술 역시 비유와 상징이 필요한 시적 언어임을 잊으면 안 된다.

진술을 잘못 이해하여 직설적인 양상의 언어와 상투적인 사유를 노골적으로 드러내는 것은 시를 포함한 문학 전반에 대한 오해와도 관계가 있다. 문학의 언어를 근대 이전과 근대 이후로 나눌 때, 근대 이전의 문학 언어는 작가의 생각을 직접 드러내는 방식인 경우가 많았다. 직설적으로 작가의 생각을 제시함으로써 주제를 직접 표명했고 그러한 것을 문학의 언어로 자연스럽게 받아들였다. 하지만 근대 이후의 문학 언어는 작가의 생각과 주제를 직접 말하지 않는다. 작가의 생각과 주제를 감추고 다른 이야기를 통해 돌려 말한다. 그런데 이상하게도 진술은 근대 이전의 문학 언어와 유사한 양상으로 오해받는 경우가 많다. 진술 역시 우회적 양상의 시적 언술임에도 불구하고 근대적 언술 양상으로 이해하지 않기 때문이다.

묘사가 시적 언술의 중요한 지점으로 언급되는 만큼 진술 역시 시 언어의 빼놓을 수 없는 한 축이다. 오히려 제대로 된 진술을 하기 쉽지 않다는 점에서 묘사보다 더 까다로운 시적 언술이기도 하다. 묘사는 창작 방법론을 통해 어떻게 구현되는지 설명하기 쉽다. 진술 역시 창작 방법론을 통해 설명이 가능하지만 좋은 진술과 그렇지 않은 진술을 명확하게 구분하는 것은 쉽지 않다. 똑같은 문장이라고 하더라도 어느 경우에는 시적 진술로 기능하지만 어느 경우는 평범한 일상어로 사용되기 때문이다. 즉 같은 표현일지라도 시가 될 수도 있고 아닐 수도 있다. 때문에 시적 진술이 작동하는 원리는 묘사보다 복잡하고 어려울 수밖에 없다. 진술은 묘사보다 더욱 복잡하게 작동하는 시적 언술이다. 그만큼 진술은 어려운 시적 수사이다.

진술은 시적 사유를 드러내는 데 적합한 언술 양상이다. 진술은 시 속에 사유의 깊이를 구현한다. 묘사 역시 시적 사유를 드러낼 수 있지만 아무래도 감각 위주의 표현이어서 진술이 보여주는 사유와는 차이가 있다. 그런 이유로 인하여 묘사는 진술을 수용하며 시적 사유를 확장하는 경우도 많다. 물론 진술 역시 묘사를 수용하여 시적 감각을 극대화하기도 한다. 진술과 묘사가 서로 다른 시적 언술이 아니라 상호 보완적인 관계에 있기 때문이다.

시적 사유를 제시한다는 점은 진술에 대한 또 다른 오해를 낳기도 한다. 사유를 제시하려는 시인의 의도가 지나치게 강조된 나머지 시인이 전달하고자 하는 철학이 노골적으로 드러나기도 한다. 시는 철학을 직설적으로 말해서는 안 된다. 철학적인 내용을 담고 있어야 하는 것은 분명하지만 철학을 직접 제시하면 곤란하다.

또한 진술은 시적 화자를 통해 나오지만 기본적으로 시인의 음성이다. 따라서 시인의 내면을 파악하고 느끼기에 적합한 언술 양상이다. 묘사는 시인의 외부에 있는 이미지를 통해 제시되기 때문에 시인과 일정한 거리를 갖는다. 이러한 거리를 통해 시인의 내면은 이미지 뒤에 숨기 마련이다. 하지만 진술은 시인을 포함한 시적 화자가 직접 말하는 방식이기 때문에 시적 주체와 시적 발화자의 거리가 동일하거나 매우 가깝다. 그렇기 때문에 독자들은 시인의 내면을 보다 가깝게 느끼게 된다. 이러한 가까운 거리는 독자들에게 더욱 강력한 호소력을 갖는다. 반면 시인과 시적 주체의 거리가 가깝기 때문에 감상적인 표현이 될 위험이 있기도 하다.

진술은 시적 언술의 중요한 부분이지만 묘사에 비해 비중 있게 다루어지지 못한 측면이 있다. 지금까지의 시 창작 교육 역시 묘사를 중심으로 이루어져 왔다. 물론 묘사는 시적 언술의 최전선에 있다고 할 수 있다. 그러나 진술 역시 시 언어의 중요한 부분이라는 점은 분명하다. 오히려 진술은 작동 원리를 체계화하기 어렵다는 점에서 좀 더 섬세하게 다뤄야 하는 시적 언술이다.

묘사에 실패한 시는 그나마 시적 형식에 대한 이론과 창작 방법론을 통해 발전적 논의와 모색이 비교적 수월하다. 그러나 진술에 실패한 시는 일상어로 전락함으로써 시적 형식 자체가 무너져 내릴 가능성이 있다. 그만큼 진술을 제대로 다룬다는 것은 매우 어렵다. 그런 점에서 진술에 대한 정확한 이해와 시적 언술로서의 구성 원리를 파악하는 일은 중요하다. 진술에 대한 오해를 극복하고, 깊이 있는 시적 사유를 전개할 수 있게 되기를 바란다.

1. 진술이란 무엇인가

진술의 특성과 중요성

흔히 시적 언술의 중요성을 이야기할 때 묘사를 언급하는 경우
가 많다. 그만큼 묘사는 시 언어의 핵심을 이루는 중요한 부분이
다. 동시에 진술 역시 묘사만큼이나 중요한 시적 언술이다. 오히려
명확하게 분류하여 설명하기 까다롭다는 점에서 묘사보다 어렵다.
묘사가 작동되는 원리는 체계적으로 설명하기 수월하다. 그러나
진술이 작동되는 원리는 복합적이어서 설명하기가 쉽지 않다. 진
술을 설명하기 어려운 이유는 시적 진술과 직설적 일상어의 경계
를 구분하는 것이 힘들기 때문이다.

　　진술 : 시인의 음성을 통해 재현됨
　　묘사 : 이미지를 통해 재현됨

　　진술 : 통찰과 해석
　　묘사 : 감각적

진술은 시인(시적 화자)의 음성을 통해 시적 인식과 사유를 드러
낸다. 반면 묘사는 이미지를 통해 감각적인 장면을 제시한다. 따라
서 묘사가 시인 외부에 존재하는 시적 대상을 관찰하여 보여주는
것이라면 진술은 시인의 내면을 통해 흘러나오는 통찰과 해석이
다. 진술은 시인의 내적 발화가 직접 제시되는 양상으로 전개되기
때문에 독자의 정서와 사유에 직접 다가서며 호소한다. 그리고 진

술은 기본적으로 통찰과 해석을 전제하는 경우가 많기 때문에 시 속에 의미와 사유를 강조한다. 진술은 시인의 음성을 통해 들려주는 시인의 내면세계이다. 따라서 시인이 생각하고 느끼는 것들을 시인과 가장 가까운 곳에서 말하는 방식을 취한다.

진술은 묘사보다 직접적으로 시인의 내면과 의지를 표명한다는 특징을 갖는다. 그런 점에서 진술은 시인의 내면을 가장 적확하게 드러낼 수 있는 장치이기도 하다. 진술 역시 주제 자체를 직설적으로 드러내지는 않는다. 진술은 이야기를 들려주는 방식의 시적 언술이지만 전달하고자 하는 것을 노골적으로 주장하는 것이 아니다. 물론 주제를 직접 말할 때도 있다. 하지만 이 경우에도 시의 다른 지점에 감각적, 우회적 장치를 배치해야 한다.

진술의 중요성에도 불구하고 진술을 묘사에 비해 덜 중요한 것으로 오해하는 경우가 적지 않다. 하지만 진술 역시 묘사와 함께 시적 언술을 이루는 중요한 부분이다. 시 쓰기에 묘사의 중요성이 강조된다고 해서 진술의 중요성과 가치가 그만큼 줄어드는 것은 아니다. 진술은 묘사의 중요성과 별개로 나름의 가치와 의미를 지니는 시적 언술이며, 묘사와 함께 시적 언술을 양분하는 창작 방법론으로 기능한다. 진술이나 진술적인 특성을 무시한 채 시를 쓰게 되면 이미지를 기계적으로 열거하게 될 가능성이 높아진다. 물론 묘사 위주로 시를 쓴다고 무조건 기계적인 작품이 되는 것은 아니다. 하지만 진술을 제대로 다루지 못하는 사람일수록 이미지를 단편적으로 열거하는 방식으로 묘사할 가능성이 높다.

많은 사람들이 묘사의 중요성을 인식하고 묘사를 잘 하기 위해

연습을 한다. 그런데 진술을 하나의 방법론으로 인식하고 집중적으로 훈련을 하는 경우는 생각보다 많지 않다. 그 이유는 여러 가지가 있겠지만 진술을 시인의 자연스러운 내적 발화로만 인식하기 때문이다. 특별한 방법론으로 인식하지 않은 채 그저 내면에 담긴 것들을 말하기만 하면 된다고 생각하는 경우가 많다. 하지만 진술은 상당히 복잡한 구조를 가지고 있는 시적 언술이다. 따라서 진술 역시 체계적인 창작 방법론으로 인식하고 이해해야 한다. 시인의 단편적인 내적 발화로만 생각하지 말고 보다 복합적인 구조로 이루어진 것임을 명심해야 한다.

수준 높은 진술을 사용하는 것은 결코 쉽지 않다. 많은 이들이 작품에 자신의 생각이나 감정을 토로하지만 제대로 된 진술이 아닌 경우가 많다. 진술에 실패하면 시는 감정의 배설이 되거나 주제를 노골적으로 드러내며 비유와 상징의 기능을 상실하게 된다. 그런 점에서 제대로 된 시적 진술을 하는 것은 매우 중요하다. 제대로 된 진술을 할 수 있어야 사유와 통찰의 깊이를 제시할 수 있다. 진술이 시적 사유와 통찰의 깊이를 드러내는 데 더 적합한 언술 양상이라는 점은 명백하다. 묘사를 중심으로 이루어진 작품의 경우에도 진술을 개입시킴으로써 보다 깊은 시적 사유와 통찰을 보여줄 수 있게 된다. 이처럼 진술은 시의 사유와 통찰의 깊이를 더 할 수 있다는 점에서도 중요한 시적 언술이다.

시적 진술과 비유의 언어

진술과 묘사는 발화 방식 등 많은 부분에서 다른 양상을 지니고 있는 시적 언술이다. 묘사는 시적 대상을 중심으로 한 객체 중심의 시적 언술이고 진술은 발화자를 중심으로 한 주체 중심의 시적 언술이다. 이때 진술의 발화자는 시를 쓰는 주체 자신인 시인 또는 시적 화자이다. 반면 묘사는 시인이나 시적 화자가 바라보는 시적 대상인 객체를 중심으로 나타난다.

진술 : 주체 중심, 내적 발화
묘사 : 객체 중심, 대상 중심

시적 언술은 기본적으로 비유와 상징을 통해 나타난다. 흔히 비유와 상징으로서의 시적 언어의 특징이 묘사에 국한된 것이라고 착각하기 쉽다. 하지만 이러한 시적 언어의 특징은 진술의 경우에도 다르지 않다. 진술 역시 시인이나 시적 화자가 지니고 있는 생각이나 주장을 직설적으로 이야기하지 않는다. 경우에 따라 직설적인 시적 진술이 있기는 하지만 대체적으로 시적 언술로서 진술 역시 우회적 언어라는 점은 분명하다.

진술 : 기표(시인의 음성) 안에 기의(의미)를 숨김. 우회적 표현
묘사 : 기표(이미지) 안에 기의(의미)를 숨김. 우회적 표현

진술과 묘사는 모두 주제를 직접 제시하지 않는다. 우회적으로 돌려 말한다는 점에서 진술 역시 비유적, 상징적 표현이다. 묘사가 객체인 시적 대상의 이미지(기표)를 통해 시인이 말하고자 하는 의미(기의)를 숨긴다면, 진술은 시인이나 시적 화자의 표면화된 발화 안에 주제를 숨겨 우회적인 양상을 제시한다. 이 경우, 시인이나 시적 화자의 발언은 주제를 직접 언급하지 않는다. 시인의 발화인 진술은 주제를 직접 말하고자 하는 것이 아니라 (주제와 관련이 있는) 다른 사물이나 사건에 대해 말하는 방식을 취한다. 물론 주제를 직설적으로 언급하는 경우도 있지만 이때에도 여러 시적 장치를 통해 작품이 시적 비유와 상징으로 기능하도록 한다. 진술의 우회적 양상에 대해 다음의 시를 통해 살펴보도록 하자.

나에겐 고향이 없지 고향을 잃어버린 것도, 잊은 것도 아닌, 그냥 없을 뿐이야 그를 만난 건 내가 Time Seller Inc. 라는 회사에서 일할 때였지 그곳은 시간이 없는 자들에게 시간을 파는 일을 해 그것은 불법이지 그곳의 시간들은 대부분 훔친 것들이거든 나는 시간의 장물을 관리하는 일을 맡고 있었지 어느 날 그가 자신의 시간을 사줄 수 없겠냐고 문의를 해왔어 그는 오자마자 고향 이야기를 꺼냈어 그의 고향은 남쪽의 바닷가 마을이었는데 고향에서 지내던 어린 시절의 시간을 팔고 싶다고 했어 들어보니 사줄 가치도 없는 흔해빠진 시간을 들고 와선 아주 비싼 가격을 부르더군 그는 벨벳 정장 차림에 고급 안경을 끼고 있었는데 먼 곳을 바라보는 사람처럼 눈동자가 깊었어 그냥 돌려보내려다가 그런 시간 한 개쯤 사두어도 괜찮을 것 같았지

혹시 팔리지 않는다면 내가 써볼 생각이었지 그래서 그의 시간을 헐값에 샀어 아무도 사가지 않은 그의 시간을 쓰겠다고 한 순간부터 이상한 일들이 벌어졌지 밤이면 잠을 이루지 못하고 신호등을 기다리다가도 깜박 깜박 잠이 들었어 끝내는 눈을 뜨고 꿈을 꾸며 걷게 되었지 꿈꾸며 걷는 길가엔 은갈치떼가 몰려다니고 해초들이 발목을 감싸서 걸을 수가 없었지 나는 예전의 고향 없는 내가 그리워졌어 그때의 평화로움은 다시는 나를 찾아와주질 않았지 구입한 시간은 되팔 수 없었어 그것이 이 일의 룰이거든 그를 찾으면 꼭 보름의 달무리 진 풀밭으로 데려가야 해 그가 판 유년의 시간에서 가장 아름다운 곳. 그곳에서 부탁해.

　　-유형진, 「피터래빗 저격사건-의뢰인」 전문

「피터래빗 저격사건-의뢰인」은 고향에 대해 언급한 작품이다. 그러나 「피터래빗 저격사건-의뢰인」에서 말하고자 하는 것은 고향이나 과거에 대한 직설적인 생각이나 감정, 주장 등이 아니다. 시인이 말하고자 하는 것은 고향과 과거로 상징화한, 지나가거나 사라진 세계에 대한 이야기이다. "나에겐 고향이 없지 고향을 잃어버린 것도, 잊은 것도 아닌, 그냥 없을 뿐이야"라거나 "그때의 평화로움은 다시는 나를 찾아와주질 않았지 구입한 시간은 되팔 수 없었어" 등 시의 여러 곳에 나타난 진술은 비유와 상징으로서의 시적 언술이다.

만약 이 시를 고향과 과거에 대해 직설적으로 이야기하는 것으로 이해한다면 그것은 단편적이고 표면적으로 작품을 해석하는 것이다. 이 시는 표면화된 고향과 과거 안에 지나가거나 사라진 세계를 내장시킴으로써 비유와 상징으로서의 진술을 제시한다. 시인의 세계관은 비유와 상징을 내장한 진술을 통해 시적 사유와 세계를 확장한다. 이처럼 진술의 시적 발화와 주제는 서로 다른 층위의 관계를 통해 시적 세계를 만들어낸다.

진술은 시적 화자의 내적 발화로 이루어진다. 그것은 시적 화자의 내면에 있는 이야기를 들려주는 방식이어서 언제나 시적 화자의 말을 통해 나타난다. 시인은 이야기를 들려주고 독자는 그 이야기를 듣는 방식으로 이루어지는 것이 진술이다. 반면 묘사는 시적 화자의 외부에 있는 대상을 이미지화하여 표현한다. 기본적으로 묘사는 이미지를 통해 나타나기 때문에 객체인 시적 대상의 이미지로 재현된다. 눈을 통해 볼 수 있는 사실적인 이미지나 마음의 눈을 통해 볼 수 있는 환상, 비현실의 이미지는 모두 시인과 시적 화자 외부에 존재하는 객체로서의 시적 대상이자 정황이다.

앞에서도 언급한 것처럼 묘사에 등장하는 시적 대상은 의미나 사유를 직접 드러내지 않는다. 그것들은 이미지라는 기표를 통해 비유와 상징으로 나아간다. 따라서 묘사의 의미인 기의는 이미지라는 기표 안에 감춰져 제시된다. 반면 진술은 다른 방식으로 비유와 상징을 드러낸다. 언뜻 생각하기에 진술은 시인이나 시적 화자가 직접 말하는 방식이어서 비유와 상징으로 기능하지 않는다고 생각하기 쉽다. 그러나 진술 역시 기본적으로 비유와 상징으로 작동하는 언술 양상이다. 다만 시인이나 시적 화자의 음성을 통해 듣는 방식이어서 비유와 상징의 언술 양상이 아니라고 착각하는 것

뿐이다.

> 매받이는 사냥을 나가기 한 달 전부터
>
> 가죽장갑을 낀 손에 나를 앉히고
>
> 낯을 익혔다
>
> 조금씩 먹이를 줄였고
>
> 사냥의 전야
>
> 나는 주려 눈이 사납다
>
> 그는 안다
>
> 적당히 배가 고파야 꿩을 잡는다
>
> 배가 부르면
>
> 내가 돌아오지 않는다는 것을
>
> 꿩을 잡을 수 있을 만큼의,
>
> 날아 도망갈 수 없을 만큼의 힘
>
> 매받이는 안다
>
> <u>결국 돌아와야 하는 나의 운명</u>과
>
> 돌아서지 못하게 하는 야성이 만나는
>
> 바로 그곳에서
>
> 꿩이 튀어오른다
>
> -윤성학, 「매」 전문(밑줄 필자. 이하 같음)

　「매」에 나타난 진술 중에서 밑줄 친 부분을 살펴보도록 하자. "결국 돌아와야 하는 나의 운명"은 언뜻 운명에 대한 직설적인 발화로 착각하기 쉽다. "운명"이라는 시어를 우리 삶의 운명을 직접 제시하는 어법으로 오해하기도 한다. 이런 오해로 인하여 주제 의식을 직접 말하는 것이 진술의 본질이라고 여기기도 한다. "결국 돌아와야 하는 나의 운명"을 관념적이고 개괄적인 '운명' 자체에 대한 언급으로 생각하는 것이다. 그러나 '운명'은 "매"를 매개로 한 시어이다. 따라서 이 표현은 주제를 직설적으로 언급한 것이 아니라 "매"를 매개로 한 우회적 표현이다. 시적 대상인 객체로서의 "매"에 대한 진술이므로 비유와 상징으로서의 시적 언술로 기능한다.

진술과 묘사의 어울림

진술은 묘사에 개입하여 묘사 유형의 시에 시적 사유와 깊이를 더하기도 한다. 묘사만으로 이루어져 있거나 진술만으로 이루어진 작품도 있지만, 많은 경우에 진술과 묘사는 서로 어울려 시적 세계를 형성한다. 〈묘사〉편에서 살펴본 「호랑이」는 묘사의 장점을 잘 보여주는 작품이다. 이처럼 묘사를 주된 시적 언술로 사용하는 묘사시의 경우에도 진술을 개입시킴으로써 시적 사유의 깊이를 확장할 수 있다. 호랑이와 초원에 대한 묘사만으로도 주제와 시적 사유를 잘 드러낼 수 있지만 이따금 개입되는 진술을 통해 묘사의 이미지는 더욱 깊이 있는 세계와 지평을 보여줄 수 있게 된다. 이처럼 진술은 묘사와 어울려 시적 세계의 진폭을 넓힌다.

길고 느린 하품과 게으른 표정 속에 숨어 있는 눈

풀잎을 스치는 바람과 발자국을 빈틈없이 잡아내는 귀

코앞을 지나가는 먹이를 보고도 호랑이는 움직이지 않는다

위장을 둘러싼 잠은 무거울수록 기분 좋게 출렁거린다

정글은 잠의 수면 아래 굴절되어 푸른 꿈이 되어 있다

근육과 발톱을 부드럽게 덮고 있는 털은

줄무늬 굵은 결을 따라 들판으로 넓게 뻗어 있다

푹신한 털 위에서 뒹굴며 노는 크고 작은 먹이들

넓은 잎사귀를 흔들며 넘실거리는 밀림

그러나 멀지 않아 텅 빈 위장은 졸린 눈에서 광채를 발산시키리라

다리는 무거운 몸을 일으켜 어슬렁어슬렁 걷기 시작하리라

느린 걸음은 잔잔한 털 속에 굵은 뼈의 움직임을 가린 채

한번에 모아야 할 힘의 짧은 위치를 가늠하리라

빠른 다리와 예민한 더듬이를 뻣뻣하고 둔하게 만들

힘은 오로지 한 순간만 필요하다

앙칼진 마지막 안간힘을 순한 먹이로 만드는 일은

무거운 몸을 한 줄 가벼운 곡선으로 만드는 동작으로 족하다

굶주린 눈초리와 발빠른 먹이들의 뾰족한 귀가

바스락거리는 풀잎마다 팽팽하게 맞닿아 있는

무더운 한낮 평화롭고 조용한 정글

-김기택, 「호랑이」 전문

「호랑이」는 묘사를 주된 시적 언술로 내세운 작품이다. 〈묘사〉

진술

편에서도 '묘사와 진술의 어울림'과 관련하여 예로 든 작품이다. 여기에서는 진술을 중심으로 묘사와의 관계를 파악하고자 한다.

이 작품의 전반적인 시적 언술은 묘사이다. 시인은 이와 같은 묘사 유형의 시에 진술을 개입시킴으로써 묘사에 시적 사유가 드러나도록 한다. "힘은 오로지 한 순간만 필요하다"나 "무더운 한낮 평화롭고 조용한 정글" 등과 같은 진술을 개입시킴으로써「호랑이」가 전달하고자 하는, 삶과 죽음이라는 주제는 더 깊은 울림을 확보하게 된다. 위와 같은 구절은 표면적인 의미인 사냥의 순간만을 의미하지 않는다. 이런 표현은 약육강식의 세계를 살고 있는 우리의 삶과 연관을 맺고 있다는 점에서 우리가 살고 있는 세계를 상징한다. 그럼으로써「호랑이」의 시적 세계는 확장된다. 이처럼 진술은 묘사의 힘을 강화하고 확장하는 역할을 하기도 한다.

「호랑이」에 나타난 진술은 또 다른 특징을 지니고 있기도 하다. 이미지로 이루어진 장면을 묘사가 아닌 진술로 제시한다는 점이다. 이 작품은 묘사 자체가 의미를 내장할 정도로 이미지와 사유가 치밀하게 직조되어 있다. "한번에 모아야 할 힘의 짧은 위치를 가늠하리라"나 "앙칼진 마지막 안간힘을 순한 먹이로 만드는 일"은 기본적으로 이미지인 묘사로부터 비롯된 문장이다. 두 문장 모두 자연스럽게 사냥하는 장면을 떠올리게 한다. 그러나 묘사를 떠올리게 하는 이 장면은 묘사가 아니라 진술의 방법을 차용하고 있다. 이러한 문장은 진술임에도 불구하고 묘사적 감각을 내장함으로써 진술을 감각화한다. 또한 이미지인 장면을 진술로 표현함으로써 시인만의 개성적인 표현을 만들어내는데, 그러한 시적 언술을 통해 낯설게 하기를 제시한다.

이처럼 진술에 묘사적 특성을 더할 때 진술은 감각적인 표현이 되기도 한다. 특히 "앙칼진 마지막 안간힘을 순한 먹이로 만드는 일"의 경우는 두 개의 이미지가 중첩된 진술이다. 초식동물이 죽는 순간을 "앙칼진 마지막 안간힘"이라는 묘사적 진술로 표현했는데 이 표현을 포함한 문장 전체는 사냥의 이미지를 중심으로 진술했다. 이 문장은 두 개의 이미지를 하나의 문장 안에 넣어 복합적인 양상으로 진술하고 있다. 이처럼 「호랑이」에 나타난 진술은 이미지를 적극적으로 수용함으로써 진술을 감각적으로 제시한다.

진술 중심의 작품에 묘사를 끌어들이는 경우도 있다. 이때 진술은 묘사를 통해 감각적인 세계를 보여준다. 진술 중심의 작품에 묘사를 배치할 때 진술은 이미지를 수용하게 되는데, 이때 작품은 진술이 주된 시적 언술임에도 불구하고 묘사가 전달하는 시적 특성을 수용하게 된다. 진술은 일반적으로 감각적인 묘사와는 달리 해석과 통찰이라는 특성을 나타낸다. 따라서 진술은 시인의 사유를 중심으로 제시되기 마련이며 감각적 수사와는 일정한 거리가 있는 경우가 많다. 하지만 묘사를 수용함으로써 감각적인 느낌을 표현할 수 있다.

기차가 멎고 눈이 내렸다 그래 어둠 속에서
번쩍이는 신호등
불이 켜지자 기차는 서둘러 다시 떠나고
내 급한 생각으로는 대체로 우리들도 어디론가

가고 있는 중이리라 혹은 떨어져 남게 되더라도
저렇게 내리면서 녹는 춘삼월 눈에 파묻혀 흐려지면서

우리가 내리는 눈일 동안만 온갖 깨끗한 생각 끝에
역두(驛頭)의 저 탄 더미에 떨어져
몸을 버리게 되더라도
배고픈 고향의 잊힌 이름들로 새삼스럽게
서럽지는 않으리라 그만그만했던 아이들도
미군을 따라 바다를 건너서는
더는 소식조차 모르는 이 바닥에서

더러운 그리움이여 무엇이
우리가 녹은 눈물이 된 뒤에도 등을 밀어
캄캄한 어둠 속으로 흘러가게 하느냐
바라보면 저다지 웅크린 집들조차 여기서는
공중에 뜬 신기루 같은 것을
발 밑에서는 메마른 풀들이 서걱여 모래 소리를 낸다

그리고 덜미에 부딪쳐 와 끼얹는 바람
첩첩 수렁 너머의 세상은 알 수도 없지만
아무것도 더 이상 알 필요도 없으리라
안으로 굽혀지는 마음 병든 몸뚱이들도 닳아
맨살로 끌려가는 진창길 이제 벗어날 수 없어도

나는 나 혼자만의 외로운 시간을 지나

떠나야 되돌아올 새벽을 죄다 건너가면서

-김명인, 「동두천1」 전문

「동두천1」은 시인 자신의 음성을 통해 작품을 전개한다. 시인이 느끼는 감정과 사유가 진술을 통해 담담하게 전달된다. 밑줄 친 부분은 진술을 통해 시인의 감정과 사유가 적극적으로 나타나는 부분이다. 시인은 이와 같은 진술에 묘사적 특성을 보여주는 문장을 끌어들여 시적 진술에 감각을 제시한다. 그런데 「동두천1」에 나타난 묘사적 특성의 문장은 전형적인 묘사라기보다는 진술과 결합된 형태로 이미지를 재현한다. 따라서 「동두천1」은 진술 자체의 효과와 함께 묘사와 결합된 진술이 이미지를 의미화하는 효과를 제시한다.

「동두천1」에 나타난 묘사는 두 가지 측면에서 독특한 효과를 나타낸다.

① 불이 켜지자 기차는 서둘러 다시 떠나고

   내 급한 생각으로는 대체로 우리들도 어디론가

   가고 있는 중이리라

② 우리가 내리는 눈일 동안만 온갖 깨끗한 생각 끝에

③ 역두(驛頭)의 저탄 더미에 떨어져

몸을 버리게 되더라도

배고픈 고향의 잊힌 이름들로 새삼스럽게

서럽지는 않으리라

④ 더러운 그리움이여 무엇이

우리가 녹은 눈물이 된 뒤에도 등을 밀어

캄캄한 어둠 속으로 흘러가게 하느냐

⑤ 안으로 굽혀지는 마음 병든 몸뚱이들도 닳아

맨살로 끌려가는 진창길 이제 벗어날 수 없어도

나는 나 혼자만의 외로운 시간을 지나

떠나야 되돌아올 새벽을 죄다 건너가면서

첫 번째는 묘사의 문장이 진술의 문장과 결합하여 나타난다는 점이다. 묘사로 시작한 문장이 진술과 결합(①, ②, ③)하거나, 진술로 시작한 문장이 묘사와 결합(④, ⑤)하여 감각과 사유를 적절하게 제시한다. 이때 묘사는 진술로 전개되며 감각으로부터 비롯된 사유를 확장하고 진술은 묘사로 전개되며 사유를 감각화한다.

두 번째는 시적 묘사가 이미지에 집중하여 나타나기보다 시인의 발성을 통해 제시되어 마치 진술처럼 전달된다는 점이다. 이를테면 "우리가 녹은 눈물이 된 뒤에도 등을 밀어/캄캄한 어둠 속으로 흘러가게 하느냐"와 같은 표현이 그것인데, 이때 "녹은 눈물"과 "등을" 미는 장면과 "캄캄한 어둠"은 이미지이다. 그런데 이와 같은 이미지를 시인이 직접 말하는 발성에 담음으로써 이미지는 진술의 감각을 자아낸다.

「동두천1」은 진술과 묘사를 절묘하게 결합한 작품이다. 시인은 진술을 통해 묘사를 제시하거나 묘사를 진술에 담아 진술과 묘사가 결합하여 나타나는 효과를 극대화한다. 시적 언술은 진술과 묘사 둘 다 중요하다. 지나치게 묘사만 하려고 할 필요도 없고 진술만으로 시를 쓰고자 할 필요도 없다. 오히려 진술과 묘사를 적절하게 결합시킬 때 시적 언술은 빛을 발하게 된다.

진술은 어떻게 시적 사유가 되는가

진술을 통해 나타나는 시적 사유는 직설적인 일상어가 전달하는 사유와 다르다. 일상어가 사유를 직설적으로 표현한다면 진술의 사유는 앞에서도 언급한 것처럼 우회적인 양상을 띤다. 진술의 사유는 우회적이기 때문에 일상어와는 다르게 문학적인 구조를 갖는다. 비유적, 상징적 언술을 통해 드러나기 때문에 직접 말하는 방식보다 더 복잡한 작동 원리를 지닌다. 이때 진술의 사유는 깊이를 드러내며 일상어로는 전달하기 힘든 깨달음의 감동과 깊이를 보여준다.

김천의료원 6인실 302호에 산소마스크를 쓰고 암 투병 중인 그녀가 누워 있다

바닥에 바짝 엎드린 가재미처럼 그녀가 누워 있다

나는 그녀의 옆에 나란히 한 마리 가재미로 눕는다

가재미가 가재미에게 눈길을 건네자 그녀가 울컥 눈물을 쏟아낸다

한쪽 눈이 다른 한쪽 눈으로 옮겨 붙은 야윈 그녀가 운다

<u>그녀는 죽음만을 보고 있고 나는 그녀가 살아온 파랑 같은 날들을</u>
<u>보고 있다</u>

<u>좌우를 흔들며 살던 그녀의 물속 삶을 나는 떠올린다</u>

그녀의 오솔길이며 그 길에 돋아나던 대낮의 뻐꾸기 소리며

가늘은 국수를 삶던 저녁이며 흙담조차 없었던 그녀 누대의 가계를
떠올린다

두 다리는 서서히 멀어져 가랑이지고

폭설을 견디지 못하는 나뭇가지처럼 등뼈가 구부정해지던 그 겨울
어느 날을 생각한다

그녀의 숨소리가 느릅나무 껍질처럼 점점 거칠어진다

<u>나는 그녀가 죽음 바깥의 세상을 이제 볼 수 없다는 것을 안다</u>

한쪽 눈이 다른 쪽 눈으로 캄캄하게 쏠려버렸다는 것을 안다

나는 다만 좌우를 흔들며 헤엄쳐 가 그녀의 물속에 나란히 눕는다

산소호흡기로 들이마신 물을 마른 내 몸 위에 그녀가 가만히 적셔
준다

　-문태준, 「가재미」 전문

「가재미」에서 화자는 "파랑 같은 날들"이라는 표현을 통해 힘겨
웠던 그녀의 삶을 이야기한다. 그리고 그녀가 "죽음만을 보고 있"

다고 함으로써 죽음을 목전에 둔 자의 슬픔을 고백한다. 그녀의 삶을 통해 고단한 우리 삶 전반을 말하고자 하는 「가재미」는 이와 같은 표현을 통해 삶과 죽음의 의미를 되짚어보게 한다. "그녀"를 통해 우회적으로 표현되는 문장은 삶과 죽음에 대한 관념적 인식이나 직설적 주장과는 비교할 수 없을 정도로 깊은 울림을 준다.

진술은 통찰을 통해 삶과 세계의 진실을 말하는 언술 양식이다. 그렇기 때문에 진술은 우리에게 깨달음을 전달한다. 이때의 깨달음은 일상어를 통해 전달되는 것과 질감이 다르다. 진술은 관념적으로 삶과 세계를 말하지 않고 그것에 감각을 부여하여 독자의 감각적 인식을 자극한다. 진술은 때때로 관념적인 언어를 드러내기도 하지만, 감각화된 시적 대상을 내세우거나 여타의 시적 장치를 통해 관념적 인식을 감각화된 사유와 통찰의 세계로 인도한다.

먼동이 터 오는 시각에 세수를 하며
그대 무슨 생각을 했을지 궁금하다
오늘은 또 몇 구의 시체가 들어올까
겨울로 막 접어들거나 날이 풀릴 때
더욱 바빠진다는 그대, 아무 표정 없이
불구덩이 속으로 관을 넣는다
줄지어 선 영구차, 선착순으로 받는 시신

울고 웃고 미워하고 용서했던 사람들의
시간을 태운다 거무스레한 연기가

차츰차츰 흰 연기로 변한다
구름을 많이 데리고 와 낮게 드리운 하늘
아, 이게 무슨 냄새지
화장장 가득 퍼지는 오징어 굽는 냄새 같은
짐승의 똥 삭히는 거름 냄새 같은

잘게 빻아주세요
뿌릴 거요 묻을 거요
땅에 묻을 겁니다
묻을 거라면 내 하는 대로 놔두쇼
잘게 빻으면 응고됩니다
한 시간을 불에 타 빗자루로 쓸어 담겨
분쇄기에서 1분 만에 가루가 되는 어머니

검게 썩을 살은 연기와 수증기로 흩어지고
하얀 뼈는 이렇게 세상에 남는구나
체온보다 따뜻한 유골함을 건네는 화부
어머니는 오전 시간의 마지막 손님이었다
화부는 화장터 마당에 쭈그리고 앉아
담배를 피운다 입에서 연기가 뿜어져 나온다
표정 없는 저 화부가 김천화장터다
　　　　　　　-이승하, 「김천화장터 화부 아저씨」 전문

「김천화장터 화부 아저씨」의 화자는 화장터에서의 일을 담담하게 진술하고 있다. 이때 등장하는 진술은 일상어를 있는 그대로 차용하여 어머니의 죽음을 둘러싼 풍경에 대해 이야기한다. 이 시는 장례식에서의 일들을 가감 없이 밝히고 있고 화부의 말을 있는 그대로 옮겨 적기도 한다. 시인은 일상어와 동일한 문장을 전면에 내세워 시를 전개한다. 그러나 「김천화장터 화부 아저씨」의 언술 양상은 일상어가 아닌 시적 언술로 다가온다. 시인은 일상적 언어에 감정, 리듬, 상징, 비유 등의 시적 장치를 통해 그것을 문학적 언어와 감각으로 만든다. 이 시의 문학적 사유는 바로 이곳으로부터 비롯된다. 일상어와 동일한 시적 언어는 언어 이외의 장치를 통해 일상적 직설 어법이 아닌 문학적 정서와 사유가 된다.

이처럼 진술은 문학적인 장치를 통해 시적 사유를 제시한다. 일반적인 사유와 시적 사유는 작동하는 원리가 다르다. 일반적인 사유는 언어와 의미의 대응 구조가 대체적으로 1:1이며 직설적이다. 그러나 시적 진술의 사유는 직설적인 어법으로 말하지 않는다. 여기에 더하여 여러 가지 시적 장치가 시적 진술을 감각화한다. 이러한 감각화 과정을 통해 진술은 표면적인 언어의 한계를 넘어 보다 깊이 있는 사유와 감동을 전달하게 된다.

2. 진술에 대한 오해

진술과 설명의 차이

많은 이들이 진술과 설명의 차이를 정확하게 구분하지 못한다. 진술과 설명은 그것이 모두 말하고 듣는 방식으로 재현된다는 점에서 묘사와 설명의 차이보다 구분하기가 더 어렵다. 설명적 문장은 시의 언어를 산문화시킬 뿐만 아니라 비시적인 요소가 강조됨으로써 시적 감각을 떨어뜨린다. 설명은 묘사와도 혼동을 일으키는 경우가 많은데, 이미지가 시적 감각을 보여주느냐 아니냐는 그것이 묘사냐 설명이냐의 차이에서 비롯될 때가 많다. 설명은 진술과의 관계에서도 시적인 감각을 떨어뜨리는 요소로 작용한다.

진술과 설명은 '정보 전달'이라는 언어의 기능에서 차이를 보인다. 진술은 시적 언술로서 비유와 상징으로 기능하지만 설명은 비유와 상징 없이 직접적인 정보 전달의 양상으로 나타난다. 진술을 설명적인 문장으로 잘못 사용하는 경우가 많은 것은 진술이 시인의 사유, 감정, 깨달음 등을 직접 표현하는 것이라고 생각하기 때문이다. 시인의 직설적인 사유, 감정, 깨달음 등은 비문학적인 수사일 뿐이다. 따라서 이것은 시적 수사로 구현되기 힘들다. 직설적인 사유, 감정, 깨달음 등을 표현하는 것과 그것을 우회적인 시적 방법으로 표현하는 것은 다르다.

또한 설명은 시인의 사유, 감정, 깨달음 등을 구체적인 양상으로 재현하기보다 개괄적으로 나타낸다. 시적 언술은 진술이든 묘사이든 구체적인 언어로 이루어져야 한다. 그런데 많은 이들이 묘사가 구체적이라는 데에는 쉽게 동의를 하면서도 진술의 경우는 개괄적이고 관념적인 것으로 이해한다. 물론 진술에 '슬픔, 희망, 고통, 삶, 운명'과 같은 관념적 시어가 자주 등장하기는 한다. 그러나 이때 진술은 이러한 시어를 관념적이고 개괄적인 양상만으로 드러내지 않는다. 이와 같은 시어가 진술에 나타나는 경우에도 언제나 구체적인 시적 감각이 내장되어 있어야 한다.

진술 : 시적 대상을 진술할 뿐 주제는 감춤. 비유와 상징으로 기능
설명 : 상태와 사물의 정보를 전달함. 정보 전달

앞에서 언급한 것처럼 '정보 전달'이라는 설명적 언어의 특징은 묘사와 대응되는 설명일 때도 나타난다. 다만 묘사와 대응을 이루는 설명이 이미지와 형태 등 외적인 것의 정보를 제시하는 반면, 진술과 대응을 이루는 설명은 상황, 마음 등 볼 수 없는 상태와 상황을 제시한다.

거꾸로 가는 생은 즐거워라
나이 서른에 나는 이미 너무 늙었고 혹은 그렇게 느끼고
나이 마흔의 누이는 가을 낙엽 바스락대는 소리만 들어도
갈래머리 여고생처럼 후르륵 가슴을 쓸어내리고
예순 넘은 엄마는 병들어 누웠어도
춘삼월만 오면 꽃 질라 아까워라
꽃구경 가자 꽃구경 가자 일곱살바기 아이처럼 졸라대고
여든에 죽은 할머니는 기저귀 차고

아들 등에 업혀 침 흘리며 잠들곤 했네 말 배우는 아기처럼

배냇니도 없이 옹알이를 하였네

-김선우, 「거꾸로 가는 생」 부분

이 작품을 시적 언술이 아니라 설명으로 표현한다면 정보 전달 이상의 감각을 전하기 어려울 것이다. 「거꾸로 가는 생」은 '인생은 흘러가는 것'이라거나 '너무 늙었다'거나 '배냇니도 없이 옹알이를 했다'는 등의 정보를 주기 위해 쓴 작품이 아니다. 이 작품에서 제시한 시적 정황은 단순하게 정보로 기능하지 않는다. 이 시의 정황은 고유한 시적 장치들을 통해 '삶이란 무엇인가'에 대한 보다 근원적인 질문을 던지고 있다. 진술로 표면화된 「거꾸로 가는 생」의 언어 속에 다른 의미가 내장되어 있는 것이다.

진술은 문학적 비유, 상징은 물론이고 감정, 정서, 리듬 등이 모여 이루어진다. 이때 진술은 기표와 기의가 일치하지 않는 경우가 많다. 기표와 기의가 일치하지 않는 것을 묘사만의 특징으로 이해하는 경우가 많은데 진술 역시 그러하다. 다만 묘사의 기표와 기의가 이미지와 의미로 나뉘는 데 반하여 진술의 기표와 기의는 '의미'와 '다른 의미'로 나뉜다. 하지만 설명은 진술과 묘사처럼 기표와 기의로 나뉘지 않는다.

진술 : 의미(기표)안에 다른 의미(기의)를 숨김

묘사 : 이미지(기표)안에 의미(기의)를 숨김

설명 : 기표 자체의 정보만 전달함

진술은 시인의 사유, 감정, 깨달음 등을 전하거나 시적 대상에 대한 사유, 감정, 깨달음 등을 말한다. 진술은 이와 같이 시인의 내면이 언어화한 것인데, 이것이 바로 진술의 기표이다. 진술은 시인이 말한 진술(의미) 안에 다른 의미를 숨겨놓는 방식으로 구조화한다. 이렇게 언어화된 진술 안에 숨어 있는 다른 의미가 바로 진술의 기의이다. 반면 묘사는 이미지(기표)를 내세우고 그 안에 의미를 내장한다. 진술과 묘사는 이처럼 기표와 기의라는 이중 구조를 통해 문학적 장치가 된다.

그러나 설명은 기표와 기의로 나뉘는 이중 구조를 갖지 않는다. 설명은 기표 자체의 정보를 직설적으로 전달할 뿐이다. 문학을 포함한 예술 작품의 기본 작동 원리는 기표와 기의로 나뉘어야 한다는 점이다. 이때 기표와 기의는 (대체적으로) 일치하지 않아야 한다. 이것이 문학을 포함한 현대 예술이 갖는 미학적 구조이다.

진술과 일상어의 차이

일상어는 거의 전적으로 직접적이고 직설적인 발화 방식으로 나타난다. 우리는 일상생활에서 문학적인 방식으로 말하지 않는다. 대체적으로 자신의 생각과 감정을 있는 그대로 표현한다. 하지만 문학적인 방식의 언술은 다르다. 시를 포함한 문학적인 방식의 언어는 직접 말하지 않는다. 문학이 사용하는 언어는 대개 우회적이다.

묘사의 경우는 문학적 언어와 일상어에 대한 이와 같은 구분이 비교적 분명하다. 때문에 묘사의 언어적 특징을 독자들에게 설명하기 쉽다. 하지만 진술을 설명할 때는 상황이 많이 다르다. 많은 이들이 진술을 작가의 직설적인 발화라고 생각하기 때문이다. 일상어와 진술이 유사하다고 생각한다. 이러한 오해는 주제에 대한 강박으로부터 비롯된 측면이 다분하다.

근대 이전의 문학은 기표(이미지)보다 기의(의미)를 중요하게 생각하는 경우가 적지 않았다. 당시 문학은 작가의 의지를 직접적으로 표현하는 양상이 빈번하게 나타났다. 문학에 대한 이러한 언술 양상은 근대 이후에도 적지 않은 영향력을 행사하며 이어지게 되었다. 그리고 이러한 직설적인 언술 양상을 진술로 착각하는 경우가 많았다. 당연한 말이지만 시는 일상적인 언어처럼 하고자 하는 말을 직접 전달하는 방식을 따르지 않는다.

진 술 : 나는 지금 허기가 진다. ('결핍'을 상징함)

일상어 : 나는 지금 허기가 진다. ('배고픔의 상태'를 지시함)

위의 문장은 과연 비유로서의 문학적 진술인가? 아니면 직설적인 화법인 일상어인가? 결론부터 밝히자면 '나는 지금 허기가 진다'라는 표현은 문학적 진술이기도 하고 직설적 일상어이기도 하다. 진술이 어려운 이유 중 하나가 바로 여기에 있다. 똑같은 표현이지만 어느 경우에는 일상어로 쓰이고 어느 경우에는 진술로 쓰인다.

기표와 기의로 나뉘는 묘사는 일상어와는 다른 특성을 지니기 때문에 문학적 수사로서 일상어와 차이가 크다. 또한 일상에서 묘사를 쓰는 경우가 적기 때문에 오히려 시적 언술로서 묘사를 이해하고 사용하는 것에 어려움을 덜 느낄 수 있다.

진술은 일상어와의 구분이 모호한 경우가 많다. 어떤 상황에서 어떤 의도를 가지고 쓰냐에 따라 일상어가 되기도 하고 진술이 되기도 한다. 이런 특성 때문에 진술을 설명하거나 사용하는 것은 어렵다. '나는 지금 허기가 진다'를 일상적으로 사용하면 단순하게 배가 고프다는 의미가 된다. 하지만 같은 문장을 시적 진술로 사용할 경우에는 '결핍' 등의 의미가 내장된 시구로 기능하게 된다.

다음에 예로 든 진술과 일상어 역시 외형적으로는 아무런 차이가 없는 문장이다. 하지만 이 문장을 어떤 상황에서 어떻게 사용하느냐에 따라 일상어와 진술로 나뉘게 된다.

진　술 : 나는 너를 사랑한다. (관계, 소통을 상징)

일상어 : 나는 너를 사랑한다. (사랑한다는 직설적, 일상적 발화)

'나는 너를 사랑한다'를 시적 비유와 상징이 들어간 진술로 사용하면 관계와 소통 등을 의미하게 되지만 일상어로서 '나는 너를 사랑한다'는 누군가가 누군가를 사랑한다는 표면적인 정보를 설명할 뿐이다. 위와 같은 예에서 살펴볼 수 있듯이 진술은 어떤 상황에서 어떤 의도를 가지고 사용하느냐에 따라 전혀 다른 결과를 보여준다. 좋은 진술을 하기 위해서는 표현력도 필요하지만 시적 비유, 상징, 언어의 기능이 어떻게 작동하는지 이해하는 것이 중요하다.

생각의 직설적 발화와 진술

진술은 시인의 생각이나 주장을 노골적으로 전달하는 것이 아니다. 물론 목적성을 띤 작품에 나타나는 진술의 경우에 시 전반이 시인의 생각이나 주장과 같은 직설적 발화로 이루어진 예가 없지는 않다. 그러나 이 경우에도 직설적인 주장만 제시해서는 안 된다. 직설적인 진술로 이루진 경우에도 시적 리듬, 감정, 정서 등을 통해 시적 감각을 제시해야 한다.

때로는 격문이나 구호와 같은 주장만으로 이루어진 작품도 있다. 이는 시인의 주장을 우선시하는 특별한 경우이므로 여타의 진술 양상과 다르게 파악해야 한다. 작품의 목적이 다르기 때문에 일반적인 진술의 관점으로 파악해서는 안 된다. 이러한 직설 화법을 전면에 내세운 작품의 경우, 보편적인 시적 수사로서의 진술과 다르지만 문학적 수사의 특성이 약하다고 해서 무조건 폄하해서는 안 된다.

문제는 작품의 방향성과 목적 등과 상관없이 시인의 생각을 무작정 직설적으로 늘어놓을 때이다. 이는 문학 작품이 아니라 자신의 생각을 밝히는 일상적인 글일 뿐이다. 진술은 마음속에 담고 있는 생각을 토로하는 것이 아님을 명심해야 한다. 그런 점에서 시인은 언제나 엉뚱한 이야기를 하고자 마음먹고 그것을 실천해야 한다. 마음속에 담고 있는 생각이 아니라 생각 근처에 있는 다른 지점을 파악하고 그것을 말하려고 노력해야 한다.

어쩔 수 없는 이 절망의 벽을

기어코 깨뜨려 솟구칠

거치른 땀방울, 피눈물 속에

새근새근 숨쉬며 자라는

우리들의 사랑

우리들의 분노

우리들의 희망과 단결을 위해

새벽 쓰린 가슴 위로

차거운 소줏잔을

돌리며 돌리며 붓는다

노동자의 햇새벽이

솟아오를 때까지

-박노해, 「노동의 새벽」 부분

「노동의 새벽」은 "노동자의 햇새벽"을 염원하는 마음을 직설적인 어법으로 쓴 작품이다. 이 경우에도 찬 소주를 마시는 장면을 통해 시 전반은 비유와 상징이라는 시적 어법을 따르고 있다. 하지만 「노동의 새벽」은 목적성을 띤 진술을 통해 주제를 노골적으로 제시한다. 목적성을 갖는 권유적 진술은 당연히 "우리들의 분노"나 "우리들의 희망과 단결을 위해" 등과 같은 직설적인 표현이 나올 수 있다. 다만 이런 경우에도 모든 시적 언술이 무조건 직설적이기만 해서는 안 된다. 일부 시적 언술이 직설적일 수는 있지만 시 전반이 직설적인 언어로만 이루어져 있다면 그것은 시적 언술이 아니라 일상적 발화일 수밖에 없다.

감정의 직설적 발화와 진술

엘리엇의 말처럼 시는 "감정으로부터 도피"할 때 좋은 작품이 나온다. 이 말은 시에 감정을 드러내서는 안 된다거나 배제해야 한다는 말이 아니다. 감정의 과잉을 주의해야 한다는 말이다. 시는 시적 대상과의 적당한 거리를 유지하여 감정이 과잉되거나 결핍되지 않도록 해야 한다. 감정을 적절하게 제시하는 것이야말로 시적 감수성을 제대로 표현하는 방법이다. 감정의 과잉과 결핍 이외에 감정을 직설적으로 표현하는 것 역시 문제임을 인식해야 한다.

감정을 드러내는 시적 진술 역시 생각을 드러낼 때와 마찬가지로 우회적인 방법으로 표현해야 한다. 감정을 직설적으로 드러내는 것은 자신의 생각을 있는 그대로 말하는 것처럼 시적 언술로서 기능하기 힘들다. 그런데 많은 사람들이 시에서 감정을 노골적으로 드러내는 것을 시적 감수성과 시적 언어라고 착각한다. 이러한 착각은 시가 오로지 감정의 산물이고 그것을 드러내는 것이라고 생각하기 때문이다.

물론 시가 감정을 드러내는 장르임은 분명하다. 그러나 자신의 감정을 직접 설명하는 것은 곤란하다. 감정을 직접 설명하게 되면 시적 비유와 상징이 약화된 직설적 일상어가 된다. 그뿐만 아니라 이때 드러나는 감정은 개괄적이고 단편적인 경우가 많다. 이를테면 '슬픔, 기쁨, 분노, 희망, 우울' 등의 표현은 감정을 노골적으로 드러내는 언어임과 동시에 관념적인 언어이다. 이러한 관념적이고 감정적인 언어로는 구체적인 시적 표현을 하기 힘들다.

감정의 직설적 발화 : 개괄적 표현, 단편적 인식인 경우가 많음

시의 언어는 구체적이어야 한다. 관념적인 언어는 시적 언술로 적합지 않다. 슬픔, 기쁨, 분노, 희망, 우울 등 감정을 나타내는 단어는 개괄적인 관념어이다. 물론 이러한 언어를 쓰면 안 되는 것은 아니다. 이러한 언어 역시 시어로 쓸 수 있다. 하지만 이 경우에도 시의 다른 부분을 감각화하여 관념성을 극복하도록 해야 한다. 이와 같은 언어는 기본적으로 개괄적인 인식을 드러내기 때문에 시가 모호해지기 쉬운 것이 사실이다. 이를테면 '나는 슬프다'의 '슬픔'은 슬픔의 구체적인 상황이 아니다. 슬픔 모두를 포괄하는 상위의 관념이다. 따라서 '슬픔'에는 막연한 감각만 있을 뿐이다. 그것이 어떤 슬픔인지 구체적으로 알 수 없다.

A

〈표1〉

a-1	a-2	a-3
a-4	a-5	a-6
a-7	a-8	a-9

〈표2〉

〈표1〉의 A를 '슬픔'이라고 했을 때 이것은 슬픔 전체를 개괄하기 때문에 어떤 슬픔인지 알 도리가 없다. 이때의 슬픔은 피상적인 감정으로 나타나기 때문에 어떤 감정인지 모호해진다. 감정을 나타내는 진술은 〈표2〉와 같이 세부적이고 구체적으로 나누어 개별적인 정황을 제시하는 문장을 만들어야 한다. (144쪽 예문 ②, ③ 참조)

이것은 진술과 묘사 모두 동일하다. 묘사인 경우에는 구체적인 이미지를 통해 세부적인 장면을 드러내야 하고 진술의 경우는 구체적인 상황이나 상태에 대해 말해야 한다. 그것은 '슬픔'이라는 관념적 시어를 〈표2〉에 직접 넣어 사용했을 때에도 마찬가지이다. '슬픔'이라는 관념적 단어가 들어간 문장일지라도 구체적인 정황이 제시된 문장 안에 쓴다면 문제가 없다. '슬픔'이 개괄적 관념어이기는 하지만 그것을 어떻게 사용하느냐에 따라 이와 같은 시어 역시 전혀 다른 양상으로 나타난다.

또한 감정을 직설적으로 표현하게 될 경우, 그것은 일상어의 직설 화법이 된다. 시에 드러난 시인의 감정을 표현하는 진술은 시인이 표현한 감정 너머의 무엇인가를 느끼게 해야 한다. 그것이 아니라 시인이 말한 감정 자체만을 제시하게 된다면 일차원적인 표현의 한계에 머물게 된다. 감정과 관련이 있는 진술도 어떤 때는 시적 진술이 되고 어떤 때는 일상어가 된다. 때문에 시를 쓰거나 읽을 때 시인의 마음 속 감정이 감정 너머의 것을 지향하느냐 아니냐를 유심히 살펴야 한다.

　　① 나는 슬프다.

② 봄은 슬픔처럼 펼쳐지기 시작한다.

③ 어머니의 무덤을 앞에 두고 슬픔은 가득 차오르기 시작한다.

①번은 '나'의 감정이 슬프다고 말하고 있지만 이러한 표현은 지나치게 개괄적이다. 이 문장에서 제시한 '슬픔'은 개괄적이어서 불분명한 관념을 드러낼 뿐이다. 또한 '나'의 감정을 직설적으로 드러내기 때문에 '나'라는 존재가 '슬픔'을 느낀다는 일차원적인 정보 이상을 전달하지 못한다.

②번의 '봄'은 봄 자체를 의미한다기보다 시인의 감정을 드러내는 매개어이다. 따라서 이 문장은 봄이라는 계절이 슬프게 느껴진다는 직설적인 의미를 나타내지 않는다. 이때 ②번의 봄은 계절이라는 의미 너머를 환기하며 감각화한다. 따라서 '슬픔'은 시인이 느끼는 막연하고 직설적인 감정으로서의 슬픔에 그치지 않고 봄과 어울리며 문학적 슬픔을 구체화한다.

③번의 슬픔은 '어머니의 죽음'을 통해 구체적인 정황을 제시한다. 이때 제시된 구체성은 ②번의 '봄'보다 훨씬 섬세한 감각을 나타낸다. 물론 ②번 '봄'도 개괄적인 봄이 아니라 발화자의 심리를 구체화하는 언어라는 점에서 좋은 표현이다. ③번 문장은 표면적으로 어머니의 죽음에 대한 발화자의 감정을 토로하고 있는 것처럼 보이기도 하지만 '어머니의 무덤'을 매개로 하여 상징화한다는 점에서 시적 진술로 기능한다.

감정을 드러내는 진술은 특히 주의해야 하는 시적 언술이다. 습작기에 있는 이들이 흔히 저지르는 실수 중 하나가 자신의 감정을 날것 그대로 드러낼 때이다. 왜 과잉된 감정을 직설적으로 말하는 것을 시적 정서라고 생각하는가? 왜 우리는 자꾸만 '내 안의 감정'을 토로하려고 하는가? 시에서 감정을 진술한다는 것은 결코 감상적 인식으로서의 감정을 직설적으로 배설하는 것이 아님을 명심해야 한다. 감정을 대하는 시인의 자세는 언제나 절제되어 있어야 하며 감정 자체의 일차원적인 것에 머물러서는 안 된다.

또한 시어의 일반적인 특성과 마찬가지로 감정을 드러낸 시어의 표면적인 뜻과 그것이 내재한 의도는 대체적으로 같지 않다. '나는 너를 증오한다'라고 했을 경우에 진술은 표면적인 의미로서 '나'와 '너'와 '증오'만을 말하지 않는다. 이때 '나'는 우회적이고 상징적인 존재이며, '너'의 경우도 '나'와 관계를 맺는 상징적인 존재이다. '증오' 역시 마찬가지이다. 누군가를 싫어하고 미워한다는 감정만을 드러내면 진술이 되기 힘들다. 이 문장이 진술이 되려면 단순히 누가 누군가를 증오하는 감정 그 자체만을 토로해서는 안 된다. '증오'와 (유사하면서도) 다른 의미를 지니고 있어야 한다.

3. 독백적 진술

시인의 내면과 고백의 언어

진술의 가장 흔한 유형은 독백적 진술이다. 그 이유는 진술이 기본적으로 시인이나 시적 화자의 내면으로부터 발화하는 방식이기 때문이다. 그것은 마치 고백처럼 시인의 내면을 전해주기도 하고 시적 대상에 대한 시인의 사유를 들려주기도 한다.

독백은 은밀한 발언이라는 점에서 시인의 내면과 가장 가까이 있는 시적 언술이다. 동시에 같은 이유에서 감상적인 시적 언술이 될 여지가 많기도 하다. 감상적 인식이 피상적 인식을 동반할 가능성이 높은 것처럼 감상적 진술 역시 피상적 진술이 될 여지가 많다. 따라서 독백적 진술을 잘못 사용하게 되면 시적 대상을 구체적으로 표현할 수 없게 될 가능성이 높다. 아울러 독백적 진술은 개인적인 감정을 토로하는 경우가 많기 때문에 푸념이나 넋두리와 같은 사적 담화에 머물지 않도록 유의해야 한다.

진술 중에서 독백적 진술이 매우 중요하다는 점은 분명하다. 시는 자기 고백적인 특성이 강한 장르이다. 이때 자기 고백적 특성은 감상적 인식과는 다른 것이다. 시는 시인의 내면을 응시하는 장르이며 외부에 있는 시적 대상을 바라보고 인식할 때에도 시인의 내면이 작동한다. 진술은 시인의 내부에서 발화하여 가청화된 방식으로 전달되는 시적 언술이다. 따라서 진술은 시인의 내적 고백을 말하고 듣는 방식으로 재현되는 경우가 많다. 독백적 진술은 크게 내적 독백과 외적 독백으로 나뉜다.

내적 독백, 외적 독백

독백은 시인의 내부에서 발화하는 내적 독백이 있고 시인 외부의 객체를 향하는 외적 독백이 있다. 내적 독백과 외적 독백의 발화자는 모두 시인 자신이지만 시인의 음성이 향하는 곳이 다르다. 그러나 시인의 내부를 향하든 외부의 객체를 향하든 독백의 중심에 있는 것은 언제나 시인이다.

> 내적 독백 : 주체 중심, 시인의 내부에서 발화하는 독백적 진술
>
> 외적 독백 : 객체 중심, 시인 외부의 시적 대상을 향하는 독백적 진술

내적 독백은 시인 내부에서 일어나고 있는 감정 등을 토로하는 것을 의미하므로 주체 중심의 독백적 진술이다. 내적 독백은 시인의 감정과 직접 맞닿아 있다는 점에서 감상적 인식을 유발할 가능성이 높다. 따라서 내적 독백을 할 때에는 시인 자신의 감정을 객관적으로 파악하고 표현해야 한다. 이러한 감상적 인식은 피상적 인식을 드러내며 시적 정황을 모호하게 만들기도 한다.

외적 독백은 시인 외부에 있는 시적 대상에 대해 말하는 객체 중심의 독백적 진술이다. 시인의 내부가 아니라 외부를 지향하기 때문에 내적 진술에 비해 시인의 감정이 객관적이다. 그러나 시인 외부에 있는 시적 대상에 대한 진술이라고 해도 시인의 내면으로부터 발화하는 진술이기 때문에 시인의 감정이 적극적으로 표현된다.

감상적 독백의 오류

내적 독백과 외적 독백은 주체 중심이냐 객체 중심이냐라는 차이가 있지만 기본적으로 시인의 내면을 드러내는 독백이라는 점에서 모두 시인의 감정이 중심인 진술이다. 시인의 감정을 드러내는 독백적 진술은 진술의 중요한 부분이다. 물론 독백이 감상적으로 흐를 때 문제가 발생하기도 하지만 감정을 드러내는 독백 자체가 문제가 되는 것은 아니다. 다만 감정이 지나치게 단편적인 감상에 머물게 될 때 문제가 발생한다. 독백적 진술을 할 때 감상적인 오류를 저지르게 되는 이유는 시인과 시적 대상과의 거리가 지나치게 가깝기 때문이다. 좋은 독백적 진술을 하기 위해서는 적당한 심리적 거리를 유지할 필요가 있다.

때문에 독백적 진술은 감상적인 시적 언술이 되지 않도록 특별히 주의해야 한다. 시가 감정을 드러내는 장르이고 독백적 진술이 감정과 긴밀하게 연결되어 있는 것은 맞지만, 그것이 지나치게 단편적이고 직설적인 감상성에 머물면 안 된다. 그러한 것은 시적 감정이 아니라 일차원적인 감상적 인식에 불과한 것이다.

당신……, 당신이라는 말 참 좋지요, 그래서 불러봅니다 킥킥거리며 한때 적요로움의 울음이 있었던 때, 한 슬픔이 문을 닫으면 또 한 슬픔이 문을 여는 것을 이만큼 살아옴의 상처에 기대, 나 킥킥……, 당신을 부릅니다 단풍의 손바닥, 은행의 두 갈래 그리고 합침 저 개망초의 시름, 밟힌 풀의 흙으로 돌아감 당신……, 킥킥거리며 세월에 대해

혹은 사랑과 상처, 상처의 몸이 나에게 기대와 저를 부빌 때 당신……,
그대라는 자연의 달과 별……, 킥킥거리며 당신이라고……, 금방 울
것 같은 사내의 아름다움 그 아름다움에 기대 마음의 무덤에 나 벌초
하러 진설 음식도 없이 맨술 한 병 차고 병자처럼, 그러나 치병과 환후
는 각각 따로인 것을 킥킥 당신 이쁜 당신……, 당신이라는 말 참 좋지
요, 내가 아니라서 끝내 버릴 수 없는, 무를 수도 없는 참혹……, 그러
나 킥킥 당신

　-허수경,「혼자 가는 먼 집」전문

　「혼자 가는 먼 집」은 내적 독백의 특성이 강하게 드러난 작품이
다. 시인은 "당신"에 대한 자신의 마음을 고백한다. 그런 만큼 감상
적 독백으로 착각하기 쉽다. 그러나「혼자 가는 먼 집」은 우리 삶이
드러내는 슬픔과 사랑과 상처에 대해 본질적인 질문을 던지는 작
품이다. 시인이 호명하는 것은 '적요로운 울음'이거나 '진설 음식도
없이 마음의 무덤에 벌초하러 간' 사람이다. 이 시는 당신을 호명하
는 어투가 감상적인 것처럼 느껴지기도 하지만 본질적이고 원형적
인 삶과 세계를 지향하고 있다. 시인이 호명하는 시적 대상과 배경
역시 삶을 둘러싼 비애이거나 원형적인 세계로서의 자연이다. 이
시를 "당신"에 대한 고백 정도로 이해해서는 안 된다. 시를 읽어본
경험이 많지 않은 사람이 감상적 진술인지 독백적 진술인지 구분
하는 것은 쉽지 않다.
　독백적 진술은 시인의 감정과 긴밀하게 연결되어 있다. 하지만
감정을 문학적으로 드러내는 것과 감상적인 것은 다르다. 독백적

진술은 감정을 충분히 지니고 있어야 하지만 감상에 휩쓸리면 안된다. 감상적인 것은 일차원적이며 사적인 것에 머물 수밖에 없다. 독백적 진술을 비롯한 시적 언어는 사적 담화를 통해 재현되지만 그것은 언제나 「혼자 가는 먼 집」처럼 공적 담화로 기능해야 한다.

피상적 독백의 오류

독백을 아무렇게나 내뱉는 혼잣말로 착각하는 경우가 많다. 하지만 독백 역시 다른 시적 언어와 마찬가지로 공적 담화를 지향해야 한다. 많은 이들이 독백을 푸념이나 넋두리 정도로 이해한다. 그러나 푸념이나 넋두리는 의미 없는 혼잣말을 내뱉는 것처럼 시적 의미로 나아가지 못한다. 그뿐만 아니라 푸념과 넋두리처럼 내뱉는 독백은 구체적이지 않은 막연한 감정의 토로인 경우가 많다.

특히 감상적 인식을 드러내는 시적 언어는 피상적 인식을 동반할 때가 많다. 감상적인 인식이 구체적인 정황을 제시하지 않고 막연한 감정을 앞세우기 때문이다. 막연한 감정은 구체적인 표현을 동반하지 않으므로 시인이 무엇을 말하려고 하는지 알 수 없다. 시의 언어는 피상적이어서는 안 된다. 언제나 구체적인 정황과 언어를 통해 구체화된 세계를 재현하도록 해야 한다.

물론 감상적 인식이 아닌 경우에도 피상적 인식이 나타날 수 있다. 또한 피상적 인식은 진술뿐만 아니라 묘사에도 나타나는 시적 오류이다. 묘사든 진술이든 시적 언어는 구체적이어야 한다. 묘사의 경우는 이미지를 동반하는 수사이기 때문에 구체적으로 쓴다는 것을 이해하기 쉽다. 하지만 진술은 구체적 이미지로 드러나지 않고 시인의 발성에 기대어 나타나기 때문에 피상적인 오류에 빠지기 쉽다. 더구나 독백은 시인의 내부로부터 발화하는 시적 언술이기에 시인과 가장 가까운 곳에서 나온다. 시인 자신이 직접 말하는 방식이다. 그렇기 때문에 독백은 감상적이 되기 쉽고, 피상적인 모호함에 빠지는 경우가 많다. 피상적 독백은 시의 언어로 적합하지 않은 언술이다.

사적 독백의 오류

시적 언술은 사적인 양상으로 전개된다. 일상이든 거대 서사든 사적 담화의 양상을 통해 제시된다. 즉 사적이고 개별적인 이야기를 통해 독자들이 공감할 수 있는 주제나 감각을 전달해야 한다는 것이다. 사적 담화를 통해 전개된다고 하더라도 시적 정황은 공적인 울림을 전달해야 한다. 그랬을 때 유의미한 세계를 제시할 수 있다. 그러나 공적인 울림을 전달해야 한다는 말을 거대한 주제 의식을 전달해야 한다는 말로 오해하면 안 된다. 이때 말하는 공적 담화는 공식적이고 판에 박힌 듯한 주제 의식을 의미하는 것이 아니다. 공적 담화란 독자 전반에게 감동이나 울림을 줄 수 있는, 보편타당한 문학적 가치로서의 주제 의식을 의미한다.

문학 작품은 개인이 경험하고 느낀 사적인 이야기와 정서로부터 비롯된 경우가 대부분이다. 시를 포함한 문학의 언어는 이처럼 개별화되고 개인적인 것들을 통해 문학적 감각이 된다. 하지만 사적 담화가 공적 담화를 내장하지 못한다면 그것은 푸념과 넋두리에 그치게 된다. 특히 독백은 시인 스스로 자신의 내면이나 외부의 대상에 대한 감정 등을 토로한다는 점에서 사적인 것과 긴밀한 관계에 놓인다. 그런 만큼 공적 담화로 나아가지 못할 가능성이 많다. 따라서 독백적 진술을 할 때에는 특히 사적 담화에만 머물지 않도록 주의를 기울여야 한다.

4. 권유적 진술

설득과 권유의 언어

권유적 진술은 시적 화자가 상대방을 설득하거나 무엇인가를 권유하는 어법의 진술이다. 이때 설득과 권유는 시적 화자가 주장하는 바와 깊은 연관을 맺는다. 따라서 권유적 진술은 시적 화자의 주장을 바탕으로 하는 경우가 많다. 권유적 진술은 크게 특별한 목적과 주장을 펼치는 '목적성 진술'과 자유로운 주장을 하는 '비목적성 진술'로 나눌 수 있다. 대체적으로 '~하자'처럼 권유하는 어투를 내세운다.

목적성 진술

특별한 목적을 드러내는 권유적 진술의 한 방법이다. 목적성 진술은 특별한 목적을 지닌 주장과 권유를 전제로 하기 때문에 특정한 목적을 갖는 시적 화자의 주장이나 시적 주제가 직설적으로 제시된다. 행사용 시, 축시, 기념일 시 등이나 특정한 정치적 의도나 이즘(ism), 주장 등을 드러내는 시가 여기에 해당한다. 1970~80년대 참여시나 민중시가 목적성 진술을 사용한 경우가 많다.

목적성 진술은 시인의 의지를 분명히 한다는 점에서 의미가 있다. 다만 주제가 직설적으로 드러나는 경우가 많기 때문에 문학적 수사가 제대로 나타나지 못한 경우가 많다. 물론 목적성 진술을 주된 방법으로 창작한 작품을 문학적 수사의 측면으로만 판단해서는 안 될 것이다. 그러나 주제를 직접 말하는 방식이기 때문에 시적 비유와 상징이 약화되는 것은 분명하다. 특별한 목적성을 갖는 경우 이외에는 잘 쓰지 않는 창작 방법론이다.

비목적성 진술

자유로운 주장과 권유를 내세운 권유적 진술이다. 비목적성 진술을 자유로운 '주장과 권유'가 가능한 진술이라고 표현했지만 주장과 권유라는 강력한 의미보다 시적 화자의 생각과 느낌을 권유하고 부탁하는 정도로 이해하면 된다. 비목적성 진술은 특별한 목적을 지닌 이념이나 주장 등을 토로하지 않는다. 따라서 어떤 주장이나 권유도 가능하다. 시적 화자의 자유로운 주장과 권유를 통해 시인이 담고 있는 내면을 호소할 수 있다. 최근 발표되는 권유적 진술 유형의 작품들은 대체적으로 목적성 진술보다 비목적성 진술을 주로 사용한다.

손과 죽음을 사슬이라 부르자. 그들이 손가락을 걸고 있는 모습을 엉켜 있는 오브제라 부르자. 그들은 손가락을 쥐고 엄지와 엄지를 마주한다. 구부러진 몸이 손을 향해 있다. 손이 죽음을 외면하는 것을 흔적이라 부르자. 빠져나갈 수 없는 악력이 그들 사이에 작용한다. 손이 검지와 중지 사이 담배를 끼우고 죽음은 불을 붙인다. 타오르는 숨김이 병원 로고에 닿을 때 그들의 왼쪽 가슴은 기울어진다. 손에 입김을

불어넣어 주자. 손이 기둥을 잡음으로써 손은 기둥이 되고 그것을 선
(線)이라 부르자. 죽음이 선의 형상을 본뜰 때, 다리를 반대로 꼬아야
할 때, 무너질 수 있는 기회라 부르자. 사라진 손을, 더듬는 선을, 부드
러운 사슬을, 죽음이라 부르자. 그들의 호흡이 거칠어지면 담뱃재를
털자. 흩어짐에 대해 경의를 표하자.

  -최지인, 「돌고래 선언」 전문

「돌고래 선언」에서 화자는 끊임없이 '~하자'고 권유한다. 「돌고
래 선언」은 목적성 진술과 같은 특별하고 강한 주장을 담고 있지 않
다. 시인의 내면에 있는 것들을 권유하는 자유로운 주장을 담고 있
다. 시인은 삶과 죽음의 경계를 호명하며 삶에 대해 어떤 태도를 취
해야 할지를 권유한다. 이와 같은 자유로운 권유는 시인의 의지를
강조할 수 있다. 하지만 시인의 의지가 목적을 내세운 강력한 주장
을 펼치지는 않는다. 또한 특정한 목적을 위해 직설적인 주장을 하
지도 않는다.

비목적성 진술은 직설적인 주장이 아니기 때문에 당연히 비유
와 상징으로 기능한다. 반면 목적성 진술은 직설적인 주장을 하는
경우가 많다. 비목적성 진술과 목적성 진술은 주장과 권유라는 측
면에서는 같은 유형의 진술이지만 그것이 작동하는 방식과 효과는
다르다. 따라서 목적성 진술과 비목적성 진술 중에서 어느 것이 더
효과적인 시적 언술이냐는 질문은 무의미하다. 두 진술이 같은 범
주에 들어가는 시적 언술이라고는 해도 작품의 스타일과 어법, 작
동 원리 등이 대부분 다르기 때문이다.

5. 해석적 진술

사유와 통찰과 깨달음의 언어

해석적 진술은 시인의 사유가 강조된다. 진술의 대표적인 특징인 통찰과 깨달음을 강하게 드러내는 진술이다. 시인은 시적 대상이나 정황에 대해 자신만의 사유를 제시함으로써 해석적 진술을 드러낸다. 독백적 진술이 시인과 시적 화자로부터 비롯되는 주체 중심 발화라면 해석적 진술은 시적 대상과 정황을 향하는 객체 중심 발화이다. 그 이유는 해석적 진술의 대상이 되는 시적 대상과 정황이 시적 화자의 외부에 있는 객체이기 때문이다. 그런데 해석적 진술은 독백적 진술과 함께 진술 유형의 시를 쓸 때 오류를 저지르기 쉬운 시적 언술이기도 하다.

해석적 진술 역시 다른 시적 언술과 마찬가지로 문학 언어로 기능해야 하며 일상어가 아닌 시적 감각을 내장하고 있어야 한다. 그런데 해석적 진술의 '해석'에 집중한 나머지 아포리즘이나 진부한 철학 언어처럼 말하는 경우가 적지 않다. 그것은 시적 언어가 될 수 없다. 그리고 이렇게 잘못 드러난 시적 언술은 상투적인 판단을 전제하는 경우가 많기 때문에 진부한 주장을 펼칠 가능성이 높다. 해석적 진술이 상투적인 사유와 주장을 노골적으로 말하는 것이 아님을 기억해야 한다.

> 쥐는 희망을 버리지 않았을 것이다
> 쥐 살림에, 희망밖에 무엇이 있었겠는가
> 쥐에게 쥐의 고난이 넘쳐흘렀다 해도

기쁨 또한 드물지 않았을 것이며

고난이 생의 전부라 그가 비관했다 하더라도

생각은 생각,

고난에 들어 고난을 갉아먹으며 달콤하게

한세월을 보내다가

조금은 쥐답지 않은 쥐가 되었을 것이다

이것은 혹 쾌락이 아닐까 하는 의혹을

그는 끝내 버리지 못했을 것이다

적당히 괴롭고 적당히 위험해서 적당히

헐거운 덫이 어딘가에 있으리라

사선에서 방심했으므로

그의 시궁창, 썩은 마음의 양식, 강철의 어둠을

달콤히 오독했으므로 그는

견디면 견뎌지는 어떤 것을 조금씩 견뎌냈을 것이다

가도 가도 구멍뿐인 생을 골똘히 갸우뚱거리며

방심이 불러들이는 쾌락에

저도 몰래 몸을 떨었으리라

그런 것은 덫에 걸린다

견딜 만한 덫은 처음부터 여기 이것,

견딜 수 없는 덫이었다

어마어마한 통증이 그를 엄습한다

그는 지금 의혹을 내던지고 희망에서 벗어나려

제 다리를 끊어버릴 듯 발버둥 친다

너무도 큰 쾌락이 밀려오고 있다

-이영광, 「덫」 전문

「덫」은 "고난" 속에 있는 우리 삶에 대한 시인의 사유와 해석이 제시되어 있는 작품이다. 쥐의 삶을 통찰함으로써 시인은 시 속에 해석적 태도를 드러낸다. 시인은 쥐가 "희망을 버리지 않았을 것"이라거나 "기쁨 또한 드물지 않았을 것"이라는 자신의 해석을 통해 해석적 진술을 전개한다. 또한 "쥐답지 않은 쥐가 되었을 것"이라거나 쾌락에 대한 의혹을 품기도 한다. 그리고 "견디면 견뎌지는" 삶을 통찰한다. 이러한 시인의 해석을 통해 「덫」은 삶에 대한 사유를 제시한다.

직설적 해석의 오류

해석적 진술을 할 때 가장 주의해야 하는 점 중 하나가 바로 직설적 해석을 하는 것이다. 가장 흔하게 저지르는 해석적 진술의 오류이다. 해석적 진술은 삶에 대한 직설적인 해석이 아니라 시적 대상과 정황에 대한 해석이어야 한다. 그런데 많은 경우, 해석적 진술을 작품의 주제와 시인의 생각을 철학적인 언어로 직접 드러내는 것이라고 오해한다. 직설적인 해석이 등장할 때도 있다. 하지만 그것이 해석적 진술의 전부일 수는 없다. 오히려 직설적인 해석은 시의 문학적 감각을 떨어뜨리는 역할을 하기도 한다. 또한 직설적인 해석을 할 때도 수사적 측면 이외의 부분을 통해 문학적 감각을 보완해야 한다. 그렇지 않을 경우 직설적 해석은 상투적인 판단에 머물게 된다.

아포리즘의 오류

아포리즘적 진술은 아포리즘을 직접 드러내는 것이 아니다. 아포리즘 자체를 시적 언술이라고 할 수 없다. 그 이유는 아포리즘이 시적인 어법을 지니고 있지 않기 때문이다. 아포리즘 자체는 철학적 사유를 지니고 있는 직설적인 어법일 뿐이다. 따라서 아포리즘을 아포리즘적 진술이라고 착각해서는 안 된다.

아포리즘적 진술은 시적인 장치가 부여된 표현이다. 여기에는 번뜩이는 직관이 부여되거나, 압도적인 철학적 사유가 기표 안에 내장되어 있거나, 아포리즘에 문학적 감각을 덧씌워줄 시적 감각이 있기 마련이다. 그런데 격언이나 명언, 잠언과 같은 짧은 문장을 시적인 것으로 오해하는 경우가 많다. 이러한 오해로 인하여 아포리즘 자체를 시적인 문장으로 착각한다. 아포리즘적 진술은 아포리즘 속에 있는 명징한 통찰과 깨달음을 시적으로 전달하는 것이지 아포리즘 그 자체가 아니다.

사람들 사이에 섬이 있다
그 섬에 가고 싶다

-정현종, 「섬」 전문

울지 마라 아픈 사람아

겨울이 가장 오래 머무는 저 큰 산이 너 아니더냐
-이대흠, 「큰 산」 전문

격렬과

비열 사이

그

어딘가에

사랑은 있다
-박후기, 「격렬비열도」 전문

각각의 시는 응축된 구절을 통해 명징한 울림을 보여준다. 이러한 형식의 진술을 아포리즘적 진술이라고 한다. 예로 든 시는 문학적 장치가 내장되어 있는 아포리즘적 진술이지 아포리즘 자체는 아니다. 이것은 문학적으로 다가오는 철학적 깨달음인데, 철학적 언어나 일상적 언어로 제시되는 깨달음이 아니다. 아포리즘이 단순히 격언이나 명언, 잠언 등을 의미한다면, 아포리즘적 진술은 철학적 사유, 통찰, 깨달음 등이 응축된 시적 언술을 의미한다. 습작기에 아포리즘적 진술을 통해 시의 무게감을 높이고자 하는 경우가 종종 있다. 그러나 처음부터 이와 같은 방식의 시 쓰기에 지나치게 집중하는 것은 매우 위험하다. 시적 언술이 지녀야 하는 문법을 깨닫지 못한 채 아포리즘을 시적 언술이라고 착각할 가능성이 많기 때문이다. 시가 철학적인 내용을 담고 있어야 하는 것은 분명 맞는 말이지만 철학적인 언어로 이루어져서는 안 된다는 점을 명심해야 한다.

6. 진술의 시적 구조와 새로움

현대성의 세계와 진술

이번 장에서는 우리에게 익숙한 진술이 아닌, 현대적 감각과 낯선 구조의 진술을 다뤘다. 많은 이들이 진술의 내용과 형식이 현대성의 세계와 일정한 거리를 두고 있다고 오해를 한다. 그러나 진술 역시 현대적인 세계를 드러내거나 형식적 새로움 위에 구축되는 경우가 적지 않다.

쓸쓸해지면 모나카를 먹도록 한다

태극당에 들러 모나카를 사다줘

아이스크림의 거짓말 같은 달콤함을 나는 잊지 못하므로
우리의 모든 전생은 이윽고
쓸모없는 거짓에 이르고자 한다

그러나 모나카를 먹으면
그것은 닿을 수 없는 누군가의 음성

성간우주로 날아간 보이저호는
어디쯤 가고 있을까?
안드로메다의 폐허는 이미 오래 전에 사라진 엄마의 울음을 애써 삼키려 한다. 한 번도 가본 적 없는 곳으로부터

거짓은 진실을 낳고

진실은 부화되지 않는 오리알처럼 양재천을 따라 더럽게 흘러갈

것이다

외롭고 무서워

이렇게 외롭고 무서울 때

태극당에 들러 모나카를 사다줘

달콤하게 줄줄줄 흘러나오는 거짓말을 하고 싶어

점심은 먹었어?라고 묻는 나의 허기만 줄줄줄

나의 허기는 언제나 둘 중 하나. 거짓된 진실 혹은 진실된 거짓만을

말하려 한다

　　-조동범, 「태극당 모나카와 어느 오후의 줄줄줄」 부분

「태극당 모나카와 어느 오후의 줄줄줄」은 독백적 진술이지만
흔히 떠올리는 고백적 양상이 아니다. 발랄한 어조로 이루어진 시
적 어조는 우리가 생각하는 전통적인 진술과 거리가 있다. 또한 반
어와 역설을 근간으로 삼아 현대성의 비극에 대해 야유와 조롱의
태도를 취한다. 이러한 진술은 통찰과 깨달음을 떠올리게 하는 진
술의 특성과 사뭇 다른 것처럼 보인다. 그러나 진술은 서정적인 세
계나 삶에 대한 진지한 어조만을 내세워 드러나는 것이 아니다. 진
술 역시 얼마든지 현대성의 세계를 제시할 수 있으며 어조 역시 감

각적일 수 있다.

이처럼 진술은 현대적 감각을 전면에 내세워 제시할 수도 있는데, 때로는 순행적으로 연결되는 듯하다가 낯선 지점을 향해 나아가 환상이 되기도 하고, 파편화된 조각처럼 분절된 형식을 취하기도 한다. 환상이나 분절된 시적 진술은 묘사의 심상적 구조나 영상조립시점과 유사한 시적 구조와 효과를 지닌다. 심상적 구조와 유사한 방식으로 전개되는 진술로는 연쇄적 진술이 있으며 영상조립시점과 비슷하게 전개되는 진술로는 파편적 진술이 있다.

연쇄적 진술은 앞 문장이나 정황을 따라 꼬리에 꼬리를 물며 전개된다는 점에서 순행적 구조와 유사한 점도 있다. 그러나 앞의 문장이나 정황과 연결되더라도 그것이 일반적인 순행 구조처럼 보편적인 연상 체계만으로 이루어진 것이 아니라는 점에서 다르다. 연쇄적 진술은 유사한 정황이나 시적 대상으로 연결되기는 하지만 보편적인 문장 구조나 사유체계와는 다른, 낯선 지점을 함께 드러냄으로써 새로움을 제시한다.

파편적 진술은 묘사의 영상조립시점처럼 서로 어울리지 않는 낯선 것들을 하나의 작품 안에 수용하는 것을 의미한다. 이때 낯설게 엮인 진술들이 서로 어울리지 않기만 해서는 곤란하다. 파편적 진술은 낯선 진술을 연결하여 이루어지는 것이지만, 그것들을 관통하는 맥락이 있어야 한다. 낯설기만 하여 조각난 파편적 진술은 소통할 수 없는 세계를 제시할 뿐이기 때문이다.

연쇄적 진술의 비연쇄적 감각

연쇄적 진술은 앞의 진술을 따라 뒤의 진술이 연이어 이어지며 진행된다. 뒤의 진술이 앞의 진술의 일부와 관계를 맺고 연이어 진행되기 때문에 시적 정황의 연결이 비교적 자연스럽고 구조가 안정적이다. 자신이 쓴 시가 지나치게 분절적이어서 요령부득이라는 평가를 받는 경우에 연쇄적 구조를 적용하면 시적 구조가 안정되기 때문에 자연스러운 전개가 가능하다.

그러나 연쇄적 진술은 하나의 맥락으로 이어지는 순행적 구조와 같은 보편적 전개 양상을 따르지 않는다. 앞의 진술과 뒤의 진술이 공통점을 일부 지니고 연쇄적으로 이어지기는 하지만 상식적인 상상 체계로 시적 정황을 전개하지 않는다. 연쇄적 구조는 같은 맥락으로 이어지는 가운데 끊임없이 비연쇄적 감각을 드러낸다. 앞서의 진술을 이어받아 다음 진술을 진행하되, 지나친 순행 구조를 지양하고 상상력을 동원하여 낯선 정황을 제시한다. 이와 같은 비연쇄적 전개 방식을 통해 상상력을 확장하고 참신한 표현을 할 수 있다.

① 한 사람이 슬픔에 젖어 있다. → 그는 친구의 죽음에 몹시 마음이 아프다.
② 한 사람이 슬픔에 젖어 있다. → 슬픔을 흐느끼는 자의 수평선은 오래도록 침묵한다.

①번 문장은 '슬픔-죽음-아픔'의 구조로 이루어져 있다. 이러한 문장은 순행적 구조로 이루어진 진술이다. 일반적으로 우리가 무엇에 대해 말할 때 이와 같은 구조로 이야기한다. '슬픔'이 '죽음'으로 전이되고 그것이 다시 '아픔'으로 연결되는 것은 보편적 진술 구조이다. 물론 이러한 구조의 진술이 진부하거나 잘못된 것은 아니다. 다만 이와 같은 진술이 전달하는 익숙한 의식의 흐름을 바꾸면 낯선 진술을 통해 새로운 감각을 환기할 수 있음을 알아야 한다. 낯설게 전개되는 연쇄적 진술은 일반적 진술의 전개 방법을 따르지 않음으로써 기존의 감각을 전복할 수 있도록 만든다.

②번 문장은 진술 사이에 '슬픔'이라는 연결 지점이 낯설게 전개된다는 점에서 진술의 효과가 다르다. ②번 문장은 '슬픔'이라는 공통점을 지니고 있지만 '슬픔'의 정서만 공유하고 있을 뿐, 그것이 제시하는 감각은 우리의 일반적인 사유체계를 벗어난다. 이 문장은 '슬픔'이 '수평선'과 '침묵'으로 전이된다. '수평선'과 '침묵'은 일반적으로 '슬픔'과 연결될 가능성이 낮다. 하지만 이와 같은 낯선 시어를 연결함으로써, '슬픔'은 새로운 감각으로 전이된다.

아침과 내일 아침은 공통점이 있다. 당신은 이게 무슨 말인지 짐작할 수 있다. 내가 무슨 설명을 하지 않아도. 앞으로 걸어가는 사람이 깃털 하나를 떨어뜨렸다. 오리나 거위의 것으로 생각했는데 집으로 가져와 자세히 보니 쇠백로의 것이었다. 나는 깃털에 사인펜을 끼워 창문에 날개를 그려보다가 이 글을 쓰기로 하였다. 하지만 쇠백로는 이미 천 년 전에 사라진 조류였다. 신기한 일은 아니었다. 내가 당신에게 오늘 해줄 이야기는 이 깃털의 나이보다 더 길 것이다. 추운 겨울이었고 비나 눈이 올 것 같았다. 날씨가 사람을 혼란시켰다. 날씨가 사람들을 깨울 수는 있다. 살아 있는 사람들은 어떻게든 움직이기 때문이다. 날씨는 중요했다. 다시 말한다. 날씨가 추워서 나무도 춥고 나무가 춥다고 생각하는 우리가 죄를 짓는 느낌이 아니었으면 한다. 밝혀둔다. 우리는 밖에 있었다. 자판기와 가판대 가까이 가보도록 하자. 자판기는 부서져 있었다. 누군가 자판기 유리를 깼다. 안에 들어있던 캔들이 우르르 떨어져 있었다. 그중 캔 하나에 피가 범벅이었다. 머리가 깨진 사람이 죽어 있었다. 시체는 얼어서 한 번 더 죽은 것 같았다. 바로 옆에는 비상등이 켜진 택시가 세워져 있었다. 죽은 사람은 택시 기사이거나 손님일 것이다. 추리해보자. 택시를 같이 타고 가다가 멈추고 죽인 것이다. 아마 흔들렸을 것이다. 아무 양해도 없이. 이것을 증오나 분노라는 말로 채우고 싶진 않았다. 어떤 경험이었다. 캔과 새로운 경험 비판 이야기. 가판대가 보였다. 가판대에서 따뜻한 홍차 캔을 팔았다. 돈을 계산하는 팔뚝이 보였다. 팔뚝의 움직임은 운동 같았다. 경쾌하고 빨리 움직였다. 아마 내가 보고 있다는 것을 의식하는 것 같았다. 경찰차와 시민들이 모여들었고 사건이 종결되는 동안 가판대는 괜히 으쓱해졌다. 스스로 잘하고 있다고 생각하는 것 같았다. 심지어 가판대 근처에 모여든 새들은 신문을 읽을 수 있었다. 하지만 생명이 있는 것들이 무엇을 알아가면서 무엇인가를 알고 있다는 눈빛들이 두려웠다. 그리고 언제나 그래왔듯이 두려운 것에 눈치를 보며 지낼 것을 생각하니 깜깜했다. 마치 물건이 살아 있는 것일 수도 있겠다 싶어서 그런 것을 생각하자니 껌과 휴지와 빵들이 가여웠다. 가엽다고 생각한 날, 나는 가판대 안에 들어 있었다. 배가 많이 아팠고 손님들이 몰려왔다. 참을 수 없었고 도로를 넘어 뛰어가도 해결할 수 없는 거리와 시간이었다. 어떤 이가 내가 들여온 물건 중에서 제일 비싼 생과일 음료를 달라고 했다. 나의 하체는 가판대 안에서 폭발하고 말았다. 어떤 이는 내 인체의 소리와 냄새와 상황을 알아챘다. 어떤 이는 잔돈을 받아들고 비닐봉지를 들고 갔다. 코를 막고 걸어가는 게 옆 구멍으로 보였다. 어떤 이의 몸에서 오리 깃털이 하나 떨어졌다. 나는 그날 밤, 새벽까지 가판대 안에 있었다. 어떤 이는 취해 가판대 근처로 다시 돌아왔다. 발로 차면서 이렇게 말했다. "어서 나와라. 나와. 못 나오지?" 어떤 이는 비틀거리면서 가판대 벽에 오줌을 갈겼다. 날씨는 복합적이고 우리는 공통점이 생기고 우리는 결합된 것 같았다. 나는 담배를 피웠다. 라이터 불을 내 옷에 발랐다. 가판대는 폭발했다.

다시 겨울이 왔고 사람들이 줄지어 태어나고 우주는 신비로웠다. 당신들이 살고 내가 죽었던 시대가 끝났으니까. 이제부터는 당신들이 죽고 내가 오래 살았으면 했다. 나는 다른 것을 알고 있다. 목이 마른 것과 갈증이 나는 것과 목이 타들어 가는 것에는 공통점이 없다. 새들의 상황은 나아지지 않았고 새들과 가판대는 아무 공통점이 없었으므로 가판대는 신문 진열대를 없애버렸다. 새로운 자판기가 들어오고 사람들은 날씨와 상관없이 살아갔다. 출근하거나 퇴근하면서 목적 없이 떠나거나 되돌아올 때, 그들은 자판기 불빛 앞에서 신비로웠다.

나는 신비로운 것을 알고 싶어하는 물질로 다시 태어났다. 해가 지워지는 호수를 보면서. 그리고 가판대 안에 철로 만든 팔을 넣어주고 떠났다. 나의 가판대와 자판기를 지켜주던 팔이 나의 보금자리로 돌아올 때 가끔, 지하 계단을 내려갔다. 램프를 들고 와인을 고르러 갔다. 차갑던 캔들은 죽어서 유리병이 되고자 했다. 서로의 안을 보고 싶었으므로. 역사나 감정을 보여도 괜찮은 마지막 밤이었다. 와인병에 원산지가 적혀 있었다. 스페인 체코의 포도 축제를. 무겁고 떫은 맛을 아는 나라. 가볍고 달콤한 잔에. 새들은 여유 있게 나라를 고르면서 살고 싶었다. 와인병들은 날개를 버린 새처럼 우아했고, 사람의 글을 읽지 않았고, 그것은 자신감 없는 물질이었으며, 언어들이 무엇인가를 끌고 갈 거라는 오해에서 비롯되었다. 어쩌면 알코올은 우리가 살지 않을 시간을 앞서가고 있는 듯. 1809년이나 1964년도나 2500년도를 기억하고 있었다. 그것은 기묘한 패킹과 검역 없는 금속들의 행진. 후회했을 때 소화전은 멀리 있었고, 사용방법을 인식하지 못했으며 우리는 각자 다른 지점에 있었다.

-이지아, 「캔과 경험비판」 전문

일반적인 순행적 진술은 앞의 진술과 뒤의 진술이 자연스럽게 연결되어 있다는 점에서 안정적인 구조를 갖는다. 하지만 낯설게 전개되는 연쇄적 진술은 여기에 낯선 구조를 더함으로써 자연스럽게 연결된 듯하면서도 새로운 정서를 환기한다.

「캔과 경험비판」은 하나의 흐름을 지니고 있는 작품이다. 그러나 일반적이지 않은 전개를 통해 낯선 감각을 제시한다. 「캔과 경험비판」은 앞의 문장과 정황이 뒤의 문장이나 정황과 공통점을 지니고 연결된다는 점에서 일관된 구조를 지닌다. 하지만 시적 정황을 낯설게 전개하여 시 전반에 환상적, 전위적 감각을 선보인다.

① 아침과 내일 아침

② 누군가 아침에 떨어뜨린 깃털

③ 오리나 거위의 깃털

④ 그러나 그것은 쇠백로의 깃털

⑤ 깃털을 사인펜에 끼워 유리창에 날개를 그림

⑥ 그림을 그리다 글을 쓰기로 함

⑦ 내가 할 이야기는 깃털의 나이보다 길 것임

「캔과 경험비판」의 전반부는 위와 같이 전개된다. 이때 작품은 연쇄적 구조를 통해 부자연스럽지 않게 이어진다. 그러나 그것은 순행적인 전개 방식과는 다르게 보편적이지 않은 지점을 지향하며 낯선 감각을 제시한다. 낯설게 전개되는 연쇄적 구조의 작품은 무조건 낯선 것들끼리 연결되는 것이 아니다. 이처럼 유사한 것들을 연결하되 그 가운데 낯선 감각을 드러내야 한다. ①번부터 ⑦번까지의 정황은 연쇄적인 구조로 연결되어 있다. 그러나 '아침-깃털-그림-글과 이야기'의 전개 방식을 일반적인 순행 구조라고 볼 수는 없다. 특히 시 전반의 구조를 보면 연결된 듯 낯설게 전개되는 시적 구조가 보다 명백해진다.

① 아침과 내일 아침

② 쇠백로의 깃털이 떨어진 아침의 거리

③ 깃털로 그리는 그림과 이야기

④ 추운 겨울과 비와 눈

⑤ 그곳에 서 있는 자판기와 가판대

⑥ 우르르 쏟아지는 캔

⑦ 피범벅인 캔

⑧ 머리가 깨져 죽은 택시 기사 또는 손님

⑨ 가판대 안의 나

⑩ 가판대를 둘러싼 죽음과 삶

⑪ 다시 태어나는 나

⑫ 지하 계단을 내려가는 다시 태어난 나

⑬ 지하실에서 와인을 고르는 나

⑭ 날개를 버린 새처럼 우아한 와인병

⑮ 알코올이 기억하는 1809년, 1964년, 2500년

⑯ 각자 다른 지점에 서 있는 우리

시인은 끊임없이 앞서의 정황을 이어받아 이후의 정황을 이어간다. 각각의 정황은 시적 상황이나 대상을 이어받은 가운데에서도 새로운 지점을 드러냄으로써 우리의 상상력을 자극한다. 진술의 감각을 연쇄적으로 이어가면서 동시에 낯선 것들을 파악하려고 노력할 때 이와 같은 새로움을 제시할 수 있다.

낯설기만 하여 이해할 수 없는 시를 접할 때가 있는데, 낯설기만 한 시적 구조는 지나치게 분절되어 소통할 수 없는 세계를 드러낸다. 이때 시는 객관적 측면이 사라지게 되면서 소통할 수 없는 작품이 되고 만다. 그런데 낯설게 전개되는 가운데 이와 같은 연쇄적 구조를 사용하게 되면 시적 구조가 안정되어 주관적 진술이나 낯

선 전개 속에서도 객관성을 확보할 수 있다.

파편적 진술과 낯선 감각

그동안 진술은 일관된 흐름을 통해 전개되는 경우가 많았다. 이러한 진술로 이루어진 시는 대체적으로 순행적 구조이기 때문에 일목요연한 이야기를 통해 이해하기 쉽게 독자에게 전달된다. 그러나 2000년대 이후의 전위적 감각 이래 진술 역시 분절적인 문장을 결합한 창작 방법론이 쓰이기 시작했다. 이때 진술은 대체적으로 환상적인 감각을 느낄 수 있는 방식으로 재현되기 마련이다. 이와 같은 분절적 언어 구조는 묘사의 창작 방법론인 '영상조립시점'과 유사하다. 묘사의 '영상조립시점'은 분절되어 서로 어울리지 않는 장면을 연결하여 일관된 감각으로 재현하는 것이다. 진술 역시서로 연관관계가 약한 진술 문장을 결합하여 낯선 감각을 만들 수있다. 앞의 진술과 뒤의 진술이 연결되지 않은 파편적 진술 유형의시는 일반적인 문장 구조로 이루어진 시와 다른 특성을 보여준다.

① A-B-C-D-E-F-G-H

② A-F-D-C-E-G-F-B

③ A-사과-●-B-!-도로

일반적인 진술은 ①번에서처럼 순차적으로 전개된다. 이때 진술은 순행적 구조이기 때문에 이해하기 쉽고 진술의 전개 역시 자연스럽다. 그러나 ②번과 ③번은 진술의 전개가 순차적이지 않다. 따라서 진술의 전개가 낯설다. 그리고 이렇게 비순차적으로 전개되는 진술은 의미를 파악하기 쉽지 않다. 때로는 이해할 수 없는 조각으로 전락하여 소통할 수 없는 글이 되기도 한다. 하지만 비순행적으로 전개된다고 해서 무조건 부자연스러운 것은 아니다. 또한 소통할 수 없는 글이 되는 것 역시 아니다. 서로 어울리지 않는 진술을 조립한 경우에도 그 가운데 일관된 흐름과 정서를 제시할 수 있다. 물론 이때 사용하는 시적 구조는 일반적인 순행적 진술과는 다른 방법이어야 한다.

②번과 같이 비순차적으로 전개되거나 ③번과 같이 전혀 다른 상황으로 전개되는 경우에도 하나의 흐름을 형성하며 관통하는 일관된 맥락이 있어야 한다. 전혀 다른, 엉뚱한 진술을 하는 것처럼 보일지라도 그것들이 내재하고 있는 중심축은 하나의 흐름에 놓여야 한다. 이와 같은 일관된 감각이 없을 때 분절된 진술의 문장은 이해할 수 없는 파편으로 전락할 뿐이다.

새로운 도시가 발견되고

인류가 생명을 연장한다면, 그녀는 구석에서 노끈을 자른다. 김이 나가고 차가워진 일이다

이를테면 스프링이 나타나고, 그녀는 아픈 국가를 잊어버린 채 탕을 끓인다. 손님들이 먹다 남긴 뼈를 우려내면서

회전문은 두통을 모르고 냉동차는 안개를 품고 도착한다

버스나 건물을
그대로 두면서 닭이 끓고 있다
차가운 물이
수증기가 되고
고기가 고기를 찾는
초현실의 순간

눈이 오고 눈이 오지 않는 요일에도
문, 거기엔 계속 닿고 싶은 빛이 들어가고, 우크라이나 국가의 주변
에서 새벽이라고 부르는 살코기의 국적 없는 망명들

끝내야 하는 것은
뜨거운 물에 불린 닭털이다

하얗고 조용한 증발이다

첫 관계를 배울 때, 육신의 연한 조직은 털이 많은 짐승에게 아무것
도 느끼지 못하였다
언젠가 울타리 밖에서 서성대던 감시자, 이를테면 스프링이 휘어지
고, 사고는 주기적으로 일어난다. 주인은 남은 것을 정리하라며 그녀
에게 할 일을 준다

오늘은 질긴 껍질의 줄거리를 풀어본다

노끈을 자르면, 냉동 닭이 가득 찬 박스가 열리고, 골목이 열리고, 화재 경보음이 울리고

질퍽이는 냉동 닭을 끌어안고 강서지점 간판 밑에 서 있다

환영같이
티브이는 내용 안에서 움직일 테고
흑인 목사는 들리지 않는 영어 예배를 몇 년간 주도하겠지

피

그녀는 잘라진 노끈을 처음처럼 연결한다. 소금보다 고운 첫눈이, 저런 건 틀어진 살들의 노래일거야

피

피로하다라는 말은 한국말로 무엇이지
그녀는 천장 꼭대기에 매달려 있다
흔들리는 스프링
이를테면 녹슨 도시가 튕겨져 나가고
날이 풀리면
눈이 녹고, 창문에 두드러기가 붙으면, 액체가 꿈틀대고, 도시의 암벽에는 실외기가 매달려 있다

진술   179

우리는 능글맞게 순진하게

고기는 고기를 피하고, 서로에게 무뎌지지. 도시는 긴 팔을 꺼내 서
로에게 묶인 뒷목을 끊어주려고
여린 미래부터
팽글팽글 돌리고 있는 것이다

-이지아, 「도시는 나에게 필연적 사고 과정을 부여했다」 전문

「도시는 나에게 필연적 사고 과정을 부여했다」는 진술과 묘사
의 낯선 전개가 인상적인 작품이다. 그러나 최근의 시적 경향에 익
숙한 독자가 아니라면 분절된 각각의 정황을 통해 작품의 의미를
파악하는 것은 결코 쉽지 않다.

① 새로운 도시가 발견되고 그녀는 노끈을 자른다

② 스프링이 나타나고 그녀는 아픈 국가를 잊어버린 채 탕을 끓인다

③ 회전문은 두통을 모르고 냉동차는 안개를 품고 도착한다

④ 우크라이나 주변, 살코기의 국적 없는 망명들

⑤ 첫 관계

⑥ 울타리 밖에서 서성대던 감시자

⑦ 질긴 껍질의 줄거리

⑧ 환영 같은 티브이의 내용

⑨ 들리지 않는 영어 예배를 주도하는 흑인 목사

⑩ 소금보다 고운 첫눈

⑪ 피로하다라는 한국말

⑫ 녹슨 도시

⑬ 도시의 암벽에 매달린 실외기

⑭ 서로에게 묶인 뒷목을 끊어주려는 도시

「도시는 나에게 필연적 사고 과정을 부여했다」는 각각의 정황이 낯설게 전개된다는 점에서 전위적 특성을 갖는다. 낯선 것들을 호명하는 시인의 진술은 우리의 상상력을 끊임없이 배반하며 새로운 세계를 구축한다. 재미있는 점은 이렇게 낯설게 전개되는 시적 구조에도 불구하고 「도시는 나에게 필연적 사고 과정을 부여했다」를 통해 일관된 감각을 느낄 수 있다는 점이다. 그 이유는 시를 관통하는 일관된 감각과 맥락이 있기 때문이다. 이때 일관된 감각과 맥락은 노골적으로 드러나지 않는다. 오히려 겉으로 드러난 시적 표현은 이질적이기까지 하다. 하지만 이 모든 진술(또는 묘사)은 「도시는 나에게 필연적 사고 과정을 부여했다」라는 제목을 향해 수렴된다. 도시를 근간으로 제시된 각각의 시적 정황은 서로 다른 것이지만 그것을 관통하는 중심축에 도시의 비극성이 있다.

이와 같은 파편적 방식의 진술을 사용하게 되면 낯선 느낌을 줄 수 있다. 이때 제시되는 낯선 느낌은 시인 내부의 의식의 흐름을 제시하는 데 매우 효과적이다. 이렇게 파편적으로 발화하는 시인의 음성은 당연히 일반적인 시인의 내면이 아니다. 그것은 말로는 형언하기 힘든 복합적인 내면의 발화이다. 따라서 파편적 진술은 시인이 일반적인 말로는 드러낼 수 없는, 무의식을 포함한 의식의 모든 것을 표현할 수 있다. 또한 파편적 진술은 상상력을 극대화할 수 있다는 장점을 지니고 있다. 우리의 의식을 일반적이지 않은 방법으로 전개함으로써 기존의 시적 정황과 동떨어진 (그러나 관계가 있는) 낯선 진술을 할 수 있도록 한다. 「도시는 나에게 필연적 사고 과정을 부여했다」는 순행적 진술(또는 묘사)로는 소화하기 힘든 다채로운 정황을 제시함으로써 진술(또는 묘사)의 상상력을 극대화한다.

환상적 진술과 무의식의 감각

우리는 진술을 지나치게 사실적 국면과 순행적 사고를 재현하는 것으로 이해하고 있다. 이런 생각 때문에 진술은 사유와 감정을 체계적이고 상식적인 틀 안에서 표현하는 것이라고 생각하는 경우가 많다. 하지만 진술 역시 얼마든지 전위의 감각이나 환상, 비현실적인 장면, 무의식 등을 제시할 수 있다. 전위, 환상, 비현실, 무의식을 진술과 쉽게 연결하여 생각하지 못하는 이유는 진술이 통찰과 깨달음을 주는 순행적 시적 언술이라고 여기는 경우가 많기 때문이다.

물론 진술이 통찰과 깨달음을 근간으로 하는 시적 언술인 것은 분명하지만 그렇다고 전위, 환상, 비현실, 무의식과 같은 시적 언술이 불가능한 것은 아니다. 많은 이들이 이러한 시적 언술이 묘사에 집중적으로 나타나는 것이라고 생각한다. 그 이유는 묘사가 감각적인 이미지 중심의 시적 언술이기 때문이다. 감각적인 언술 양상인 묘사가 전위, 환상, 비현실, 무의식과 연결되는 지점이 많은 것은 사실이지만 진술 역시 이와 같은 특성을 드러내는 데 적합한 시적 언술이다. 오히려 진술은 무의식의 세계처럼 눈에 보이지 않는 것을 제시하기에 더욱 적합한 측면이 있기도 하다.

난 이 시 아픈 방이오 이렇게 찾아주셔서 고맙소 어서 들어오시오 왼쪽 벽에 스위치가 있소 누르지는 마시오 난 이대로 어둠 속에서 쉬고 싶소 불을 켜면 당신은 벽을 타고 흐르는 피, 의자 밑에 떨어진 손을 보게 될 거요 난 그런 걸 당신께 보이고 싶지 않소

가만히 서서 책상을 바라보시오 책상은 칡넝쿨로 뒤덮여 있소 책상 밑으로 흐르는 계곡이 보이오? 계곡은 당신이 서 있는 벽을 타고 천장 밖 당신이 살던 세상으로 흐르고 있소 얼마 전까지 이 방엔 한 여자가 살고 있었소 그녀는 스스로 숨을 끊고 계곡을 따라 당신이 살던 세상으로 떠났소

0시 방향으로 걸음을 옮겨 창을 찾아보시오 창은 말의 동공처럼 어둡게 꺼져 있소 거기 서서 0시의 왼쪽 세계를 바라보시오 밤의 잿빛 도시가 보이오? 도시의 강변 저편에 빌딩들이 보이고 아파트 단지가 보일 게요 불 켜진 방이 하나 보일 게요 시를 읽고 있는 사람이 보일 게요 누군지 아시겠소? 아픈 방을 읽고 있는 바로 당신이오

당신에게 손이라도 흔들어주시오 그 사람도 나처럼 아픈 방에서 홀

로 아파하고 있을 게요 가서 그 사람이랑 술이라도 한잔하시오 미안

하오 이제 난 약을 먹고 쉬고 싶소 그만 나가주시오 당신이 이 방을 나

설 때 여자의 손이 당신을 따라갈 것이오 그럼 좋은 밤 보내시오

　　-함기석,「아픈 방」전문

　　「아픈 방」은 1인칭 시적 화자인 '아픈 방'이 말을 하는 방식으로

전개된다. 이 시의 전개 과정과 배경은 현실적이지 않다. 그것은

마치 환상처럼 우리 앞에 낯선 세계를 펼쳐놓는다. 또한「아픈 방」

의 시적 언술은 그것이 진술이든 묘사든 눈앞에 보이는 것들을 있

는 그대로 제시하지 않는다.「아픈 방」은 시인 내면의 의식을 따라

가며 무의식의 세계를 펼쳐보인다. 시인이나 시적 화자의 이성이

작동하는 방식이라기보다 비이성적 의식과 무의식이 나타나는 방

식으로 시가 전개된다. 이와 같은 진술 방식은 일반적인 진술로는

제시하기 힘든 시인의 내면을 모두 드러낼 수 있다는 장점이 있다.

　　환상적 진술 : 표현하기 힘든 시인의 내면을 모두 드러낼 수 있음

　　일반적 진술 : 이성적 인식과 감각 안에서 통찰과 깨달음을 전달함

　　진술은 분명 통찰과 깨달음을 중요한 축으로 삼는 시적 언술

이다. 그러나 진술이 언제나 우리의 의식 체계 안에서 체계적이고

순행적으로만 작동하는 것이 아니라는 점 역시 명백하다. 시인은

진술을 통찰과 깨달음의 원리로 사용함과 동시에 전위, 환상, 비

현실, 무의식의 언술 양상으로 사용하는 데에도 주저함이 없어야

한다. 그랬을 때 진술을 통해 재현되는 시적 효과는 극대화될 수
있다.

감
정

시적 세계와

감정

시는 언어로 이루어진 감정의 산물이다. 감정은 시 속에 어떤 방식으로든 존재하기 마련이다. 감정을 절제한 작품 역시 마찬가지다. 감정 없는 시는 존재할 수 없다. 감정을 어떻게 다루냐는 문제로부터 시가 출발한다고 해도 과언이 아니다. 감정은 시뿐만 아니라 다른 예술 작품에서도 중요한 문제이다. 폴 세잔은 "감정에서 시작되지 않은 예술 작품은 예술이 아니다"라고 말했다. 시를 비롯한 모든 예술은 형식과 방법의 차이는 있지만 감정을 근간으로 한다는 점은 동일하다.

이때 감정은 '예술적 감정'으로 치환된 것이어야 한다. 날것 그대로의 감정은 시적, 예술적 세계를 제시하지 못한다. 일상에서 느끼는 감정을 '예술적 감정'으로 치환한 후 시적 구조 위에 놓아야 한다. 날것 그대로의 감정만으로는 완성도 높은 작품을 형상화하기 힘들다. 시 속 감정은 언제나 의도적으로 조직된 '예술적 감정'이어야 한다. 프로스트는 "시는 감정이 생각을 찾았고 생각이 말을 찾았을 때"라고 했다. 이처럼 시는 감정으로부터 시작되어 언어를 통해 완성된다. 시의 출발인 감정을 제대로 다루지 못하면 좋은 시를 쓸 수 없다.

사실 시가 감정의 산물이라는 것은 상식이다. 누구나 안다. 하지만 시를 쓸 때 감정을 제대로 다루지 못하는 경우가 무척 많다. 특히 감정의 과잉 상태를 시적인 것으로 오해하는 경우가 많다. 감정의 과잉은 시를 처음 쓰는 이들이 가장 많이 저지르는 오류다. 감정의 과잉 상태만 벗어나도 시의 완성도가 훨씬 높아지지만 스스로 감정을 제어하는 것은 쉽지 않다. 엘리엇은 "시는 감정의 방출이 아니라 감정으로부터의 도피"라고 했다. 시에서 감정을 없애야 된다는 것이 아니라 감정을 절제해야 한다는 의미이다. 많은 사람들이 알고 있는 말이지만 절제된 감정을 통해 시적 정서를 표현하는 것은 어렵다. 〈감정〉 편을 통해 시적 감정의 세계와 만나게 되기를 바란다.

1. 시적 감수성과 언어

감정과 시적 거리

　감정의 과잉 상태에 놓인 시는 미적 구조를 갖기 힘들다. 시 이외의 예술 장르도 그렇다. 물론 노골적으로 감정을 드러내는 일부 경우도 있지만 미의식과 미적 구조를 지향하는 예술 장르의 본질적 특성은 감정을 절제하는 데 있다. 시는 미의식을 통해 시적 세계를 만드는데, 그것을 언어화한 미적 구조로 완성된다. 시가 미의식의 산물이라는 점을 잊어서는 안 된다. 그런데 이때 '미(美)'를 오해하면 안 된다. '미의식'이나 '미적 구조' 등이 의미하는 '미'는 단편적이고 외형적인 아름다움을 의미하는 말이 아니다. 일상생활에서 흔히 쓰는 '예쁘다'는 말과 다른 의미다. 여기서 언급하는 '미'는 예술적인 인식과 감흥을 줄 수 있는 아름다움을 의미한다.

　시는 시인의 내부에 있는 감정이나 외부에 놓인 대상을 형상화한다. 이때 시인은 어느 경우든 시적 대상과의 거리를 유지하며 감정을 조절해야 한다. 시적 대상은 시인이 쓰고자 하는 시의 글감이다. 시인 외부에 놓인 객체뿐만 아니라 시인의 내부에 있는 감정이나 생각, 사유까지 포함한다. 시인은 시인 내부에 있는 것이든 외부의 객체든, 시적 대상과의 거리를 통해 미의식이 드러나는 미적 구조를 만들어야 한다.

　　① 오! 찬란한 태양이여.
　　　당신의 뜨거움처럼 사랑하고 싶습니다.

② 사랑하는 이를 잃은 슬픔이

　가을비처럼 내 마음을 적신다.

　내 영혼을 다해 사랑한 당신이여.

③ 태양이 뜬다.

　태양을 바라보며 한 소년이 걸어간다.

　태양이 진다.

　어둠이 온다.

　앞이 보이지 않는다.

④ 사랑하는 사람이 죽었다.

　영정 사진이 놓여 있다.

　조문객이 절을 하고 육개장을 먹고

　모두 집으로 돌아간다.

　시적 대상과의 거리가 가까울 때, 시는 감정의 과잉 상태가 된
다. 시를 처음 쓰는 이들이 흔히 저지르는 오류이다. ①번과 ②번
이 감상적 인식의 사례이다. 시적 대상과 감정적 교감을 나누는 건
좋지만 그것이 지나쳐 시적 대상에 지나치게 몰입하면 안 된다. 이
경우, 낯간지럽고 유치한 감정과 표현이 되는 경우가 많다. 슬픔,
분노, 사랑, 애틋함 등의 감정을 날것 그대로 과장하여 표현하는 경
우이다. 신파조의 영화를 볼 때 느끼는 감정을 떠올리면 된다.

　감상적 인식을 극복하기 위해서 묘사 연습을 하면 좋다. 묘사는

시적 대상을 관찰한 뒤 이미지화하는 것이기 때문에 시인의 감정이 개입될 여지가 적다. 감정의 과잉 상태를 벗어나는 데 도움이 된다. 일단 마음으로 느끼거나 머리로 생각하는 것을 멈추고, 시적 대상을 바라보는 자신의 '눈'만 믿고 묘사를 해보자. 시를 처음 쓰는 이들의 경우에 '눈'으로 관찰하여 쓴 묘사의 힘을 믿지 못하는 경우가 많다. 만일 묘사하여 쓴 시가 마음에 들지 않는다면 그것은 본인이 묘사를 제대로 하지 못해서이지 창작 방법론으로서 묘사 자체의 문제는 아니다.

시적 대상과의 거리가 먼 경우는 시에 감정이 지나치게 제거되기 때문에 문학적 감수성이 결핍되는 결과를 초래한다. 시가 담고 있는 이미지와 내용을 기계적으로 전달한다. 신문 기사나 제품 설명서처럼 무미건조한 글이 된다. ③번과 ④번의 경우에 감정을 억제하여 대상을 표현하고 있지만 이미지의 껍데기만 제시한 느낌이다. 이런 유형의 작품은 영혼 없는 장면과 내용으로 다가오기 때문에 문학적 수사나 감각의 아름다움을 느낄 수 없다.

시를 쓸 때 감정의 과잉과 감상적 인식에 주의해야 하지만 감정 자체가 사라지면 안 된다. 그런데 감상적 인식보다 기계적인 표현을 극복하는 것이 더 어렵다는 점에 주의해야 한다. 감상적 인식은 작품에서 과잉 감정만 제거하면 되기 때문에 어렵지 않게 고칠 수 있다. 문제는 이때 감정이 지나치게 제거된 채 곧바로 기계적인 작품으로 전락하는 경우가 많다는 점이다.

감상적 인식과 신파

신파는 원래 연극에서 유래한 단어로 개화기에 등장한 새로운 경향의 연극을 가리키는 의미로 사용되었다. 하지만 오늘날에는 연극뿐만 아니라 감정의 과잉 상태에 놓인 예술 작품을 지칭하는 말로 쓰인다. 예술성보다 일차원적인 감정으로 뒤범벅된 작품을 의미한다. 대부분의 예술 장르에 신파적 특성을 가진 작품이 나타난다. 시 역시 감상적 인식이 나타나는 경우가 많다는 점에서 신파적 특성이 나타나는 경우를 흔히 볼 수 있다.

시적 신파는 감정과 긴밀한 연관을 맺고 있는데, 정제되지 않은 날것 그대로의 감정을 시적 감수성으로 오해하여 나타난다. 하지만 감정의 과잉 상태에 놓인 신파는 감상적 인식에 불과하다. 슬픔을 절제하지 못하거나 사랑의 감정을 지나치게 드러내는 영화나 드라마를 떠올리면 쉽게 이해할 수 있다. 감상적 인식과 감정의 과잉인 신파가 두드러지게 나타난 작품은 미적 구조가 약화될 수밖에 없다. 시를 비롯한 예술 작품의 감정은 언제나 절제된 미적 구조 위에 놓여야 한다. 감상적 인식이 지나치게 나타난 시는 신파의 특성을 고스란히 드러낼 뿐이다. 신파의 특성을 나타내는 시는 감정의 배설이다. 그것은 푸념과 넋두리일 뿐 가치 있는 문학적 감정을 전달하지 못한다.

그뿐만 아니라 신파는 상투적인 표현으로 이어진다. 시는 새로움의 감각과 언어를 제시해야 한다. 새로움을 전달하지 못하는 상투적인 시는 작품으로서의 가치를 갖지 못한다. 감정의 과잉이나 감상적 인식에 빠져 있는 시는 진부한 시어와 정황을 드러내며 작품성으로부터 멀어지기 마련이다. 신파의 언어는 진부함을 벗어나기 힘들다. 과잉 감정과 감상적 인식을 드러내는 작품은 일차적 감정 상태를 제시하며 언어를 관습적으로 사용하는 경우가 많기 때문이다. 신파의 관습적 표현 양상은 영화나 연극 등 다른 장르의 경우도 마찬가지다. 관습적인 표현은 도태된 언어와 감각일 뿐이다. 또한 신파처럼 감정의 과잉이 문제된 경우가 아니더라도 산동네, 노점상처럼 감상적 상투성이 드러난 장면도 피해야 한다. 진부한 표현과 감정을 유발하는 시적 대상이기 때문이다. 그리고 이런 장면으로부터 신파가 나타날 가능성 역시 많다.

문제는 감정의 과잉과 감상적 인식에 빠져 있는 경우에 스스로 그것을 깨닫기 어렵다는 거다. 다른 사람의 작품에 나타난 문제점은 제대로 파악하면서 정작 자신의 작품은 정확히 보지 못한다. 시를 비롯한 예술은 절제된 감정을 제시해야 한다. 그런데 절제되지 못한 감정을 예술적인 것으로 오해하는 경우가 많다. 일부 시에 나타난 영탄조 등의 과잉 감정을 시 언어의 전범으로 삼아서는 안 된다. 대중들에게 인기를 얻은 일부 베스트셀러 작품의 문장과 감정을 답습하지 말아야 한다. 외국 시를 번역한 문장도 주의해야 한다. 이러한 것들이 시에 대한 고정관념을 만든다. 신파를 벗어나기 위해서는 예술과 감정에 대한 고정관념을 버려야 한다. 미의식을 통해 작품을 파악할 수 있는 능력을 키워야 한다.

감상적 인식과 개괄적 언어

시는 구체적이어야 한다. 시어는 물론이고 시적 정황 역시 구체적으로 제시해야 한다. 구체적이지 못한 시는 모호한 느낌만 자아낸다. 이런 유형의 시는 무슨 말을 하는지 알 수 없는 작품으로 다가올 뿐이다. 구체적인 작품이 되지 못하는 가장 큰 이유는 구체적인 정황과 언어를 사용하지 않기 때문이다. 시적 정황과 언어를 개괄적인 큰 덩어리로 다루기 때문에 피상적인 작품이 된다. 그런데 시적 정황과 시어의 문제 이외에 감상적 인식 역시 모호함에 영향을 미친다.

감상적 인식은 시적 대상과의 거리 조절에 실패함으로써 감정의 과잉 등의 문제를 일으키는데, 시적 정황과 언어를 모호하게 하는 주요 원인이 되기도 한다. 감상적 인식이 감정을 구체적으로 제시하지 못하고 관념적 표현으로 모호하게 드러내기 때문이다. 개괄적 언어를 사용하는 것이 감상적 인식의 특징이다. 개괄적인 표현은 시적 대상을 분명하고 명확하게 제시하기보다 두루뭉술한 큰 덩어리로 표현하기 때문에 모호함이라는 오류에 빠지게 한다.

감상적 인식에 빠지게 되면 슬픔, 분노, 사랑 등과 같은 감정의 덩어리에 몰입하게 되기 때문에 그런 감정의 배경이 된 구체적인 정황을 간과하기 쉽다. '감정과 시적 거리'(191쪽)에서 제시한 ①번, ②번 예문이 그러한 경우이다. ①번과 ②번은 감정이 지나치게 드러난, 감상적 인식의 사례이다. ①번과 ②번 예문이 구체적으로 무슨 상황이며 어떤 감정인지 알 수 없다. 사랑이라는 감정이 있기는 하지만 막연하다. 심지어 누가 누구를 대상으로 어떤 생각을 하고 있는지도 요령부득이다.

①번 예문의 정황은 '당신'이 어떤 주체인지 알 수 없으며 '찬란한 태양'이 어떠한 찬란함인지도 알 수 없다. 또한 '사랑'의 주체와 정황 역시 모호하다. 여기에는 그저 열렬히 사랑하고 싶다는 막연한 감정만 있을 뿐이다.

②번 역시 마찬가지다. '사랑하는 이를 잃은 슬픔'의 구체적 정황이 제시되지 못했다. 사랑하는 이를 잃었을 때 큰 슬픔을 느낀다는 것은 전달되지만 개괄적인 정황의 모호함으로 다가올 뿐이다. 감상적 인식이 모호함을 만들었다. 시는 구체적인 정황을 제시하고 그것을 언어화해야 한다. ②번처럼 슬픔이라는 감상적 관념을 불분명하게 드러내면 안 된다. 사랑하는 이를 잃은 구체적인 정황을 이미지화하여 구체적인 장면을 만들어야 한다. 그뿐만 아니라 '가을비처럼' 마음을 적신다거나 '영혼을 다해' 사랑한다는 표현 역시 감상적 인식이며 피상적 인식을 유발하는 개괄적 언어이다. 심지어 진부하기까지 하다.

밀물처럼 슬픔이 밀려온다.
상처로 가득한 날들이
아무렇지도 않게 흘러가고 있다.

위의 예문을 보자. '슬픔'과 '상처'를 절절히 말하고 있지만 읽는 이의 마음에 와닿지 않는다. 개괄적인 모호함만 느껴질 뿐이다. '슬픔'이나 '상처' 같은 시어는 개괄적 언어인데 감상적 인식을 강하게 드러낸다. 감상적 인식 때문에 모호함의 오류에 빠진 사례이다. 구체적인 정황을 제시하기 위해서는 이와 같은 감상적 인식으로부터 벗어나야 한다.

감정과 객관적 상관물

엘리엇은 시에 감정의 과잉을 피하기 위해 '객관적 상관물'을 제시해야 한다고 말한다. 그뿐만 아니라 그는 예술적 감정을 드러내기 위한 방법으로 '객관적 상관물'을 포착할 것을 권한다. 엘리엇이 '객관적 상관물'을 강조한 이유는 '미의식'과 연관이 있기 때문이다. 감정의 과잉을 피할 수 있다는 점에서 시적 대상과 적절한 거리를 유지한 시를 쓸 수 있으며, 이것을 통해 수준 높은 '미의식'을 재현할 수 있기 때문이다. 감정의 과잉에 빠진 시는 '미의식'을 만들기 힘들다.

'객관적 상관물'은 시인 내부에 있는 사유와 감정이 아닌, 시인 외부에 놓인 대상이다. 시인의 감정이 과하게 투사되지 않은 객관적 대상이 바로 '객관적 상관물'이다. 시를 쓸 때 흔히 저지르는 오류 중 하나는 시적 정서와 감각을 찾기 위해 시인 내부의 감정에 집착하는 경우가 많다는 거다. 이때 시인 내부에 있는 정서에 과도하게 몰입하며 날것 그대로인 감정을 드러내는 경우가 많다. 하지만 '객관적 상관물'을 포착하면 시인의 시선이 외부에 있는 시적 대상으로 향하는데, 이때 발생한 시인과 시적 대상과의 거리를 통해 감정을 절제할 수 있다. 따라서 시인 외부에 놓인 객관적인 시적 대상을 매개물로 하여 시를 쓰면 감정의 과잉 상태에 빠지지 않은, 객관성을 확보한 작품을 쓰기 수월하다.

① 슬픔 : 슬픔

② 슬픔 : 고양이

　슬픔 : 기차

　슬픔 : 간판

③ 슬픔 : 헤어진 연인

이를테면 '슬픔'의 정서를 드러내고자 할 때, 시인 내부에 있는 슬픔의 정서를 객관화하여 표현하는 것은 쉽지 않다. 슬픔에 몰입한 채 과도한 감정 상태에 빠질 가능성이 많다. 그리고 이때 슬픔의 감정을 우회적으로 상징화하지 못한 채 직설적으로 감정을 배출하는 경우가 빈번하다. ①번에서처럼 상징화된 대상으로서의 슬픔이 아니라 '슬픔' 자체만을 다루게 된다. 하지만 ②번의 경우처럼 슬픔을 객관화 할 수 있는 '객관적 상관물'을 내세우면 감정을 제어하기 쉽다. 슬픔을 직접 말하지 않고 고양이, 기차, 간판 등 슬픔이 전달될 수 있는 객관적 대상을 매개로 표현하면 된다. 고양이, 기차, 간판 등으로 슬픔을 표현하는 것이 쉽지는 않지만 시를 쓰는 이의 능력에 따라 얼마든지 가능하다. 오히려 슬픔과 낯선 관계에 놓인 단어이기 때문에 '낯설게 하기' 효과를 얻을 수 있다.

또한 슬픔으로 치환되는 고양이, 기차, 간판은 감정을 객관화시킬 뿐만 아니라 상징화된 시적 대상으로 다가온다. 고양이, 기차, 간판 본래의 감각이나 의미에 머물지 않고 새로운 시적 상징과 감각을 제시한다. 다만 이때 ③번처럼 슬픔의 정서를 상투적으로 내포한 '객관적 상관물'을 선택하면 곤란하다. 이런 경우는 ①번처럼 감정의 과잉 상태에 머물게 될 뿐만 아니라 상투적이고 진부한 표현으로 전락한다.

시가 감정의 과잉 상태에 빠지는 것은 시인 스스로 감정에 취하기 때문이다. 이런 감정은 시인 자신만 몰입하게 된다는 점에서 주관적일 수밖에 없다. 본인은 감정에 취해 감동하지만 다른 이들은 전혀 그렇지 않다는 점에서 최소한의 보편성조차 갖지 못한다. 시가 주관적인 언어로 개성을 드러내는 것은 맞지만 독자와의 소통을 포기한 채 주관화의 오류에 빠져서는 안 된다. 주관화의 오류에 빠진 감정은 다른 이들의 공감을 이끌어내기보다 스스로의 감정에 취할 뿐이다. 감정의 주관적 과잉 상태는 감정에 몰입하는 것이 시라는 오해로부터 비롯된다. 시의 감정은 일정 부분 객관적인 상태를 유지해야 한다는 점을 명심해야 한다. 객관적 감정을 감정의 결핍으로 오해하면 안 된다. 시는 감정을 드러내는 장르이며 시적 감수성은 언제나 중요하다. 다만 주관적 감정의 과잉 상태가 문제일 뿐이다.

2. 직설적 발화와
관념적, 현학적 태도

직설적, 일상적 발화와 시어

감정의 문제와 함께 시를 쓸 때 가장 많이 저지르는 오류는 직설적 발화이다. 문학은 기본적으로 우회적 언어를 사용한다. 물론 직설적인 문장처럼 보이는 표현을 사용하는 경우도 많다. 이때 오해하면 안 되는 것이 있다. 언뜻 직설적인 문장처럼 보이는 시적 표현이 사실은 우회적인 문장이라는 점이다. 그런데 문제는 시 속 우회적인 표현을 잘못 이해하여 직설적인 문장이 시적인 것이라고 오해하는 경우가 많다는 거다.

소재	싯구	분류
새	자유를 사랑한다	시적 표현
자유	자유를 사랑한다	직설적 표현

먼저 '새'를 소재로 쓴 시에 '자유를 사랑한다'는 표현을 했을 경우를 살펴보자. '자유를 사랑한다'는 표현은 해당 문장만 보면 직설적인 것처럼 느껴진다. 하지만 이때 '자유를 사랑한다'는 '새'를 대상으로 한 표현이므로 간접적이다. 새를 매개로 자유를 사랑한다고 했을 뿐 시인의 생각을 직접 드러내지 않았다.

하지만 '자유'를 소재로 쓴 시에 '자유를 사랑한다'는 말을 한다면 그것은 시인의 생각을 직설적으로 표현한 것이다. 똑같이 '자유를 사랑한다'는 표현일 경우라도 전자가 시적 표현이 되는 반면 후자는 직설적인 문장에 머문다. 심지어 후자의 경우는 관념적 표현과 인식을 내세운 것인데, 그런 이유 때문에라도 피해야 한다. 물론 때때로 주제를 직접 말하는 등 직설적인 문장이 시에 쓰이는 경우도 있다. 하지만 이런 경우는 매우 제한적으로 주의하여 사용해야 한다.

일상적인 의견이나 생각을 직설적으로 표현하는 경우에는 우회적, 상징적 언어가 아닌 것도 문제지만 이때 나타난 의견과 생각이 사소한 영역으로 전락하거나 사적인 세계에 갇히는 문제가 발생한다. 시가 일상을 통해 시적 세계를 보여주는 것은 맞지만 그것이 사소함이 되어서는 안 된다. 아무리 사소해 보이는 일상이라고 하더라도 시적 가치를 가지고 있어야 한다. 시에 쓰이는 표현이 언제나 거창한 언어일 필요는 없다. 하지만 무의미한 사소함에 그치면 안 된다.

배고픔 : 허기
배고픔 : 결핍

똑같이 배고픔에 대한 시를 썼다고 하더라도 독자가 그것을 '허기'로 받아들이느냐 '결핍'으로 받아들이느냐에 따라 완전히 다른 결과가 된다. 시에 쓰인 '배고픔'이라는 단어가 일반적이고 표면적인 의미인 '허기'로만 읽히면 안 된다. '결핍'처럼 의미화된 사유의 영역을 포함하고 있어야 한다.

관념적 인식과 비시적 언어

시를 쓸 때 감정의 문제와 함께 저지르는 가장 큰 오류는 관념적 인식과 표현이다. 많은 이들이 시를 감정의 산물이라고 생각하면서 동시에 관념적인 것으로 이해한다. 시를 통해 무엇인가를 가르쳐야 한다거나 교훈을 줘야 한다고 생각한다. 심지어 시를 읽고 느끼는 감동도 교훈의 차원으로 이해하고 표현하기도 한다. 하지만 관념적 인식과 표현은 시가 되기 힘들다. 물론 관념을 낯설게 표현하여 시적인 것으로 나타낼 수 있다. 그뿐만 아니라 관념적 표현을 직접 사용하는 경우도 있다. 다만 관념적 표현을 직접 드러내는 경우는 매우 제한적이다. 철학적 인식을 드러낼 때 관념적 표현을 쓰는 경우가 있지만 이 경우에도 직설적 표현이 지나치지 않는지 주의해야 한다.

관념적 인식과 표현은 시를 모호하게 한다. 관념이 형태를 갖지 못한, 추상적인 생각이기 때문이다. 따라서 구체적이기보다 개괄적이며 시적 대상을 명확히 드러내기보다 불분명한 생각을 포괄적으로 두루뭉술하게 말한다. 다시 한 번 말하지만 시의 언어는 구체적이어야 한다. 개괄적 언어로 표현하는 순간 시는 모호함의 함정에 빠지고 만다. 시를 관념적 인식과 표현의 결과물로 생각하면 안 된다.

하지만 관념적 표현도 낯설게 사용하면 좋은 시적 표현이 될 수 있다. '관념의 대상화'가 그것이다. '관념의 대상화'는 관념을 형태가 있는 사물이나 존재처럼 하나의 대상으로 파악하여 표현하는 것을 말한다. 이렇게 대상화된 관념은 물성을 가진 사물이나 존재와 같이 표현되기 때문에 관념의 모호함으로부터 벗어날 수 있다. '관념의 대상화'를 통해 관념을 낯설게 드러내면 관념어를 감각적으로 사용할 수 있게 된다. 〈묘사〉 편에서 예로 들었던 문장을 떠올려보도록 하자.

저수지로부터 죽어버린 <u>미래</u>는 걸어나온다.

일반적으로 저수지로부터 걸어나올 수 있는 것은 사람이나 동물과 같은 생명체다. 다른 대상이 걸음의 주체가 될 수 없기 때문이다. 따라서 '미래' 대신 '사람, 남자, 여자' 등의 단어가 들어갔을 때 자연스럽다. 하지만 '사람, 남자, 여자' 같은 존재 대신 관념어인 '미래'를 넣었다. 관념을 대상처럼 사용한 것이다. 이것이 바로 '관념의 대상화'이다. 이렇게 하면 '미래'가 지니고 있는 관념적 모호함은 사라지고 관념이 마치 물성을 가진 존재처럼 다가온다. 관념어가 사용되었지만 구체적이고 감각적으로 인식된다. 또한 관념어를 기존 어법과 다르게 사용했기 때문에 '낯설게 하기'의 효과도 나타난다.

① 창밖으로 오래된 <u>진리</u>는 추락을 거듭한다.
② 주머니에서 꺼낸 <u>슬픔</u>이 눈물을 흘리고 있다.

①번 문장은 '진리'를 추락하는 대상으로 파악했다. '진리'는 형

태가 없는 단어로 '참된 이치', '참된 도리' 등을 의미한다. 이러한 관념을 대상으로 치환하여 추락하는 존재로 표현했는데, 그렇게 함으로써 '진리'가 주는 관념적 인식의 모호함을 벗어날 수 있다. ② 번 문장은 '슬픔'이라는 관념을 물성을 가진 대상이자 존재로 표현했는데 두 가지 측면에서 복합적으로 구조화했다. 첫 번째로는 '주머니에서 꺼낸' 사물로 파악했으며, 두 번째로는 눈물을 흘리는 존재로 파악했다. '슬픔'은 이렇게 사물이자 존재가 됨으로써 두 가지 층위에서 관념을 대상으로 만든다. 관념적 언어는 모호할 뿐만 아니라 문학적 감수성이 결핍된 경우가 많다. 하지만 '관념의 대상화'를 통해 드러내면 이와 같은 오류를 극복할 수 있다.

주제에 대한 강박과 현학적, 철학적 언어

비유를 통해 발화하는 시의 언어는 시적 주제를 다른 대상이나 이야기에 빗대어 나타낸다. 물론 시의 세계와 완전히 동떨어진, 상관없는 언어여서는 곤란하다. 시가 보여주려는 세계를 비유를 통해 우회적으로 드러내야 하지만 지나치게 낯선 것으로 나타내면 안 된다는 말이다. 그런데 적지 않은 이들이 시의 주제를 직접 말한다. 주제를 직접적으로 나타내는 것은 단순히 직설적 발화라는 문제만 일으키지 않는다. 주제에 대한 강박은 무엇인가를 가르치려는 태도로 이어지기 쉬운데, 이때 현학적인 언어를 사용하여 철학적, 교훈적 포즈를 취하는 경우가 많다.

다른 예술 장르에 비해 유독 시에서 철학적, 교훈적 태도가 두드러지게 나타난다. 시 역시 다른 장르와 마찬가지로 우회적인 표현을 통해 철학과 교훈을 숨겨야 한다는 점을 잊으면 안 된다.

소설의 경우를 떠올려보자. 소설은 주제와 철학 등을 작가나 화자가 직접 말하지 않는다. 소설의 주제와 철학은 언제나 이야기 속에 숨는다. 이광수 작가의 장편소설 『무정』에 "힘을 주어야지요! 문명을 주어야지요!"라거나 "가르쳐야지요! 인도해야지요!"처럼 주제를 직접 말하는 대목이 나오기는 하지만 이것은 100년도 더 된 근대 초기에 창작된 작품이다. 근대 초기 이후에 쓰인 소설은 더 이상 이러한 표현을 사용하지 않는다. 영화의 경우도 변사가 등장하여 영화 속 내용과 주제 등을 일일이 설명하지 않는다. 시각화된 이미지를 이야기의 형식으로 보여줄 뿐이다.

그런데 시의 경우는 주제를 직접 말하거나 가르치려는 태도를 노골적으로 드러내는 경우가 적지 않다. 설마 이런 표현을 사용하는 사람이 아직도 있을까 싶겠지만 사실이다. 이상하리만치 이런 강박으로부터 벗어나지를 못한다. 이와 같은 오류는 묘사만 성실히 해도 쉽게 고칠 수 있지만 묘사만으로는 부족하다고 느끼며 자꾸만 시에 생각을 덧씌운다. 하지만 묘사만으로도 충분하다. 묘사만으로도 주제에 대한 강박적 표현과 현학적 태도를 벗어날 수 있음을 받아들여야 한다.

화물칸에 일렉기타를 한 만 대쯤 싣고 가는 세상에서 가장 길고, 무거운 마음

그 속을 누가 알겠냐마는 철로만은 알지,

짓밟힌 몸길이를 짓밟힌 시간으로 나눠 기차가 절망하기 시작한 지점에서부터 자기 합리화에 성공하는 지점까지 걸린 속도를 계산해 내며 자기를 발끝에서 머리끝까지 짓밟고 가는 기차의 무게를 참고 견디지

기차가 아무리 짓밟고 가도 손가락도 발가락도 잘리지 않는 건 손가락도 발가락도, 아무것도 없어서

손가락을 잃은 기타리스트는 알지 흉측한 음악을 만들 바에야 약을 먹고 죽는 게 낫다는 걸
발가락이 없는 애벌레는 알지 발가락이 없으면 기어서라도, 가고 싶은 곳엔 가고 봐야 한다는 걸

말하자면 비시각적 음표들의 시각적 극대화
그러나 약은 치료하기도 하는 것,
병명보다 더 많은 치료제를 잔뜩 싣고 가던 기차가 마침내 말기에 다다라 포기하고 탈선할 때
눈 내린 들판에 처박힌 기차에서 동그란 알약들이 쏟아져나올 때의 기분이란

그 기분 누가 알겠냐마는 환자들만은 알지
환자들은 꿈속에서 거기까지 걸어가 그 약을 모두 주워 먹은 다음

날 아침 병실에서 깨어나 기차의 차가운 몸을 이해하지 넘어진 채 몸을 뒤로 돌리던 기차를 이해하며 몸을 정확히 당신들 반대편으로 돌리지

현실도피는 없어, 현실의 최대화만이 있을 뿐

오늘 밤 그들의 기도가 기차처럼 길어져 결국 지구를 몇 바퀴씩이나 돈 기도들의 속도가 기차를 조금씩 허공에 뜨게 해 마침내 이륙한 기차를 바라보며 철로가 난생처음으로 편안해질 수 있다는 희망,
을 품자마자 기차는 곤두박질치고
지진처럼 지축이 흔들려 복부를 강타당한 남자처럼 철로가 신물을 토할 때 신물 위로 기타가 쏟아지는 기분

그 기분을 누가 알까
침대에서 굴러떨어져 꿈에서 엎질러진 아이나 알까

아무리 길게 써도 저 레일에는 모자랄 것이므로 여기서 그만둬도 상관은 없겠지만

고요한 밤, 캐롤을 싣고 가다 넘어져 모두 엎질러 버린 아주아주 거룩한 밤, 깨진 전구를 뛰어넘어 크리스마스의 본질을 거침없이 이해하고 산타를 엉망진창으로 때려눕히고

지구가 한 바퀴 돌기 전까지 기타를 모두 수리해야 하는 수리공의
마음은 망가진 리프(riff)들을 밤새 고치고 있는 기타리스트밖에 모르지

너에겐 신고 가다 넘어져 모두 엎질러 버릴 만한 그 무엇이 있니?
넘쳐서 어쩔 수 없이 들켜 버리는 리듬이라도 있니?
넘쳐서 어쩔 수 없이 들켜 버리는 리듬을 타고 비옥한 꿈속을 달리
다 넘어지는 곳이 늘 절벽 앞이어서 느껴 보는
아찔함, 그 뒤에 웅크리고 앉아 그 리듬을 정면으로
견뎌 본 적 있니!

구겨진 리듬을 잘 펼치면 과연 어디까지 펼쳐질 수 있을지, 무엇까
지 덮어 볼 수 있을지를 가늠하며 최대한 붉은 와인을 주문해

뱃속에 와인을 만 박스나 싣고 가는 기차가 오늘밤 도무지 몸을 가
누지 못하는 이유를 누가 이해하겠냐마는
사랑을 한 박스나 마시고도 제대로 서 있는 조니 미첼은 이해하지,
어쩌면 술집을 이름표처럼 달고 다니다 이름을 아무 데서나 콸콸 쏟
아 버리던 에이미 와인하우스도 이해하지

잠시 동안의 짧고 굵은 경악과 모든 최대화에 따르는 극심한 부작
용, 그때마다
벌어진 가랑이 사이로 경적을 울리며 긴 열차 한 대 빨려 들어오는
느낌, 결국 일망타진 당하고 마는 느낌을

너무 긴 문장에겐 이제 그만, 쉼표를
-황유원, 「세상의 모든 최대화」 전문

　「세상의 모든 최대화」는 개성적인 세계관과 철학적 사유가 돋보인다. 상상력과 언어 감각이 깊이 있는 세계 인식으로 나아가며 무게감을 만든다. 하지만 그것을 직접 말하지 않는다.

　시는 철학을 담고 있지만 철학적인 언어를 직접 내세워 형상화하면 안 된다. 교훈의 경우도 마찬가지다. 시는 감각적 표현을 통해 깨달음을 주지만 교훈을 전달하는 언어를 직접 표현하면 안 된다. 더 나아가 교훈을 주려는 자세를 갖는 것도 곤란하다. 시를 통해 독자들이 깨달음을 얻을 수는 있지만 시인이 직접 깨달음을 주려는 태도는 피해야 한다. 철학적, 교훈적 태도를 앞세울 때 현학적인 언어가 나타나기 쉽다. 시는 철학이나 교훈을 직접 설명하며 현학적인 포즈를 취하면 안 된다. 현학적인 언어는 깊이 있는 철학적 사유가 아닌, 얕은 수준의 생각을 보여주는 것에 불과하며 관념어와 마찬가지로 시를 모호함의 오류에 빠지게 한다.

3. 시와 화자

화자와 시적 거리

시적 거리의 문제는 감상적 인식 이외에 시적 화자로부터도 많은 영향을 받는다. 그 이유는 시가 시적 화자의 감정을 제시하는 방식으로 전개되는 경우가 많기 때문인데, 시적 화자의 감정과 태도에 따라 감상적 인식이 드러나기도 하고 아니기도 하기 때문이다. 자신이 쓴 시에 감상적 인식이 많이 나타난다면 작품 속 화자의 감정 상태를 점검해볼 필요가 있다. 시적 화자와 시적 대상이 어느 정도의 거리를 두고 있느냐에 따라 시 속 감정을 적절하게 제어할 수 있다.

시인 : 시적 화자 : 시적 대상

시적 대상을 바라보는 것은 시적 화자이고 시인은 시적 화자의 외부에서 시적 화자를 응시한다. 흔히 시인과 시적 화자를 동일시하는 경우가 많지만 시인과 시적 화자는 분리해서 파악해야 한다. 시인과 화자가 전혀 다른 인물로 설정된 가면의 화자는 물론이고 시인이 시적 화자 자신인 1인칭 시점도 그렇다. 시의 재료가 되는 것은 시적 대상 하나지만 그것을 바라보는 시선은 시적 화자와 시인 둘이다. 하지만 이때 시적 대상을 직접 바라보는 것은 시적 화자여야 한다. 시인이 직접 시적 대상을 바라보기보다 시적 화자를 매개로 하여 시적 대상을 바라볼 때 시적 거리를 유지할 수 있다.

시적 화자의 발성은 묘사와 진술로 나타난다. 이때 묘사는 시적 대상을 이미지화하는 것이기 때문에 시인과 시적 화자의 음성이 개입되더라도 객관적 거리를 유지하기 쉽다. 이미지화한 시적 대상이 시인 외부에 놓인 상태여서 거리가 유지되기 때문이다. 하지만 진술의 경우는 시인의 감정이나 생각이 시적 화자를 거치지 않고 발화하는 경우가 많기 때문에 시적 거리를 유지하기 쉽지 않다. 시인과 시적 화자의 내면이 밀착되어 객관적 거리를 유지하기 힘들기 때문이다. 따라서 진술의 경우에 시적 거리와 관련하여 더 많은 주의를 기울여야 한다.

일상적 자아와 문학적 자아

시적 화자는 무의미하고 무가치한 일상적 자아여서는 안 된다. 언제나 특별하게 조직된 문학적 자아여야 한다. 일상을 소재로 작품을 전개할 때도 마찬가지다. 문학적 자아는 작품에 문학적 가치를 제시할 수 있는 자아를 의미한다. 문학적 자아는 특별한 존재만을 의미하지 않는다. 평범한 일상 속 자아든 특별한 사건 속 자아든 문학적인 미적 감각을 드러낼 수 있는 자아여야 한다.

시의 소재가 무의미하고 무가치해 보이는 일상일 때에도 마찬가지다. 겉으로 드러난 것은 무의미하고 무가치한 일상일지라도 그 안의 자아는 문학적 발화를 하는 인물이어야 한다. 무의미하고 무가치해 보이는 일상 너머를 제시하지 못한다면 일상적 자아에 머물게 된다. 시적 화자의 음성은 무엇을 이야기하든 문학적으로

유의미한 지점을 확보해야 한다.

문학 언어는 사적 담화로 이루어졌지만 공적 담화로서 작동해야 한다는 거다. 언뜻 쓸모없어 보이는 것을 말할 때에도 문학적 자아를 통해 시적 가치를 전달할 수 있어야 한다. 그렇지 않다면 일상적 자아의 푸념과 넋두리로 전락한다. 푸념과 넋두리는 제대로 된 문학 언어가 아니다. 공적 담화로서 문학적 의미와 가치를 제시하지 못하기 때문이다.

시적 화자와 감정

시인과 시적 화자가 동일시 될 때 감정의 과잉 상태에 빠질 가능성이 높다. 시인의 감정을 거를 시적 화자가 사라진 탓이다. 이때 시인의 감정이 곧바로 시적 정황에 투사되며 시적 거리를 확보하지 못하게 된다. 우리가 시를 읽을 때 누군가의 목소리와 만나게 되는데, 목소리의 주인공을 시인이라고 오해하는 경우가 많다. 대체적으로 1인칭 시점일 때 이런 오해를 많이 한다. 하지만 이때 만난 목소리의 주인공은 시인이 아니라 시적 화자이다. 물론 시인의 의지에 의해 시적 화자의 발화가 이루어지기는 하지만 그것이 언제나 시인 자신과 일치하는 것은 아니다. 1인칭 화자인 '나'라는 표현이 시에 직접 드러나든 숨어 있든 마찬가지다. 두 경우 모두 시인 스스로 시적 화자의 감정에 몰입하여 도취되기 쉽기 때문이다. 그런 점에서 1인칭 시점으로 시를 쓸 때는 특히 시를 쓰는 자신과 시적 화자를 의식적으로 분리해야 한다. 그래야 감정을 제어하기 쉽다.

이런 문제는 1인칭 시적 화자뿐만 아니라 다른 인물을 내세운 가면의 화자일 때도 마찬가지이다. 다만 가면의 화자는 시인과 시적 화자가 분명하게 나뉘기 때문에 시인과 시적 화자가 동일시 될 가능성이 상대적으로 낮다. 작품 속 제3의 화자를 매개로 하여 시적 대상을 바라봄으로써 시적 대상과 거리를 유지하기 쉽기 때문이다. 가면의 화자를 내세운 시가 감정의 과잉 상태에 쉽게 빠지지 않는 것은 바로 이런 이유 때문이다.

작품 밖 시인 → 작품 속 화자 → 시적 대상

작품 밖에 있는 시인은 시 쓰는 행위를 하는 실제 시인이다. 그리고 작품 속 화자는 시 안에서 시를 이끌고 있는 시인의 또 다른 자아이다. 작품 밖에 있는 시인은 유체 이탈한 영혼이 육신으로 남은 자신을 바라보는 것처럼 한 걸음 뒤로 물러서서 작품 속 화자를 바라보아야 한다. 그랬을 때 작품 속 화자와 객관적인 거리를 유지하기 쉽다. 시적 정황을 응시하는 작품 속 화자를 작품 밖 시인이 바라보는 듯한 태도를 지녀야 한다. 이렇게 했을 때 작품 속 화자는 작품 밖 시인과 분리되며 시적 자아로 기능하게 된다. 그리고 바로 이곳으로부터 시적 거리가 형성된다.

1인칭 화자로서의 '나'

'나'가 등장하는 1인칭 시점은 시인 자신과 화자가 일치한다는 점에서 시인이 의도한 시적 정서를 표현하기 쉽다. 시인의 정서와 감정이 시적 화자와 아주 가까이 있어서 작품에 나타난 감정과 시인의 감정이 유사한 지점에 형성되기 때문이다. 하지만 같은 이유에서 감정을 절제하기 어렵고 결과적으로 감정의 과잉에 빠질 여지가 많기도 하다.

1인칭 화자로 등장하는 '나'는 실제 현실 속 시인일 수도 있고 시인의 내적 자아로서 '나'일 수도 있다. 내적 자아인 '나'가 현실 속 '나'보다 객관적 거리를 유지하는 데 유리하지만 두 경우 모두 시인과 동일한 인물이라는 점에서 감정 과잉 상태에 놓이기 쉽다. 아래 「소문」은 내적 자아로서 '나'가 등장한 1인칭 시점의 작품이다. 시인이 내세운 '나'는 시를 쓴 시인과 분리된 채 시적 대상과 객관적 거리를 유지하고 있다. 그럼으로써 시 속 '나'는 문학적 존재로서 공적 담화인 시 세계를 제시한다.

권총을 갖고 있지 않아요. 나는 죽지 못했어요.

채찍 소리에 놀란 아기들이 울부짖고 꼬마들은 돌을 던져요.

부수지 못하게 붙들래요. 촛불을 들고 맴돌래요. 코끼리 코처럼 그림자가 길어져요.

사람들은 나에게 비틀어지고 구멍 많은 별명을 덧붙여요.

지평선 너머까지 이어지는 이름을 쫓아가고 싶지만

내일은 겨울이 올 전망 꽃들이 만발할 거란 예보

떠나지 못해요. 토끼풀 사이에서 내가 소문일 가능성을 발견한 날,
천둥은 치지 않아요.

호두가 떨어지고 껍질이 갈라지는 동안 내 몸이 벼락을 맞고 아득
해져요. 꽃과 삶이 멀리멀리 떠내려가요.

도깨비불 손바닥이 굉음을 내고 팔 다리는 여러 마을로 흩어져 다
른 얘기가 되요.

가장 처음 도착한 동네에선 햇불을 들고 달려오는 성난 어린이들.

내 그림자는 자꾸만 불어나요, 발가락과 멀어진 머리칼이 소릴 지르고

소머리 탈을 쓴 아이들이 무서워 눈물이 흘러요.

입술에 빨간 칠 한 어둠이 부리를 벙긋거려요.

벙어리로 내 이름 말하고 몸서리치는 밤.

새로운 그림자를 달고 일어나고 싶어요.

어른들이 개머리판을 만들 호두나무를 찾아다니고 나는 아직 죽지
못했어요.

　-권민경, 「소문」 전문

여기서 한 가지 더 생각해볼 문제가 있다. '나'가 직접 등장하는
1인칭 시점을 사용하면 매력적인 시적 특징을 만드는 데 도움이 되
기도 한다는 점이다. 특히 1인칭 화자 '나'에 구어체를 결합하면 화
자와 문체가 어우러지며 개성적이고 감각적인 분위기를 형성하기

도 한다. 「소문」도 그런 사례이다. 만약 이 시의 화자가 '나'가 아니었다면 시의 정서가 무척 달라졌을 것이다. 또한 구어체가 아니라 문어체로 쓰였다면 지금의 시적 감각을 선보이지 못했을 것이다. 「소문」은 1인칭 화자와 구어체가 어우러지며 세련된 감각을 제시한다. 이처럼 1인칭 화자와 구어체를 하나의 작품에 적용하면 의외의 결과물을 얻을 수도 있다. 그렇다고 하여 모든 시를 1인칭 구어체만으로 쓰려는 태도는 피하는 것이 좋다. 문어체를 제대로 다루지 못하는 상황에서 구어체로 멋부려 쓰는 것은 껍데기에 불과하다. 문장의 기본이 문어체라는 점을 잊으면 안 된다.

1인칭 숨은 화자

대부분의 시가 취하고 있는 시점이다. 시의 화자가 겉으로 드러나기보다 숨어 있는 경우이다. '나'가 직접 등장하는 1인칭 화자나 시인 이외의 인물이 등장하는 가면의 화자도 있지만 시적 화자는 대부분 시에 직접 나타나지 않는다. 화자로서 시를 이끌기는 하지만 음성으로만 나타날 뿐이다. 시 속 숨은 화자는 시인 자신인 경우가 대부분인데 시의 표면에 등장하지 않고 숨은 상태로 말하기 때문에 '나'가 직접 등장하는 1인칭 화자보다는 조금 더 객관적인 시적 거리를 확보할 수 있다. 하지만 이 경우도 시적 화자와 시인의 거리가 가깝다는 사실은 변하지 않는다. 시적 거리를 확보하지 않으면 시인 자신의 감정에 취하기 쉽다.

가면의 화자

가면의 화자는 시인과 분리된 시적 화자를 내세우기 때문에 1인칭 화자에 비해 객관적인 거리를 유지하기 쉽다. 대부분의 시는 1인칭 숨은 화자의 형식을 취하고 있다. 가면의 화자를 내세운 작품은 많지 않은 편이다. '나'가 등장하는 1인칭 화자에 비해서도 드문 편이다. 하지만 시인이 아닌 제3자를 내세워 시를 쓰는 것은 또 다른 개성을 선보일 수 있다. 시인과 전혀 다른 인물을 시의 전면에 내세움으로써 새로운 세계관이나 발성, 입장 등을 전개할 수 있다. 「피어리 아라베스크」가 그런 사례이다. 여성 시인의 작품이지만 남성 화자인 피어리를 내세움으로써 극지와 탐험의 상징을 생생하게 제시한다.

쇄빙선도 없이, 오늘 나는 버려진 성의 이름을 가진 이곳에 이르렀네 추위는 한결 가서 나에게는 아직 몇 개의 발가락이 남아 있네 그 무성한 꼭짓점들을 이어 안팎의 문양을 분명히 한 자리마다 세심하게 치장된 빙영(氷映)들이 점점이 돋아났네 북극의 수평선은 온도를 버린 광점들로 가득했지

빙궁의 벽에 볼을 대고 그것이 떨어져나가기를 기다렸네 가장 추레한 방식으로 얽히고 스며 단 한 줄로 이루어진 면(面)이 될 때, 신경은 자라나는 무늬 눈먼 돌산들과 얼음안개 속에서 우리는 서로에게 도달할 수 있었을까

얼음에서 물의 끈이 풀려나오고 있네 사람의 온도가 먼 지형의 모서리를 허무는 일이네 두 팔을 벌리고 극(極),이라 발음할 때마다 품속에서 수평선이 팽팽해졌고 파문이 일어 끝을 모르고 뻗어나갔네

이제 그대는 남동으로 배를 돌리는가 아문젠, 나는 보존될 것이네 차고 말랑한 끈을 목에 감고 연분홍의 꿈을 불러들이면 감각의 끝단마다 발가락이 외롭게 자라나겠지

　-이혜미, 「피어리 아라베스크」 전문

「피어리 아라베스크」는 가면의 화자를 3인칭이 아닌 1인칭 화자 '나'로 설정했다. 피어리인 '나'는 가면을 쓴 화자가 되어 낯선 감각을 전달한다. 시 속에 등장하는 것은 '나'이지만 피어리라는 점을 명확하게 인식하고 씀으로써 객관적인 거리를 만든다. 하지만 '나'라는 가면은 정반대로 피어리를 중심으로 펼쳐지는 시적 정서를 깊이 있게 다룰 수 있도록 만들기도 한다. 그 이유는 화자인 피어리가 자신의 삶과 세계를 직접 말하는 형식을 취해서이다.

많은 이들이 작품 속 '나'를 시인 자신과 동일시한다. 작품 속 '나'가 시인이 아닐 수도 있다는 점을 간과한다. 시인이 직접 등장하여 자신의 생각이나 경험을 전달하는 것만이 시적 발성의 전부라는 인식 때문이다. 그런데 시는 시인의 생각이나 경험을 직접 말하기도 하지만 소설처럼 가상의 화자와 허구의 이야기를 통해 전달할 수도 있음을 알아야 한다.

시적 수사의 방법과

낯설게 하기

그동안 시의 수사법은 이론 중심으로 설명하는 경우가 많았다. "내 마음은 호수요"(김동명, 「내 마음은」)라는 구절로 은유법을 설명하는 것처럼 예문을 제시하기도 하지만 대체적으로 교과서 식으로 재미없게 설명했다. 시의 언어가 얼마나 새롭고 흥미로울 수 있는지 보여주지 못했다. 시적 수사가 어떻게 시적 효과를 만들어내는지 구체적 방법론도 제시하지 못했다. 시론과 달리 시 창작 방법론은 시어의 운용에 대한 구체적인 설명이 있어야 한다. 〈수사〉 편에서는 언어를 어떻게 다뤄야 시적 언술이 되는지를 설명했다. 이때 중심에 놓고자 한 것은 '낯설게 하기'이다.

　　시는 언제나 낯선 것이어야 한다. 시어는 물론이고 언어가 만들어낸 세계까지도 새로움의 지점을 포착하고 드러내야 한다. 더 이상 새롭지 않다면 그것은 시로써 가치를 잃어버리게 된다. 물론 언어의 새로움만이 시의 모든 것은 아닐 것이다. 하지만 언어의 새로움이 창조적인 시 세계를 만든다는 점에서 언어는 중요하다. 언어를 다루는 방법론은 시를 쓰는 기술에 그치지 않는다. 언어를 능숙하게 다룬다는 것은 시인의 내면을 좀 더 섬세하게 다룰 수 있다는 것을 의미한다.

사실 시를 쓸 때 가장 많이 하는 고민은 언어에 대한 것이다. 주제나 정황, 사유 등도 중요하게 고려해야 하지만 이것 역시 결국 언어에 대한 고민으로 이어진다. 이 책에서 다룬 '묘사'는 물론이고 '진술'과 '감정'도 수사와 긴밀한 연관을 맺는다. 시의 본질은 시정신이나 시인의 세계관 등일 테지만 언어를 간과해서는 안 된다. 시정신과 세계관도 결국 언어로 표면화되기 마련이다. 그런 점에서 언어는 그 자체로 시정신이자 세계관일 수 있다. 낯선 언어를 통해 새로운 세계를 구축하는 것이 결코 쉽지 않지만 시 언어의 구성 원리와 효과를 이해한다면 얼마든지 시 언어에 대한 감각을 확장할 수 있다. 〈수사〉 편을 통해 시적 수사의 낯선 영토에 가닿기를 바란다.

1. 시적 인식과 언어

개괄적 언어와 구체적 언어

시는 구체적인 언어와 정황을 통해 재현된다. 시의 언어는 시인이 말하고자 하는 것이 무엇인지 명확히 제시할 수 있어야 한다. 무엇을 말하고 보여주는지 알 수 없다면 그것은 실패한 시이다. 시의 개성은 주관적 감각과 언어를 통해 드러나지만 객관성을 확보하지 못하면 곤란하다. 객관성을 통해 시적 정황이 전달되어야 한다. 시의 상징은 숨어 있더라도 표면적으로 드러난 시어와 정황은 명확하게 제시되어야 한다.

시를 관념적 인식의 산물로 이해하여 모호하게 쓰는 경우가 적지 않다. 이런 경우 어떤 정황인지 알 수 없을 뿐만 아니라 문장 자체의 의미마저 전달되지 않는다. 그런데 시를 쓴 당사자는 자신의 시가 모호하다는 것을 받아들이지 않을 때가 많다. 하지만 시를 쓴 사람은 모호한 표현에 숨은 의미를 알 수 있어도 독자들은 그것을 이해하지 못한다. 독자들이 시의 의미를 파악할 수 있는 단서는 언어이다. 따라서 시적 정황을 구체적으로 보여주지 못한 언어는 실패할 수밖에 없다. 이것은 시의 의미나 상징을 파악하는 것과는 다르다. 표면화된 시어가 제시하는 정황과 의미가 불분명해서는 안 된다. 시 속에 숨어 있는 상징을 파악할 때에도 표면화된 시 언어를 근거로 한다.

유리(琉璃)에 차고 슬픈 것이 어린거린다.
열없이 붙어 서서 입김을 흐리우니

길들은 양 언 날개를 파다거린다.

지우고 보고 지우고 보아도

새까만 밤이 밀려 나가고 밀려와 부딪히고,

물 먹은 별이, 반짝, 보석(寶石)처럼 백힌다.

밤에 홀로 유리(琉璃)를 닦는 것은

외로운 황홀한 심사이어니,

고흔 폐혈관이 찢어진 채로

아아, 늬는 산(山) ㅅ새처럼 날러갔구나!

-정지용, 「유리창1」 전문

「유리창1」은 아들을 잃은 시인의 슬픔과 그리움을 형상화한 작품이다. 슬픔과 그리움을 전면에 내세운 작품이지만 관념적 언어나 인식은 나타나지 않는다. 유리창을 중심으로 펼쳐지는 밤의 풍경이 제시되어 있을 뿐이다. 밤의 유리창 앞에 서서 눈물을 흘리며 죽은 이를 떠올리는 시적 화자의 모습이 선명하게 나타난다. '슬프다'라거나 '그립다'는 감정을 직접 드러내지 않는다. "외로운 황홀한 심사"처럼 감정을 직접 제시한 표현이 있지만 이것 역시 "밤에 홀로 유리를 닦는" 이미지를 극대화하기 위한 것이다.

그런데 시를 쓸 때 구체적 언어 대신 '알 수 없는 그곳으로 나는 가고 싶네'나 '슬픔이 내 마음을 누르는 밤' 같은 개괄적 언어를 사용하는 경우가 많다. 이 경우 무슨 말을 하는지 알 수 없는 모호한 작품이 되고 만다. '알 수 없는 그곳'이 어디인지 그곳에 왜 가고 싶은지 알 수 없으며, '슬픔'이나 '내 마음을 누르는 밤'이 무엇인지도 알 수 없다. 대강의 감정만 전달할 뿐이다. 구체적 언어를 통해 시의 의미와 감각을 드러내야 한다는 사실을 망각하고 자신의 감정과 느낌을 큰 덩어리로 말하려고 하기 때문에 나타나는 오류이다.

또한 적당히 현학적인 태도를 드러낸 문장을 시적인 것으로 착각하고 있기 때문이기도 하다. 시를 처음 쓰는 이들이 저지르기 쉬운 오류지만 시를 꽤 써본 경험이 있는 이들도 많이 하는 실수다. 이런 표현을 시적인 언어로 오해하는 이유는 기성 시인들의 작품을 잘못 수용한 탓도 적지 않다. 물론 이런 표현도 좋은 묘사나 진술과 결합하면 괜찮은 구절이 될 수 있다. 하지만 이 경우도 구체적 언어와 정황을 바탕으로 하지 않으면 안 된다. 다만 철학적 특성이 강조된 작품의 경우, 관념적 인식과 언어가 나타나기도 한다. 이와 같은 작품은 시인의 사유와 사상이 치밀하게 조직된 경우다.

　　이것은 소리 없는 아우성.
　　저 푸른 해원을 향하여 흔드는
　　영원한 노스탤지어의 손수건
　　순정은 물결같이 바람에 나부끼고
　　오로지 맑고 곧은 이념의 푯대 끝에
　　애수는 백로처럼 날개를 펴다.
　　아아 누구던가
　　이렇게 슬프고도 애달픈 마음을
　　맨 처음 공중에 달 줄을 안 그는.
　　–유치환, 「깃발」 전문

수사

「깃발」은 관념적 인식과 개괄적 표현으로 오해하기 쉽다. 하지만 「깃발」은 당시 시인이 지니고 있었던 사상적 의지를 드러낸 작품이다. 그 때문에 구체적인 시어 대신 포괄적인 의미를 지닌 시어가 많이 쓰였다. 이런 경우는 특별한 사례이기 때문에 「깃발」의 시어를 시 언어 전체의 특징으로 오해하면 안 된다.

일반적으로 '푸른 해원, 영원, 노스텔지어, 순정, 이념, 애수, 애달픈 마음' 등의 시어는 관념적이거나 감상적이라고 볼 수 있다. 따라서 개괄적인 언어의 특성이 모호함이 되기 쉽다. 물론 「깃발」이 좋지 않은 작품이라는 이야기는 아니다. 「깃발」처럼 치밀하게 조직된 시인의 의도나 철학적, 사상적 의지 없이 분위기에 취해 쓸 때 문제라는 거다.

철학적인 시는 언뜻 관념적인 것으로 오해하기 쉽다. 하지만 철학적인 인식을 제시할 때에도 구체적인 언어와 정황을 바탕으로 해야 한다. 철학적 인식과 관념적 모호함은 다르다. 철학적 인식은 정제된 사유지만 관념적 모호함은 막연함일 뿐이다. 「깃발」에서처럼 개괄적인 시어를 능숙하게 다루는 것은 매우 어렵다. 시어를 능숙하게 다루지 못하는 사람이라면 일단 개괄적인 표현으로 섣불리 철학을 드러내려고 하지 않는 것이 좋다. 반복해서 말하지만 시의 언어는 언제나 구체적이어야 한다. 그뿐만 아니라 시적 정황 역시 구체성을 확보해야 한다. 구체적이지 않은 언어와 정황은 관념적 모호함으로 전락하거나 뜻을 알 수 없는 언어가 될 뿐이다.

관념적 모호함과 구체적 정황

시가 모호함에 빠지는 가장 큰 이유는 관념적인 단어를 사용하기 때문이다. 관념적인 단어를 시인의 의식이나 시적 사유로 생각하는 경우가 많아서이다. '슬픔, 분노, 순수'와 같은 단어를 시에 직접 쓰기보다 각각의 단어가 나타내는 구체적인 상황을 써야 하는데 그렇지 못한 경우가 많다. 의식적으로 관념적인 단어를 사용하지 말아보자. 그것만으로도 관념적 모호함의 함정으로부터 벗어날 수 있을 것이다.

관념적 모호함에 빠지는 또 다른 이유는 시적 정황이나 장면을 구체적인 장면으로 제시하지 않고 상태나 모습 등을 큰 덩어리로 파악하기 때문이다. 이를테면 '버스가 간다'처럼 두루뭉술하게 표현하는 경우가 많다. 이런 표현은 언뜻 보기에 구체적인 언어처럼 다가온다. 하지만 〈묘사〉 편에서 설명한 것처럼 이것은 정보에 대한 설명일 뿐이다. 이처럼 개괄적인 설명을 구체적인 표현으로 착각하는 경우가 많다. 문학의 언어는 구체적으로 접근해야 한다. 그것이 고속버스인지 시내버스인지, 어떤 색깔이며 창문은 열려 있는지, 버스가 지나갈 때 바람은 불고 가로수 가지가 꺾였는지 등 대상을 더 세밀하게 바라보고 써야 한다.

① 방 → 적막 → 외로움 → 슬픔 → 허망한 인생
② 방 → 어둠 → 어둠 속 침대 → 침대에서 흐느끼는 사람 → 낡은 침대에 웅크린 채 흐느끼고 있는 여자

①번과 같은 연상 방법은 시를 쓸 때 흔히 저지르는 오류이다. '방'이라는 구체적 공간이 제시되었음에도 불구하고 관념적 인식으로 시적 발상을 이끌고 있다. '방' 이후에 연상한 것들은 모두 '방'보다 커다란 개념이자 관념이다. 더구나 생각이 이어질수록 관념은 더욱 커진다. 이렇게 글을 쓰는 경우가 많지 않을 것 같지만 상당수가 이와 같이 쓴다. 결국 '허망한 인생'이라는 식의 모호한 글이 되고 만다. 글을 관념적 인식의 산물로 이해한 탓이다. 관념을 주제로 직접 말해야 한다는 고정관념 때문에 이런 표현을 벗어나는 것이 쉽지 않다. 이런 표현의 문제점을 극복하려면 관념적 인식과 언어를 의도적으로 버리려는 노력을 해야 한다.

②번의 연상은 시적 대상을 향해 구체적으로 나아간다. 방의 어둠을 통해 적막 등의 관념을 떠올리지 않고 어둠 속의 침대와 여자가 침대에 웅크린 채 흐느끼는 구체적인 장면을 바라본다. '낡은 침대에 웅크린 채 흐느끼고 있는 여자'를 통해 구체적인 시 쓰기가 가능하다. 구체적인 시적 대상의 모습이 시적 감각을 불러온다. 슬픔이나 허망함을 직접 말하지 않았지만 '낡은 침대에 웅크린 채 흐느끼고 있는 여자'를 제시하는 것만으로도 그런 감정을 효과적으로 드러낸다.

②번과 같은 문장은 구체적인 국면을 통해 관념적 언어의 모호함과 개념적 인식을 극복하게 한다. 그리고 미의식을 제시한다. ①번과 같은 관념적 언어는 시인의 생각이나 느낌일 뿐이지 미적인 감각을 나타내지 못한다. 하지만 ②번의 경우는 구체적인 장면이 문학적 상징과 비유를 만들며 미의식을 공고히 한다. 문장이든 정황이든 ②번과 같은 연상 구조의 결과물이어야 한다.

2. 문장 구조와 수사

낯설게 하기, 변주와 왜곡의 언어

시인은 독창적인 언어를 통해 자신만의 개성적인 세계를 제시하고자 한다. 낯설게 하기를 비롯하여 시적 수사의 새로움은 언어를 통해 표면화된다. 물론 상상력과 시적 발상 등과 같은 언어 외적인 요소 역시 중요하지만 이 경우도 최종적으로 언어인 시적 수사를 통해 형상화된다. 개성적이고 감각적인 시적 언어를 제시하는 것은 쉽지 않다. 좋은 시적 표현을 쓰고자 하지만 상투적이고 진부한 작품으로 전락하는 경우도 많다. 감각적이면서 낯선 시적 표현을 하고 싶지만 쉽지 않다.

시는 과거의 작품으로부터 영향을 받지만 그것을 답습하면 안된다. 새로움은 시는 물론이고 모든 예술의 필수적인 덕목이다. 새롭지 않다면 그것은 더 이상 좋은 결과물일 수 없다. 낯설게 하기는 언어는 물론이고 언어 외적인 부분까지 포괄하는 개념이다. 시를 둘러싼 모든 것에 새로움을 덧씌워야 한다. 특히 시가 언어의 산물이라는 점을 감안할 때 시 언어의 새로움은 더욱 강조된다.

미적 인식은 기존의 세계를 다르게 보는 것으로부터 시작된다. 그리고 이러한 미적 인식을 바탕으로 작품이 탄생한다. 기존 세계를 다르게 보는 것은 상투성과 진부함으로부터 벗어나는 것을 의미한다. 문학 작품을 비롯한 모든 예술 작품은 이미 있었던 작품에 머물지 않고 새롭고 독창적인 세계를 보여줌으로써 개성적인 미적 가치를 획득하게 된다. 이미 있는 작품을 답습하는 것은 아무리 문장력이 빼어나도 좋은 작품이라고 할 수 없다. 다소 거칠어도 자신만의 개성을 보여줄 수 있어야 한다.

그렇다면 새로움은 어느 곳으로부터 오는가? 문학 작품의 새로움은 대체적으로 기존 작품을 극복하고 벗어나는 방식으로 전개된다. 하지만 세상에 없는 새로움을 만드는 방식이 아니라는 점을 명심해야 한다. 우리가 살아온 세계로부터 완전히 자유로울 수 없기 때문이다. 기존 언어를 통해 발현된다는 점에서도 그렇다. 언어의 측면이든 사유의 측면이든 기존 작품과 접점을 지닐 수밖에 없다. 오히려 세상에 없는 새로움을 만들려고 하는 시도가 치기 어린 실패로 끝날 가능성이 많다.

시를 쓸 때 어려움을 겪는 것도 새로움에 대한 지나친 강박 때문인 경우가 많다. 완전히 다른 표현을 해야 한다는 생각이 오히려 시를 쓰는 데 방해 요소로 작용한다. 새로움에 대한 강박을 내려놓고 변주와 왜곡의 방법을 수용한다면 이런 어려움을 극복할 수 있다. 변주와 왜곡은 단순히 문장을 비틀어 표현하는 방법이 아니다. 기이함을 드러내는 것도 아니다. 흔히 변주와 왜곡은 전위적인 작품의 전유물이라고 착각하는 경우가 많다. 하지만 시적 변주와 왜곡은 모든 작품에 공통적으로 적용된다. 이때 변주와 왜곡은 미적 구조를 구축하게 되는데, '낯설게 하기'를 통해 '미의식'과 '지배적인 정황'을 제시한다.

시어의 역할과 문장의 구조 변경

　시인은 시적 수사의 새로움과 감각을 추구한다. 그것을 통해 개성적인 효과와 사유를 제시하기를 희망한다. 그리고 감정과 깨달음을 자신만의 언어로 표현하고자 한다. 습작기의 사람들이 갖는 시적 수사에 대한 갈망 역시 다르지 않다. 시적 수사가 무엇인지 명쾌하게 알고 싶다. 하지만 시적 수사를 설명하는 것은 쉽지 않다. 수많은 표현 모두를 설명할 수 없을 뿐만 아니라 제한적인 예문으로 시적 표현을 공식화할 수도 없기 때문이다.

　특정 시어의 품사와 문장 성분이 낯선 것으로 바뀌는 원리를 파악한다면 시적 수사의 새로움이 어떻게 구조화되는지 이해할 수 있을 것이다. 주어를 목적어의 위치에 사용한다거나 목적어를 서술어의 위치에 사용하는 등 문장 성분을 바꾸는 것만으로도 감각적인 표현이 가능하다. 또한 명사의 위치에 동사를 사용하거나 형용사의 위치에 부사를 넣는 등 품사를 변주하는 방법도 마찬가지다. 문장 성분이나 품사뿐만 아니라 특정 시어를 낯선 단어나 문장으로 교체하는 것도 같은 효과를 얻을 수 있는 방법이다. 〈묘사〉 편 '심상적 고정시점'에서 설명한 문장을 다시 보도록 하자.

　① 어느덧 <u>비</u>가 쏟아진다.
　② 어느덧 <u>적막한 오전 9시</u>는 쏟아지기 시작한다.
　③ 어느덧 <u>헐벗은 가슴</u>은 쏟아지기 시작한다.

원래 들어가야 하는 ①번의 '비' 대신 ②번 '적막한 오전 9시'와 ③번 '헐벗은 가슴'으로 바꾼 것만으로도 완전히 다른 표현이 되었다. 단어와 짧은 구절을 바꿨을 뿐이지만 문장 전체의 감각이 새로워졌다. 시어와 문장의 구조를 새롭게 바꾼 결과이다. 좋은 시의 표현은 이러한 방법론으로 쓰인 경우가 많다.

> ① 컵에서 주르르 잉어가 흘렀습니다.
> ─오은, 「용의자」 부분

물, 음료수 등이 들어가야 하는 부분에 낯선 단어인 '잉여'를 사용하여 '낯설게 하기'를 제시했다. '잉여'는 상태를 나타내는 의미 중심적인 시어인데, '물'이나 '음료수' 같은 객관적 대상 대신 '잉여'를 넣음으로써 문장 전체가 새로운 감각으로 바뀌었다. 그리고 컵에서 액체가 흐르는 장면을 포착한 묘사에 의미 중심적인 '잉여'를 넣음으로써 묘사 문장에 의미를 부여했다. 그리하여 묘사 문장을 쓰는 것만으로도 시적 의미를 제시할 수 있게 된다.

> ② 계단을 오를 때 나는 지느러미를 고백한다.
> ─이수명, 「어항」 부분

일반적으로 고백과 연결 지을 수 있는 것은 '사랑'이나 '마음'과 같은 무형의 대상이다. 그런데 엉뚱하게 '지느러미'를 고백과 연결했다. 이질감이 큰 관계인 듯싶지만 '지느러미'를 통해 떠올릴 수 있는 상징을 생각하면 충분한 맥락을 갖는다. 지느러미는 물고기가 헤엄칠 때 방향을 바꿀 수 있는 기관이다. 따라서 지느러미는 삶의 방향성을 가늠할 수 있는 상징으로 읽을 수 있다. 그렇다면 이 구절은 삶의 방향성에 대한 고민으로 이해할 수 있다.

③ 우리는 <u>경향에</u> 가깝습니다.

-김언, 「연인」 부분

'경향'은 서술부의 위치에서 '~ 경향이다'와 같이 사용해야 하는 단어이다. 이처럼 낯선 위치에 단어가 놓일 때 새로운 감각이 나타난다. '슬픔'을 예로 들어 설명해도 비슷한 감각을 느낄 수 있다. '슬픔'은 일반적으로 '우리는 그 일에 대해 슬픔을 느낀다'거나 '당신은 연인과의 이별을 슬퍼한다'처럼 쓰기 마련이다. 그런데 '우리는 슬픔에 가깝습니다'라고 하면 다른 느낌이 든다. 앞의 두 문장이 슬픔을 느끼는 주체의 감정을 평범하게 표현한 데 반해 마지막 문장은 객체화된 슬픔에 시적 주체가 다가서는 양상이다. 그뿐만 아니라 표현 역시 신선하다.

④ 나로부터 다른 세계로 이동하는 식물들의 느린 <u>포복을 읽는다</u>.

-장석원, 「개구기」 부분

'포복'은 '~을 한다' 등과 결합할 때 제대로 된 문장이 된다. 당연히 읽는 행위와 연결되지 않는다. 이 구절에서 '읽는다'는 '본다'의

뜻을 가진 표현이다. '읽는다'와 '본다'의 차이는 겉으로 드러난 표현 이외에도 내적 의미에서 미묘한 차이를 나타낸다. '본다'가 바라보는 행위에 초점이 맞춰지는 데 반해 '읽는다'는 읽는 행위와 함께 대상을 관찰하고 사유하는 느낌이 강조된다. '포복' 역시 상태와 함께 의미가 내장된 표현이다. 시어의 새로움이 사유의 감각으로 확장된 경우이다.

이처럼 특정 단어를 낯선 것으로 바꾸는 것만으로도 완전히 다른 감각의 시를 쓸 수 있다. 다만 낯선 단어일지라도 연결될 수 있는 지점은 있어야 한다. 그렇지 않으면 어색한 표현이 된다.

⑤ <u>초원</u>은 <u>몸통을 잃어버린 손</u>을 말리며 무심한 건기를 지나고 있다.

'초원'을 주어로 사용하여 낯선 감각을 준다. '초원'은 일반적으로 주어의 행위가 펼쳐지는 곳이다. 또한 '잘린 손'을 다른 시선으로 파악하여 '몸통을 잃어버린 손'으로 표현했다. 이때 '손'은 '몸통'을 잃어버린 존재이므로 주체를 상실했다는 시적 사유가 발생한다. 대상을 바라보는 시선을 새롭게 하는 것만으로 시적 의미와 사유를 제시했다.

⑥ <u>목이 잘린 들소들</u>의 <u>과거는 끝나지 않은 비명을 배회한다</u>.

⑤번의 '몸통을 잃어버린 손'처럼 대상을 다른 시각으로 바라보았다. '목이 잘린 들소'는 배회할 수 없는 존재이다. 하지만 '들소가

배회한다'고 쓰지 않고 '목이 잘린 들소'가 배회한다고 파악했다. 이 때 '목이 잘린 들소'는 주체를 상실한 존재가 된다. 그리고 '과거는 끝나지 않은 비명을' 배회한다고 함으로써 주체를 상실한 존재의 고통이 과거로부터 지속되고 있음을 보여준다.

⑦<u>무기력한 평화는</u> 어느새 주체할 수 없는 외로움에 몸을 떨곤 하였다.

일반적으로 주어로 사용하지 않는 '평화'를 주어로 삼아 새로움을 전달한다. 또한 '평화'와 '무기력'을 결합하여 평화의 의미를 재해석한다. '무기력'이라는 상태가 '평화'를 꾸밈으로써 시적 의미와 사유가 강화된다.

⑧ 무성한 숲의 <u>경악</u>을 향해 창백하고 무뚝뚝하게 달려가고 있었다.

이 문장은 '무성한 숲을 향해 ~'라고 해야 하지만 '무성한 숲의 경악을 향해 ~'라고 했다. '경악'은 감정 상태를 나타냄으로써 문장에 의미와 감정을 제시한다. '창백하고 무뚝뚝하게' 역시 '달려가고 있었다'에 상태와 감정을 부여하는 낯선 표현이다.

⑨ 당신의 <u>헐벗은 가슴</u>으로부터 기항은 시작된다.

'헐벗은 가슴'은 황폐한 자아를 떠올리게 한다. 그런 자아가 나아가는 곳은 '기항지'이다. 기항지는 목적지에 도달하기 전에 잠시

들르는 곳이다. 그런 점에서 목적지에 도달하지 못한 채 끝없이 떠도는 황폐한 자아의 삶을 떠올리게 한다.

⑩ 세이렌의 노래를 들으며 기적은 <u>치명적인 결말처럼</u> 울렸고요.

기적의 의미는 기차의 기적(汽笛)일 수도 있고 일어날 수 없는 기적(奇蹟)일 수도 있다. 그런 기적을 '치명적인 결말처럼' 울린다고 함으로써 절박한 순간의 심상을 낯설게 제시했다.

⑪ <u>불길 속의 엄마들은</u> 소녀들을 향해 <u>맹렬히 쏟아졌어요</u>.

주어부와 서술부의 관계를 낯설게 연결했다. 일반적으로는 서술부에 비명을 지르거나 고통받는 장면이 나와야 하는데 '맹렬히 쏟아'진다는 표현을 사용했다. '맹렬히 쏟아졌어요'를 통해 고통의 강도와 양도 느껴진다. 이때 현실의 고통은 '소녀들을' 향해 쏟아진다는 점에서 과거의 원형적 세계를 지향하는 시적 자아의 감정이라고 할 수 있다. 단순히 고통을 이야기하는 데 그치지 않고 복합적인 의미로 확장된 표현이다.

시적 표현과 입체감

① <u>차력의 순간은</u> 오로지 <u>진지한 급소만을</u> 떠올리기로 했다.

② 차력사는 급소를 향해 날아오는 화살을 바라보고 있다.

①번 문장은 문학적 수사이고 ②번 문장은 일반적 문장이다. ②번의 상황을 ①번 문장으로 표현하여 문학적 새로움과 함께 의미를 중첩시켰다. 묘사와 의미, 진술과 의미가 하나의 표현 안으로 수렴되며 입체적인 느낌을 준다. ②번 문장은 단순한 상황을 나타내지만 ①번 문장은 상황의 분위기와 감정 등을 느끼게 한다. ①번 문장은 차력사 대신 '차력의 순간'을 주체로 삼았다. '차력의 순간'은 차력사라는 주체를 수용할 뿐만 아니라 차력사가 묘기를 선보이는 아슬아슬한 시간까지 제시한다. 또한 '진지한 급소'는 위험한 순간과 함께 차력사의 감정까지 나타낸다. 이때 진지함은 삶에 대해 느끼는 숙연한 감정이면서 동시에 차력에 대한 비애를 역설적으로 보여주는 표현이다. 주체를 새롭게 해석하고, 의미 중심적 단어를 제시하여 의미와 수사를 입체적으로 표현했다.

의미와 사유로 전이되는 표현

① 남자의 신발 속으로 생선의 내장이 비릿하게 들어선다.
② 남자의 신발에서 비릿한 생선 내장 냄새가 난다.

②번 문장과 같은 일반적인 문장을 ①번 문장처럼 바꾸면 문학적 수사가 된다. ②번 문장은 신발에서 악취가 난다는 의미 이상도

이하도 아니다. 아무런 문학적 감흥도 느낄 수 없다. 그런데 ②번 문장의 '생선 내장'을 ①번 문장처럼 주체적 존재로 바꿔 표현하자 완전히 다른 의미를 지닌 문장이 되었다. 이때 신발은 길을 걷는 물건이라는 점에서 삶을 상징한다. ①번 문장은 생선 내장처럼 비릿한, 고단한 남자의 삶을 의미한다. 객관적인 사물이 시적 대상이 되며 의미와 사유를 만들어낸다. 같은 상황을 보여주는 문장이지만 전혀 다른 감각을 나타낸다.

의미 중심 시어와 사유

① 비열한 고양이
② 비열한 고양이의 거리를 지나
③ 골목마다 비열한 고양이들의 그림자가 넘쳐나고

'비열한'은 상태와 의미를 전달하는 의미 중심 단어이고 '고양이'는 객관적 대상을 지칭하는 단어이다. 객관적 대상을 지칭하는 단어의 경우에 그것만으로 특별한 수사적 감각을 제시하기 쉽지 않다. 이때 의미 중심 단어를 결합하면 개성적인 표현이 된다. 객관적 대상에 의미가 투사되어 시적 대상을 의미화한다. 더 나아가 단순히 의미를 제시하는 데 그치지 않고 개성적인 감각을 제시한다. 의미와 대상의 낯선 충돌이 만들어내는 효과이다. 객관적 대상을 드러낼 때도 그렇지만 묘사 유형의 문장에 의미와 사유가 부족하다고 느낄 때 의미 중심 단어를 결합해보는 것도 좋다.

④ 돌아갈 수 없는 <u>과거</u>와 입국할 수 없는 <u>미래</u>는 중얼거린다.

이 문장에 '과거'와 '미래'는 어울리지 않는 단어다. 하지만 여기에 시간을 의미하는 단어를 넣음으로써 특별한 감각과 의미가 만들어진다. 또한 '과거'와 '미래'는 관념적 단어이기도 한데, 일반적으로 관념어는 시어로 부적합하다. 원래는 물리적 형태가 있는 장소 등이 들어가야 하는데 관념적 단어가 쓰였다. '관념의 대상화'와 같은 효과가 나타나기 때문에 관념적 성격이 강한 '과거'와 '미래'가 전체 문장과 감각적으로 어울린다.

수사법과 낯설게 하기

직유는 진부함과 관련하여 가장 주의해야 하는 수사법 중 하나이다. '~처럼'이나 '~ 같은'으로 이루어지는 직유법은 원관념과 보조관념이 바로 이웃하여 나타나기 때문에 유사한 표현을 했을 때 표현의 진부함이 바로 눈에 띈다. 그 때문에 상투적 오류의 함정에 빠지기 쉽다. 직유의 원관념과 보조관념은 일정 부분 둘 사이를 관통하는 공통점이 있어야 하지만 차이를 통해 낯선 국면을 제시해야 한다.

① 용광로처럼 뜨거운 여름 한낮

② 파도처럼 출렁이는 들판

위의 예문처럼 새로움을 잃어버린 직유는 더 이상 시적 표현으로서 가치를 갖지 못한다. ①번 '용광로'와 '뜨거운 여름 한낮'은 지나치게 유사한 뜨거움을 바로 연결했기 때문에 진부한 표현이 되었다. 그것은 ②번도 마찬가지다. '파도'의 출렁임과 '들판'의 출렁임이 유사하기 때문에 시적 표현의 신선함을 주지 못한다.

① 비릿함은 이내 소문처럼 부풀어 오르며 거대한 무덤을 흐느끼기 시작한다.

② 한밤의 두려움처럼 메마른 숲과 강의 음성은 당신의 손금을 파기하려 한다.

①번 문장은 직유의 앞과 뒤의 관계가 낯설다. 하지만 두 관계는 독자가 수긍할 수 있을 정도의 연결고리도 갖췄다. 이 문장은 구조가 일반적인 직유보다 좀 더 복잡하다. '소문'과 '부풀다'만 놓고 보면 직유의 유사성이 나타나는 것 같다. 하지만 이 문장에서는 흐느낌의 주체와 대상의 관계까지 살펴보아야 한다. 흐느낌의 주체가 '비릿함'이라는 점과 흐느낌의 대상이 '거대한 무덤'이라는 점에서 새로운 감각을 복합적으로 전달한다. ②번 문장은 '한밤의 두려움'과 '당신의 손금을 파기하려 한다'가 직유로 연결되어 있다. 여기에서 '손금을 파기'하는 것과 두려움은 일반적으로는 잘 연결하지

않는 낯선 관계이다. 하지만 두 지점을 연결하는 감각과 의미의 관계는 충분히 동의할 만한 것이다.

은유는 'A는 B이다'와 같은 구조로 이루어진 수사법이다. 원관념을 보조관념으로 대치하지만 직유와 마찬가지로 원관념과 보조관념이 이웃하여 직접 표현되기 때문에 상투적인 표현이 되는 경우가 많다. 직유에서처럼 의미가 원관념과 보조관념을 관통하는 가운데 낯선 관계를 구축해야 한다. 이를테면 '아기는 천사다'와 같은 표현처럼 원관념과 보조관념이 지나친 유사성으로 연결되면 안 된다. 은유의 사례를 살펴보도록 하자.

① 용광로는 뜨거운 여름 한낮이다.
② 두려움은 당신의 손금이다.

①번 문장은 직유에서와 마찬가지로 '용광로'와 '뜨거운 여름 한낮'이 지나치게 유사한 은유의 구조 속에 놓이기 때문에 진부하다. 하지만 ②번 '두려움'과 '당신의 손금'은 낯선 은유로 연결되어 있다. 두 지점은 각각 다른 감각과 의미를 가지고 있지만 그것은 충분히 동의할 수 있는 감각으로 연결되어 있기 때문에 어색하지도 않다.

도치는 문장의 위치를 앞과 뒤로 바꾸는 수사법이다. 문장의 위치가 바뀐다는 것은 문장의 구조가 비틀어지는 것을 의미한다. 따라서 시적 수사의 새로움을 제시할 수 있다. 또한 문장의 낯선 지점을 앞에 내세움으로써 시인의 의도를 강조할 수도 있다. 다만 단순히 문장의 순서가 바뀌었다고 해서 시적 표현이 되는 것은 아니다. 바뀐 문장이 시적 감각을 전달하며 의미화할 때 시적 수사로서 도치의 효과가 극대화된다.

의인화와 활유는 사람이나 생물이 들어가야 할 위치에 사람 이외의 대상이나 무생물이 들어가는 수사법이다. 의인법은 동물이나 식물 등을 인간처럼 표현하는 것이고 활유법은 무생물을 생물처럼 표현하는 것이다. 원래 들어가야 하는 존재나 대상 대신 낯선 것이 들어간다. 의인법과 활유법의 이런 특징은 문장 구성 성분이나 품사, 시어를 낯선 것으로 바꾼 것과 같은 효과가 있기 때문에 시적 표현의 새로움을 불러올 수 있다. 다만 어린이를 위한 동화나 동시처럼 썼을 때 시적 표현의 새로움이 나타나지 않을 수 있다는 점에 주의해야 한다. 동화나 동시의 문장 구성 원리가 시와 다르게 작동하기 때문이다.

태양은 거대하게 몰락하며 창백한 총신을 흐느낀다.

태양을 주체로 삼은 활유법의 문장이다. '태양이 흐느끼고 있다'를 통해 활유법의 특징이 나타나는데, 더욱 눈여겨보아야 할 것은 흐느낌의 대상을 '창백한 총신'이라고 했다는 점이다. '창백한 총신'과 '흐느낌'은 낯선 관계로 이루어져 있기 때문에 활유의 감각에 새로움을 더한다. '총신'이 주는 섬뜩함과 그것의 창백함을 통해 몰락하며 흐느끼는 존재인 '태양'의 비극성이 더욱 강조된다. '총신'은 흐느낌은 물론이고 태양과도 낯선 관계에 놓인다.

대조와 대비는 서로 상반되거나 모순된 어구, 또는 비슷한 두 지점을 비교하는 방법이다. 두 개의 지점을 충돌시켜 낯선 감각을 환기하는 수법이다. 비슷한 관계의 문장이나 반대의 문장을 내세워 구축하는 표현이기 때문에 낯선 세계의 대립이라는 특징을 갖는다. 하지만 단순히 비슷하거나 서로 다른 두 세계를 내세우는 것만으로 효과가 나타나지는 않는다.

① 낮의 해가 저물면 밤이 시작된다.
② 밤은 어둡고 낮은 빛난다.

이처럼 밤과 낮의 단순한 대립 관계만으로는 대조의 관계가 잘 드러나지 않는다. 밤과 낮은 대립하는 시간 개념이지만 단순히 두 세계를 제시하여 얻을 수 있는 효과는 미미하다. 밤과 낮을 매개로 대립하는 시적 정황과 세계를 참신하게 만드는 것이 좋다.

① 불현 듯 별들은 빛나고, 피를 흘리는 밤은 오래도록 아름답다.
② 미지를 가로지르며 대륙횡단특급의 미래는 새롭고, 목이 잘린 들소들의 과거는 끝나지 않은 비명을 배회한다.
③ 지구로부터의 영상은 끊어질 듯 이어지고 사내는 흐느끼지 않는다.

④ 두 개의 달이 떠오르고 태양은 오래도록 지지 않는다.

⑤ 언제나 바람은 불지 않고 씨앗은 산맥 너머에서 발아하지 않는다.

①~④번은 두 개의 정황을 대조, 대비하여 낯선 감각을 제시했고 ⑤번은 두 개의 정황을 병치하여 시적 감각을 제시했다. 만약 위의 정황이 대조나 대비, 병치 등을 사용하지 않았다면 시적 수사의 매력이 덜 했을 것이다. 각각의 독립된 정황만으로는 시적 수사의 감각이 풍성해지지 않기 때문이다. 정황의 충돌을 통해 감각적인 표현을 만든 사례이다.

관형어와 부사어를 적극적으로 이용하면 낯선 감각은 물론이고 시적 표현도 풍부해진다. 관형어는 체언을 꾸며주고 부사어는 용언을 꾸며준다. 문장에 꼭 필요한 성분은 아니지만 다른 표현을 꾸며주기 때문에 표현이 풍부해진다. 다만 꾸미는 표현이 진부하면 상투적 문장이 된다. 글을 쓸 때 관형어와 부사어 사용을 자제하라고 하는 것도 이런 이유 때문이다. 맞는 말이다. 하지만 이것은 관형어와 부사어를 진부하게 사용한 경우로 한정된다. 진부하지 않은 관형어와 부사어를 사용하면 오히려 좋은 표현이 가능하다.

① 맛있는 사과

② 바람이 엄청 차다.

③ 어떤 날은 두꺼운 공중의 종잇장 위에

노랗고 딱딱한 태양이 걸릴 때까지

안개의 군단은 샛강에서 한 발자국도 이동하지 않는다.

출근길에 늦은 여공들은 깔깔거리며 지나가고

긴 어둠에서 풀려나는 검고 무뚝뚝한 나무들 사이로

아이들은 느릿느릿 새어나오는 것이다.

-기형도, 「안개」 부분

①번의 경우, 관형어 '맛있는'이 '사과'를 꾸며주지만 진부한 표현이기 때문에 새로운 감각을 전달하지 못한다. 이때 '사과'를 꾸미는 관형어는 새로운 감각을 제시할 수 있는 것이어야 한다. 부사어 역시 마찬가지다. ②번의 경우에 부사어 '엄청'은 '차다'를 진부하게 꾸미고 있다. 그뿐만 아니라 비시적 감각의 단어이기도 하다. 때문에 진부함과 동시에 문학적이지 못한 느낌을 준다. 이런 부사어나 관형어는 사용하지 않는 것이 좋다. 글쓰기를 할 때 관형어와 부사어 사용을 줄이라고 하는 것은 이런 이유 때문이다.

하지만 ③번 기형도 시인의 경우는 다르다. "노랗고 딱딱한" 태양이라거나 "검고 무뚝뚝한" 나무라고 함으로써 시적 대상을 낯설게 만들었다. 특히 "무뚝뚝한"은 단순한 모습을 나타내는 데 그치지 않는, 성격을 드러내는 표현이다. 이와 같은 표현을 "나무"에 결합함으로써 나무는 시적 의미를 더욱 강하게 부여받는 시적 존재가 된다. 관형어와 부사어가 아니더라도 다른 대상을 꾸미는 표현은 진부함과 상투성에 주의해야 한다. 꾸미는 단어와 꾸밈을 받는 단어 사이에 유사성이 나타날 가능성이 많기 때문이다.

3. 서사적 구조와 시적 구조

서사적 구조와 시적 구조의 완결성

서사적 구조는 원래 서경적 구조, 심상적 구조와 함께 묘사의 한 종류이다. 하지만 서경적 구조와 심상적 구조가 이미지 중심의 개념인데 반해 서사적 구조는 이야기 중심이기 때문에 묘사의 특성을 설명하기에 어울리지 않는 측면이 있다. 서경적 구조는 눈으로 볼 수 있는 가시적 이미지를 다루고, 심상적 구조는 마음으로 볼 수 있는 환상이나 비현실적인 장면 등의 비가시적 이미지를 다룬다. 그러나 서사적 구조는 이미지보다 이야기 중심이다. 물론 이야기에 장면의 이미지가 포함되기는 하지만 묘사의 감각과는 거리가 있다.

서사적 구조는 오히려 시적 구조를 치밀하게 만드는 효과가 있다. 시를 쓰다보면 문장이나 구조가 치밀하지 못하여 무슨 말을 하는지 이해되지 않는 경우가 많다. 시를 쓴 당사자만 이해하는 작품이 되고 만 경우다. 상징, 비유 등이 시의 특징이기는 하지만 시어와 정황을 지나치게 감추거나 구조적 완결성을 갖추지 못하면 안된다. 그럴 경우 무슨 말을 하는지 알 수 없는 작품이 되고 만다. 시 역시 치밀한 구조와 개연성을 가져야 한다는 점을 잊으면 안 된다. 이것은 전위적인 작품도 마찬가지다. 시적 전개가 낯설게 전개되는 작품이라고 하더라도 어울리지 않는 시어나 정황이 난데없이 끼어들면 곤란하다. 시적 정황과 언어가 낯설게 전개되는 작품 역시 구조적 치밀함을 갖춰야 한다.

구조적 치밀함을 갖추지 못한 작품은 무슨 말을 하는지 알 수 없게 된다. 이것은 시가 난해하냐 아니냐의 문제가 아니다. 난해하지 않은 작품도 요령부득인 경우가 있다. 상당수가 문장과 문장, 정황과 정황 사이의 간극이 멀거나 시어의 공백이 생긴 경우인데, 시의 전개를 위해 필요한 내용을 채워 넣지 않은 것이다. 심지어 주어나 목적어가 없는 경우도 있다. 때문에 독자들은 이런 작품을 접할때 끊임없이 '누가? 무엇을? 어떻게? 왜?'와 같은 의문을 품게 된다.

문제는 시를 쓴 사람은 이런 문제점을 듣고도 그것을 인식하지 못하는 경우가 많다는 것이다. 시를 쓴 당사자는 시의 내용을 모두 알고 있기 때문인데, 시인의 마음에만 존재하는 시적 정황은 독자에게 의미가 되지 못한다. 시가 응축된 언어로 이루어진 장르라 하더라도 독자에게 전달되지 못하면 곤란하다. 독자는 시어로 드러난 세계를 통해 작품을 이해한다. 시의 여백마저도 제시된 언어를 통해 이해한다. 상징화하여 의도적으로 감춘 것과 말하지 않은 것은 다르다. 불필요한 언술은 제거해야 하지만 필요한 언술까지 생략하면 안 된다.

위와 같은 오류에 빠질 때 서사적 구조로 시를 쓰는 것이 도움이 된다. 서사적 구조 훈련을 통해 삭제된 시어와 생략된 문장, 정황을 채워 넣을 수 있기 때문이다. 서사적 구조는 이야기이고, 이야기는 개연성을 기반으로 전개된다. 그렇기 때문에 문장을 촘촘하게 하여 불필요하게 생략하는 습관을 줄여준다. 이런 연습을 꾸준하게 하면 서사를 내세워 쓴 작품이 아닌 경우에도 소통할 수 없는 공백을 제거할 수 있게 된다.

1

그해 늦봄 아버지는 유리병 속에서 알약이 쏟아지듯 힘없이 쓰러지셨다. 여름 내내 그는 죽만 먹었다. 올해엔 김장을 덜 해도 되겠구나. 어머니는 남폿불 아래에서 수건을 쓰시면서 말했다. 이젠 그 얘긴 그만하세요 어머니. 쌓아둔 이불에 등을 기댄 채 큰누이가 소리질렀다. 그런데 올해에는 무들마다 웬 바람이 이렇게 많이 들었을까. 나는 공책을 덮고 어머니를 바라보았다. 어머니. 잠바 하나 사주세요. 스펀지마다 숭숭 구멍이 났어요. 그래도 올겨울은 넘길 수 있을 게다. 봄이 오면 아버지도 나으실 거구. 풍병(風病)에 좋다는 약은 다 써보았잖아요. 마늘을 까던 작은누이가 눈을 비비며 중얼거렸지만 어머니는 잠자코 이마 위로 흘러내리는 수건을 가만히 고쳐 매셨다.

2

아버지. 그건 우리 닭도 아닌데 왜 그렇게 정성껏 돌보세요. 나는 사료를 한줌 집어던지면서 가지를 먹어 시퍼래진 입술로 투정을 부렸다. 농장의 목책을 훌쩍 뛰어넘으며 아버지는 말했다. 네게 모이를 주기 위해서야. 양계장 너머 뜬, 달걀 노른자처럼 노랗게 곪은 달이 아버지의 길게 늘어진 그림자를 이리저리 흔들 때마다 나는 아버지의 팔목에 매달려 휘휘 휘파람을 날렸다. 내일은 펌프 가에 꽃 모종을 하자. 무슨 꽃을 보고 싶으냐. 꽃들은 금방 죽어요 아버지. 너도 올봄엔 벌써 열살이다. 어머니가 양푼 가득 칼국수를 퍼담으시며 말했다. 알아요 나도 이젠 병아리가 아니에요. 어머니, 그런데 웬 칼국수에 이렇게 많이 고춧가루를 치셨을까.

3

방죽에서 나는 한참을 기다렸다. 가을 밤의 어둠속에서 큰누이는 냉이꽃처럼 가늘게 휘청거리며 걸어왔다. 이번 달은 공장에서 야근 수당까지 받았어. 초록색 추리닝 윗도리를 하나 사고 싶은데. 요새 친구들이 많이 입고 출근해. 나는 오징어가 먹고 싶어. 그건 오래 씹을 수 있고 맛도 좋으니까. 집으로 가는 길은 너무 멀었다. 누이의 도시락 가방 속에서 스푼이 자꾸만 음악 소리를 냈다. 추리닝이 문제겠니. 내년 봄엔 너도 야간 고등학교라도 가야 한다. 어머니, 콩나물에 물은 주셨어요? 콩나물보다 너희들이나 빨리 자라야지. 엎드려서 공부하다가 코를 풀면 언제나 검댕이가 묻어나왔다. 심지를 좀 잘라내. 타버린 심지는 그을음만 나니까. 작은누이가 중얼거렸다. 아버지 좀 보세요. 어떤 약도 듣지 않았잖아요. 아프시기 전에도 아무것도 해논 일이 없구. 어머니가 누이의 뺨을 쳤다. 약값을 줄일 순 없다. 누이가 깎던 감자가 툭 떨어졌다. 실패하시고 나서 아버지는 3년 동안 낚시질만 하셨어요. 그래도 아버지는 너희들을 건졌어. 이웃 농장에 가서 닭도 키우셨다. 땅도 한 뙈기 장만하셨댔었다. 작은누이가 마침내 울음을 터뜨렸다. 죽은 맨드라미처럼 빨간 내복이 스웨터 밖으로 나와 있었다. 그러나 그때 아버지는 채소 씨앗 대신 알약을 뿌리고 계셨던 거예요.

4

지나간 날들을 생각해보면 무엇하겠느냐. 묵은 밭에서 작년에 캐다 만 감자 몇 알 줍는 격이지. 그것도 대개는 썩어 있단다. 아버지는 삽질을 멈추고 채마밭 속에 발목을 묻은 채 짧은 담배를 태셨다. 올해는 무얼 심으시겠어요? 뿌리가 질기고 열매를 먹을 수 있는 것이면 무엇이든지 심을 작정이다. 하늘에는 벌써 튀밥 같은 별들이 떴다. 어머니가 그만 씻으시래요. 다음날 무엇을 보여주려고 나팔꽃들은 저렇게 오므라들어 잠을 잘까. 아버지는 흙 속에서 천천히 걸어나오셨다. 봐라. 나는 이렇게 쉽게 뽑혀지는구나. 그러나, 아버지. 더 좋은 땅에 당신을 옮겨 심으시려고.

5

선생님. 가정 방문은 가지 마세요. 저희 집은 너무 멀어요. 그래도 너는 반장인데. 집에는 아무도 없고요. 아버지 혼자, 낮에는요. 방과후 긴 방죽을 따라 걸어오면서 나는 몇 번이나 책가방 속의 월말고사 상장을 생각했다. 둑방에는 패랭이꽃이 무수히 피고 있었다. 모두 다 꽃씨들을 갖고 있다니. 작은 씨앗들이 어떻게 큰 꽃이 될까. 나는 풀밭에 꽂혀서 잠을 잤다. 그날 밤 늦게 작은누이가 돌아왔다. 아버진 좀 어떠시니. 누이의 몸에서 석유 냄새가 났다. 글쎄, 자전거도 타지 않구 책가방을 든 채 백장을 돌리겠다는 말이냐? 창문을 열자 어둠 속에서 바람에 불려 몇 그루 미루나무가 거대한 빵처럼 부풀어오르는 게 보였다. 그리고 나는 그날, 상장을 접어 개천에 종이배로 띄운 일을 누구에게도 말하지 않았다.

6

그해 겨울은 눈이 많이 내렸다. 아버지, 여전히 말씀도 못 하시고 굳은 혀. 어느 만큼 눈이 녹아야 흐르실는지. 털실 뭉치를 감으며 어머니가 말했다. 봄이 오면 아버지도 나으신다. 언제가 봄이에요. 우리가 모두 낫는 날이 봄이에요? 그러나 썰매를 타다보면 빙판 밑으로는 푸른 물이 흐르는 게 보였다. 얼음장 위에서도 종이가 다 탈 때까지 네모 반듯한 불들은 꺼지지 않았다. 아주 추운 밤이면 나는 이불속에서 해바라기 씨앗처럼 동그랗게 잠을 잤다. 어머니 아주 큰 꽃을 보여드릴까요? 열매를 위해서 이파리 몇 개쯤은 스스로 부숴뜨리는 법을 배웠어요. 아버지의 꽃 모종을요. 보세요 어머니. 제일 긴 밤 뒤에 비로소 찾아오는 우리들의 환한 가계(家系)를. 봐요 용수철처럼 튀어오르는 저 동지(冬至)의 불빛 불빛 불빛.

　　-기형도, 「위험한 가계(家系)·1969」 전문

　「위험한 가계(家系)·1969」는 서사적 구조가 강조되어 짧은 소설이나 에세이를 읽는 듯한 느낌을 준다. 각각의 문장이 완벽한 형태일 뿐만 아니라 문장에서 문장으로 이어질 때도 이야기의 빈틈이 없다. 정황 역시 마찬가지다. 물론 각각의 연이 장면 전환을 이루고 있지만 그것 역시 이해할 수 있는 수준이다. 마치 영화의 화면 전환처럼 자연스럽게 다음 장면을 제시한다.

　그러나 서사적 구조를 통해 구조적 완결성을 획득할 수 있다고 해서 모든 시를 그렇게 써야 한다거나 서사적 구조가 다른 창작 방법론보다 뛰어나다는 건 아니다. 소통 불가라는 언어적, 시적 오류를 극복할 수 있는 훈련 방법으로 응용할 수 있다는 거다. 「위험한 가계(家系)·1969」와 같은 산문시로 쓰지 않아도 된다. 연과 행으로 나뉜 마디글 형태의 시도 서사적 구조로 쓸 수 있다. 그리고 「위험

한 가계(家系)·1969」에서처럼 선명하게 드러난 사건이 없어도 상관
없다.

서사적 구조와 일상

현대사회의 시간은 무의미하고 무가치한 일상으로 이루어져
있다. 일상은 19세기 이후에 등장한 개념으로 이전에는 일상이 존
재하지 않았다. 19세기 산업혁명 이전의 삶과 세계는 나름의 가치
를 지니고 있었다. 앙리 르페브르는 19세기 이전에는 "시골 옷장에
도 어떤 양식"[19]이 있었다고 했다. 시간을 비롯하여 삶과 세계의 모
든 것에 나름의 가치가 존재했다는 말이다. 하지만 19세기 이후 현
대사회는 산업혁명이 펼쳐지며 인간은 잉여의 시간을 갖게 되었
다. 잉여의 시간은 양식이 존재하지 않는 시간이며 쓸모없이 버려
진 것이다. 현대인들은 이러한 시간을 무의미하고 무가치하게 흘
려보낸다. 그것이 바로 현대의 삶과 세계가 갖는 일상의 특징이다.
현대소설이 특별한 사건이나 줄거리를 갖지 않는 것도 이런 이유
에서이다.

시 속 서사의 경우도 마찬가지다. '사건'화된 서사도 있지만 무
의미하고 무가치한 것처럼 보이는 이야기로 서사적 구조를 재현할
수도 있다. 오히려 오늘날 서사는 거대 담론을 이야기하기보다 아

---

19) 앙리 르페브르, 박정자 옮김, 『현대세계의 일상성』, 기파랑, 2005, 87쪽

무엇도 아닌 것을 통해 문학적 상징과 의미를 제시한다. 그렇다고 아무것도 아닌 이야기를 무작정 늘어놓으면 안 된다. 무의미하고 무가치한 이야기라고 하더라도 '미의식'과 '지배적인 정황'을 제시할 수 있어야 한다. 무의미하고 무가치한 것을 통해 의미를 만들어야 한다.

그날 아버지는 일곱시 기차를 타고 금촌으로 떠났고
여동생은 아홉시에 학교로 갔다 그날 어머니의 낡은
다리는 퉁퉁 부어올랐고 나는 신문사로 가서 하루 종일
노닥거렸다 전방은 무사했고 세상은 완벽했다 없는 것이
없었다 그날 역전에는 대낮부터 창녀들이 서성거렸고
몇 년 후에 창녀가 될 애들은 집일을 도우거나 어린
동생을 돌보았다 그날 아버지는 미수금 회수 관계로
사장과 다투었고 여동생은 애인과 함께 음악회에 갔다
그날 퇴근길에 나는 부츠 신은 멋진 여자를 보았고
사람이 사람을 사랑하면 죽일 수도 있을 거라고 생각했다
그날 태연한 나무들 위로 날아 오르는 것은 다 새가
아니었다 나는 보았다 잔디밭 잡초 뽑는 여인들이 자기
삶까지 솎아내는 것을, 집 허무는 사내들이 자기 하늘까지
무너뜨리는 것을 나는 보았다 새점 치는 노인과 변통의
다정함을 그날 몇 건의 교통사고로 몇 사람이
죽었고 그날 시내 술집과 여관은 여전히 붐볐지만
아무도 그날의 신음 소리를 듣지 못했다

수사

모두 병들었는데 아무도 아프지 않았다

-이성복, 「그날」 전문

「그날」을 통해 시인은 의도적으로 무의미하고 무가치한 일상을 제시한다. 현대성의 비극은 아무것도 아닌 것들을 호명하는 방식으로 재현된다. 여기에도 이러한 비극이 나온다. 이 시에 나타난 일상성에 대한 태도는 두 가지 측면으로 파악할 수 있다. 첫 번째는 특별할 것 없는 정황을 의도적으로 배치한 것이고 두 번째는 비극적 국면을 보여주되 그것을 아무렇지 않게 말하는 반어와 역설의 태도이다. 비극적 국면마저 일상화하여 말하는 것이 이 시가 일상을 다루는 방식이다. 그리고 하나의 작품 안에 일상의 무미건조함과 비극의 일상화를 동시에 전개함으로써 비극을 더욱 강조한다. 「그날」은 일상을 시의 전면에 배치했지만 시 전반을 지배하는 건 비극적 정황이다. 일상의 무의미하고 무가치한 모습 자체만 보여주기보다는 비극적 정황을 통해 주제를 강조하려는 시인의 의지가 나타난다. 이에 반해 「평일의 동물원」은 무의미하고 무가치한 일상만을 제시하여 일상의 실체를 드러내고자 했다.

완벽한 평일 오후의 동물원

완벽한 평일에 동물원을 찾는 사람, 따위는 없다, 동물원행 버스는 텅, 텅 비고,

동물들은 보통의 불완전한 휴일과 다름없이 늘어져 자거나, 샌드위

치 두 개와

　반쯤 남은 오렌지 마멀레이드

　한 병, 푸른색 체크 무늬의 냅킨이 들어 있는 피크닉 바구니가 우리 앞 벤치에

　놓인다, 코뿔소의 뿔은 평일에 녹아 흐느적거리고 기린들의 목은

　충분히 길지 않다, 평일의 하품으로 원숭이들은 마주보고 앉아 이를 잡는다,

　악어 우리에 빠져 살려달라는 비명조차 없는 평일의 한가로움은

　아카시아 나무들과 코끼리 똥 밑에 깔려 있는 풀들에게도 전염되어

　바람 속에서 하늘거리게 하고 햇빛은 별로 뜨겁지 않다, 휴일의

　먹다 버린 팝콘은 누구도 집어먹으려 하지 않고, 아무도 구경하지 않는다,

　나름대로 평온한 평일은 달력에도 제대로 나와 있지 않고, 사진도 찍히지 않는다

　평일의 동물원에는

　비닐들만 날아다니고, 캔들만 바람에 굴러다닌다,

　완벽한 평일 오후의 동물원

　　-서정학, 「평일의 동물원」 전문

　「평일의 동물원」에는 특별한 사건이나 갈등이 없다. 두드러지게 나타난 비극도 없다. 그저 동물원으로 소풍을 간 어느 날의 장면

과 이야기가 무의미한 듯 제시되어 있을 뿐이다.

무의미하고 무가치한 시간이 우리 삶의 모습이기 때문에 특별한 사건이 있는 서사가 아니어도 좋다. 일상의 순간을 포착한 이야기만으로도 서사적 구조를 구축할 수 있다. 다만 이때 이야기가 무의미하고 무가치한 것으로 전락하면 안 된다. 무의미하고 무가치한 소재로 이야기를 전개하더라도 '지배적인 정황'과 미적 가치를 제시해야 한다. 홍상수 감독의 영화가 무의미하고 무가치한 이야기 속에 의미를 내장하고 있는 것과 같은 원리이다. 현대 예술과 문학은 무의미하고 무가치한 것들을 의도적으로 제시하여 미적 가치와 주제를 보여주는 경우가 많다는 점을 잊으면 안 된다.

시적 서사의 특징

현대문학 작품의 서사는 이야기의 모든 것을 말하지 않는다. 따라서 시적 서사를 전개할 때에도 전체 이야기를 다 보여줄 필요는 없다. 이것은 소설 등 다른 장르의 문학 작품 역시 마찬가지다. 사건의 처음부터 마지막까지 모든 것을 보여주기보다 짧은 순간의 단면을 보여주는 서사 구조가 현대문학의 방식이다. 이를테면 나무의 뿌리부터 우듬지까지 전체를 보여주는 것이 아니라 나무를 베어낸 단면의 다채로운 나이테를 세밀하게 제시하는 것과 같다. 이런 방식의 서사 구조는 특히 시와 단편소설에 주로 사용한다.

차는 계곡에서 한달 뒤에 발견되었다

꽁무니에 썩은 알을 잔뜩 매달고 다니는

가재들이 타이어에 달라붙어 있었다

너무도 완벽했으므로 턱뼈가 으스러진 해골은

반쯤 웃고만 있었다

접근할 수 없는 내막으로 닫혀진 트렁크의

수상한 냄새 속으로 파리들이 날아다녔다

움푹 꺼진 여자의 눈알 속에 떨어진 담뱃재는

너무도 흔해빠진 국산이었다

함몰된 이마에서 붉게 솟구치다가 말라갔을

여자의 기억들은 망치처럼 단단하게 굳었다

흐물거리는 지갑 안에 접혀진 메모 한 장

'나는 당신의 무엇이었을까'

헤벌어진 해골의 웃음이

둘러싼 사람들을 물끄러미 올려다보고 있었다

나는 무엇, 무엇이었을까…… 메아리가

축문처럼 주검 위에 잠시 머물다가 사라져갔다

  -최금진, 「사랑에 대한 짤막한 질문」 전문

　　독자가 시를 통해 받는 감정의 파동은 '미의식', '지배적인 정황'
과 긴밀하게 연결되어 있다. 그리고 이것은 찰나의 포착으로부터
비롯되는 경우가 많다. 이것이 바로 시적 서사의 감각이며 특징이
다. 시는 미적인 순간을 포착하는 것이며 그것을 통해 시적 감각과

사유를 극대화한다. 장편 서사시처럼 사건과 서사 자체가 중요한 경우도 있지만 대부분의 시는 시인의 눈에 포착된 순간과 그것에 대한 통찰로 이루어진다.

「사랑에 대한 짤막한 질문」은 죽음을 둘러싼 여러 장면 중에서 선택한 정황을 배치하여 '미의식'과 '지배적인 정황'을 만든다. 그런데 작품에 등장한 정황은 특별한 사건이나 장면이라기보다 지극히 평범한 것들이다. '타이어에 붙어 있는 가재'나 '날아다니는 파리', '흔해빠진 국산 담뱃재', '지갑 안에 접혀진 메모 한 장' 등이 그것이다. 하지만 이러한 평범함이 죽음이라는 비극을 더욱 강화한다. 또한 선택된 장면 이외는 과감하게 배제했다. 선택과 배제는 시적 정황을 포착하고 배치할 때는 물론이고 서사를 전개할 때도 중요하다. '미의식'과 '지배적인 정황'을 전달할 수 있어야 한다고 하여 강렬한 것일 필요는 없다. '미의식'과 '지배적인 정황'은 겉으로 드러난 이미지나 정황의 강렬함이 아닌, 독자의 '미의식'을 추동하는 것이다. 정적인 이미지나 정황도 얼마든지 '미의식'과 '지배적인 정황'으로 기능할 수 있다.

물론 장편 서사시가 아니어도 거대 담론이나 사건을 다룬 경우가 있다. 또한 긴 세월의 흐름이나 시간을 배경으로 이야기를 전개하는 작품도 있다. 하지만 이 경우에도 시는 모든 것을 말하지 않는다. 전체 서사 중에서 인상적인 몇몇 부분을 포착하여 배치하는 방식으로 서사를 구조화한다. 또한 현대문학 작품의 서사는 완결 형태의 결말을 제시하지 않는 경우가 대부분이다. 이것은 시도 마찬가지다. 특히 교훈을 주며 시를 마무리하지 않는다. 마지막에 덧붙이는 교훈은 비문학적인 상투적 부연 설명이 될 뿐이다.

서사의 인접성_시간의 인접성, 공간의 인접성

문학 작품의 서사는 시간에 기대어 진행되느냐 공간에 기대어 진행되느냐에 따라 '시간의 인접성'과 '공간의 인접성'으로 나뉜다. 전통적으로 서사는 시간의 인접성이 강조된다. 일반적으로 서사가 시간 개념으로 파악되기 때문이다. 그만큼 서사에서 시간의 중요성은 강조된다. 시간의 인접성이 강조된 경우, 시간의 흐름이 순행적 구조를 띠는 경우도 있지만 시간이 과거를 향해 거슬러 올라가는 역순행적 구조도 있다. 또한 시간이 일정한 방향으로 흐르지 않고 뒤섞이며 전개되기도 한다.

조국에서는 아무런 연락도 없다. 터키어와 영어, 스페인어가 생선 내장처럼 뒤섞여 공기 중에 버려진다. 얼음 떨어지는 소리에 깜짝 놀란다. 그때 낙하산을 타고 갯가에 떨어지다 총알을 맞아 내장을 쏟아내는 젊은이들을 똑똑히 보았다. 파란 등 위로 반듯한 머리가 얹혀 있었다. 연안은 지금 사람과 눈이 닮은 생선들이 쌓여 있다. 조국에서는 아무런 연락이 없다. 작전의 일부일 것이다. 그들은 나를 버린 것이다. 청어 떼 옆에 모로 누워본다. 나는 얼어 죽는 게 아니다. 다만 졸릴 뿐이다. 공기 중에 떠 있는 몇 개 모국어가 언 귀 곁으로 상륙한다. 연합군인가. 나는 너희를 죽이러 왔어. 하지만 임무는 폐기되었지. 장군은 어딜 보고 있는가. 망원경의 방향을 좇는다. 황해는 쓰레기가 모이는 더러운 호수 같다. 광둥어와 일본어, 한국어는 사실 구분이 되질 않는다. 모두 시끄럽다. 조국이 나를 버리기 전에 내가 조국을 폐기한다. 냉동 창고의 한기가 미제 반동처럼 악랄하고 공산당처럼 시끄럽게 살갗을 파고든다. 생선 머리를 입에 문다. 죽은 자들에게서 무선이 온다. 조국이 보인다. 거기와 여기가 어딘지 모르겠다. 죽음의 이유를 완전히 상실했고, 뭍의 생선처럼 무너진 자세가 된다. 편하구나, 조국은.

-서효인, 「인천」 전문

「인천」은 공간의 인접성이 강조된 서사 구조를 지니고 있다. 물론 시간의 인접성도 나타난다. 하지만 이 시에서 시간의 흐름은 중요하지 않다. 오히려 여러 개의 공간과 사유가 짧은 시간에 동시다발적으로 펼쳐진다. 이때 각각의 공간이나 사유는 시간이 중요하게 작동하지 않기 때문에 순서가 바뀌어도 상관없다. 공간을 중심으로 한 서사가 전개되기 때문이다.

현대의 전위적인 작품의 경우는 시간의 인접성이 약화되고 공간의 인접성이 강조되기도 한다. 시간은 하나의 흐름에 놓인 것이기 때문에 개연성을 갖는 경우가 많지만 공간은 하나의 흐름에 놓이기보다 각각 독립된 공간을 연결하는 것이기 때문에 개연성이 약하다. 시간 중심의 서사 흐름과 완전히 다른 감각을 제시한다. 공간 배치와 연결이 파편적인 경우가 낯설고 전위적인 감각을 드러내기도 한다. 또한 공간의 인접성이 강조된 작품은 파편적이기 때문에 일부분을 삭제하고 전개해도 공간 서사에 큰 문제가 발생하지 않는다.

일반적 서사 구조

일반적 서사 구조는 이야기가 시간의 흐름에 따라 흘러가는 것을 말한다. 사건이나 이야기의 전개가 순행적 양상을 띠며, 이야기의 인과관계는 합리적인 특징을 갖는다. 또한 이야기 전개가 논리적 완결성을 지닌다. 창작 방법론과 관련하여 시의 구조적 완결성이 부족한 경우에 시간 순서대로 이어지는 일반적 서사 구조를 연습하면 좋다. 순행적 구조로 이루어진 일반적 서사 구조를 통해 시의 완결성을 보완할 수 있기 때문이다. 그런데 이때 길게 이어진 서사 중에 어떤 부분을 선택하느냐가 중요하다. 시적 서사는 이야기를 끌고 가는 힘도 중요하지만 '미의식'과 '지배적인 인상'을 느낄 수 있는 부분을 선택하는 능력이 더 중요하다.

풀잎이 무성한 강기슭에 서서 한 여인을 바라보았습니다. 죽은 사람을 강물에 떠내려 보내기 위해 물단지의 물을 시체에 뿌리는 여인을. 그녀는 해가 저물 때까지 물단지에 강물을 가득 채웠다가 다시 허공에서 따라냅니다. 나는 불볕더위 속에서 사람의 손이 틀 수 있다는 것을 알았습니다. 여인의 손에 서리가 내려앉아 있는 것 같았습니다. 그건 서리가 아닌지 모르겠습니다. 너무 엄숙해서 허공에서 물 따르는 소리가 순백의 한(恨)으로 그녀의 손에 맺혔는지 모르겠습니다. 단지 나는 말은 아예 존재하지도 않는 곡소리가 이 세상에 있다는 것을 처음 알았습니다. 울음도 없는, 풀잎이 무성한 강기슭에서 끝날 것 같지 않은 물 따르는 소리를 들었습니다. 여인이 물단지의 물을 허공에 바쳤다가 따라 내면 강물은 천상의 음료에 취해 갔습니다. 강물은 시체를 품고 붉은 빛으로 일렁이기 시작했습니다. 이윽고 누군가 시체에 불을 붙였습니다. 진물의 눈동자에서 불꽃이 녹아 한 줄기 흘러내렸고 닫혀 있던 시체가 꽃봉오리를 활짝 열었습니다. 강물이 꽃불을 싣고 먼 바다를 향해 떠나갔습니다. 강물 저 너머, 우리는 불탄 집으로 다시 돌아가야 하는지 모르겠습니다. 수평선에서 잿더미들이 쌓이고 다시 불씨들이 허공에서 치솟는 그 불탄 집으로 돌아가 시체는 다시 태어나는지 모르겠습니다. 강물에 번지는 황혼에도, 반짝이는 물단지의 물이 섞여 흘러가는 소리가 들립니다. 여인은 강물 속에서 영원한 화음이 된 것 같습니다.

　-박형준, 「불탄 집」 전문

「불탄 집」은 정교하게 구축된 서사로 이루어져 있다. 하나의 정황으로부터 이어진 다른 정황은 충분한 인과관계 속에서 촘촘하게 내용과 감각을 전달한다. 납득되지 않는 부분은 없으며 한 편의 영상물을 보는 듯한 장면이 '지배적인 인상'으로 남는다. 일반적 서사의 장점을 잘 보여주는 작품이다. 묘사와 진술의 어울림도 좋다. 특히 서사가 산문으로 읽히지 않고 운율과 함께 시적 감각을 극대화한다는 점이 돋보인다. 산문시임을 감안할 때 더욱 그렇다.

해체된 서사 구조

해체된 서사 구조는 이야기의 흐름이나 공간의 개연성에 얽매이지 않고 진행된다. 따라서 사건이나 이야기의 전개가 비순행적 진행 양상을 보인다. 이야기의 시간과 공간이 뒤섞이기도 하고, 전혀 상관없는 이야기로 전개되기도 한다. 따라서 이야기의 전개가 논리적이지 않아도 된다. 해체된 서사 구조는 전위적인 감각의 작품에 많이 사용된다. 다만 해체된 서사 구조라고 하더라도 각각의 파편을 관통하는 중심축과 접점이 있어야 하며 구조적 완결성을 지녀야 한다. 상관없는 이야기를 아무렇게나 연결하면 안 된다. 따라서 일반적 서사 구조를 비롯하여 서사 전반을 장악하고 구축할 수 있는 능력이 있어야 한다. 그렇지 않았을 경우 해체된 서사 구조는 무슨 말을 하는지 알 수 없는 단편적인 조각으로 남게 된다.

열쇠 없이도 나는 스물여덟 겹의 정조대를 풀고 관 밖으로 뛰쳐나갈 수 있었어요 속엣 과립을 싹싹 긁어낸 항아리만 한 오렌지가 머리 뚜껑을 반 가른 채 기다렸다가 날 채워주었거든요 엔진 꺼진 오렌지 안에서 나는 이리 뒹굴 저리 뒹굴 도서관으로 가자 했어요 아무것도 안 빌렸는데 내가 장기연체 명단에 올라 있다나요 참, 깜빡 잊고 바코드를 안 붙이고 왔네요 잠깐, 잠깐만요, 나는 송곳니로 오렌지 껍질을 갊아 둥글넓적한 동전 몇 개를 빚었어요 가까운 공중전화부스에 내렸지만 잘려나간 수화기 대신 눈도 못 뜬 새끼고양이가 새끼손가락만한 꼬리로 대롱대롱 매달려 있었어요 더, 더, 가까운 공중전화부스에 내

렸지만 이빨 빠진 투입구가 동전을 씹을 줄 몰라 대신 피를 쏟아넣어
야 했어요 나는 정오의 달 쨍쨍한 25시에는 늘 생리중이기 때문에 피
가 모자랐어요 엄마, 내 번호를 불러줘야지…… 돌아와보니 오렌지가
도로에 떨어져 있던 도서대출카드를 줍고 있었어요 온몸의 모공이 뚫
어지도록 쭈크러진 오렌지가 주홍빛 땀방울로 도서대출카드를 찢고
있었어요 증명사진 속 그녀는 내가 아닌데 나는 자꾸만 내 얼굴을 잃
어버리고 있었어요 어디 가니 어디 가니 나는 잃어버린 내 얼굴을 좇
아 한걸음에 도서관에 도착해버리고 말았어요 사서가 망치만 한 핸드
스캐너를 이고 나와 줄 선 사람들의 볼따구니를 차례차례 찍어대고
있었어요 나는 잃어버린 내 얼굴이 저만치 앞선 사람의 얼굴에 겹쳐
판독되는 걸 보았어요 그건 내가 아냐 외쳤지만 판독기에 찍힌 내 얼
굴은 내가 아니라서 연체료를 물고 있었어요 나는 잃어버린 내 얼굴
을 감추기 위해 항아리만 한 오렌지를 덮어쓰기로 했어요 사서가 새
로 찾은 우툴두툴한 내 얼굴을 꽉 잡고는 핸드 스캐너를 갖다댔어요
나는 014251000018001 남아공산 오렌지, 지금 막 도서관 현관을 통과
했어요

    -김민정, 「오렌지 나라의 얼굴을 잃어버린 오렌지들」 전문

「오렌지 나라의 얼굴을 잃어버린 오렌지들」은 서사가 낯설게
전개된다. 전체 이야기의 전개뿐만 아니라 개별 시어와 정황 역시
인과관계가 무시된다.

    이처럼 해체된 서사 구조는 합리적 서사 밖에 놓인 의외성을 통
해 전개된다. 이것에 대한 구체적인 창작 방법론은 〈묘사〉 편의 '영

상조립시점', 〈진술〉 편의 '연쇄적 진술의 비연쇄적 감각'과 '파편적 진술과 낯선 감각'을 참고하면 된다.

epilogue

지배적인 정황과 시적 순간

우리는 시를 쓸 때 묘사와 진술이라는 시적 언술에 대한 고민을 많이 한다. 그런데 묘사와 진술 같은 시적 언술이 시의 전부일까? 시적 언술 이전에 필요한 것은 없을까? 그리고 과연 시를 무엇이라고 말할 수 있을까? 언뜻 생각하기에 어렵지 않은 질문인 듯싶기도 하지만 정작 시가 무엇인지 한마디로 정의하기는 무척 어렵다. 시가 무엇인지에 대한 질문만큼 답변하기 어려운 것도 없을 것이다. 그런 만큼 시에 대한 정의는 결코 만만한 것이 아니다. 지금까지도 "시란 무엇인가에 관한 논의가 문학론의 대부분을 차지해 올 만큼, 시는 문학의 문제에 깊숙이 침투해 있으면서도 아직 애매한 개념"[20]이다.

시적 순간

시에 대한, 혹은 시를 정의하는 판단 근거는 시적 순간에 대한 것이어야 한다. 시적 순간이야말로 모든 시 이론 앞에 놓이는 것이며 시의 출발이기 때문이다. 시적 순간은 시적인 감각과 발상의 애초이면서 시적인 것들이 지향하는 본질이다. 결국 모든 시 쓰기에 대한 고민은 다른 곳에 있는 것이 아니라 시적 순간의 자리에 있는 것이라고 할 수 있다. 시가 만들어지는 구성 원리는 언어라는 기표를 통해 완성되지만, 시가 시작되는 근본적인 세계까지 언어를 통

---

20) 이상섭, 『문학비평용어사전』, 민음사, 1976, 157쪽.

해 이루어지는 것은 아니기 때문이다. 그렇다면 언어 이전에 이루어지는 시적인 것은 과연 무엇인가. 일반적으로 시인들은 언어로 형상화한 '시 작품' 이전에 시적인 것과 관련된 특별한 경험이나 감각, 사유 등과 마주하게 된다. 그리고 그들은 바로 그 순간으로부터 시가 시작되는 흥분과 열정의 뜨거움과 맞닥뜨리게 된다. 이와 같은, 시가 시작되는 순간이 바로 '시적 순간'이다.

시적 순간은 우리의 미의식을 자극하는 그 어떤 감각이며, 미의식을 감각하게 하는 시적 사유의 결과물이기도 하다. 시인이 파악하고 재현하고자 하는 것은 결과물로 제시되는 언어의 집합체나 단순한 언어 감각이 아니다. 그것은 언어로 이루어진 시적 결과물이지만 언제나 언어를 넘어서고자 한다. 따라서 시적 순간은 언어 이전의, 시인의 감각으로부터 비롯되기 마련이다. 시인은 미적 인식을 재현할 수 있는 언어를 사용하기를 언제나 희망한다. 이러한 희망에도 불구하고 언어가 미적 인식 위에 놓이는 것은 쉽지 않다. 시인은 언어를 자유롭게 사용하고, 언어에 대해 예민한 촉을 세우고자 한다. 그러나 그들이 품고 있는 언어에 대한 희망은 언어 자체에 대한 단순한 갈급 때문이 아니다.

시인은 시의 감각이 재현될 수 있는 시적인 순간을 꿈꾸고 그 세계에 도달하기를 간절히 소망한다. 시적 순간은 바로 그와 같은 감각이 시작되는 순간 탄생한다. 그리고 그것은 언제나 미적 인식을 전제로 한다. 이때 언어는 중요한 역할을 수행하기도 하지만 언어 자체가 본질적인 것은 아니다. 때때로 시적 순간에 앞서 언어라는 기표가 중요하게 제시되고 언급되기도 하지만, 언어가 시적 순간에 앞서 발현되는 것이라고 단언할 수는 없다. 시적 순간을 마련했을 때라야 비로소 시의 언어가 나올 수 있기 때문이다. 시인은 무의식적이거나 선험적으로 시적 순간을 파악하고 감각하는 자들이다. 따라서 그들은 언제나 언어 이전에 시적 순간을 탐구하기 위해 자신의 모든 감각을 집중한다. 그렇다면 이와 같이 탄생하는 시적 순간은 과연 무엇이고 그것은 어떤 경로와 감각을 통해 구체화되는가.

지배적인 정황

시적 순간을 마주하게 될 때, 우리는 우리의 정서와 감각을 지배하는 무엇인가와 만나게 된다. 그것과 마주하는 순간, 우리의 정서와 감각은 그야말로 예술적인 순간들로 가득 채워지게 된다. 그런 충만함의 순간들로부터 시는 비로소 실체를 드러내기 시작한다.

무가치하거나 무의미한 삶과 사물들이 우리의 정서와 감각을 지배하는 시적 순간과 만나게 될 때, 그것은 비로소 특별하게 재조직된 의미 구조로 전이되기에 이른다. 시는 바로 이와 같은, 조직화의 과정을 거친 이후에야 드디어 온전한 미적 가치를 부여받게 된다. 바로 이러한 미적 가치를 부여받은 후에 재조직된 시적 순간을 우리는 '지배적인 정황'이라고 부른다. 지배적인 정황을 마련한 이후에야 비로소 시의 언어는 탄생한다.

지배적인 정황은 하나의 정황이 미적 인식이나 예술적 인식으로 전환되어 우리의 미적, 예술적 감각을 지배할 수 있게 된 것을 의미한다. 따라서 지배적인 정황이 존재하느냐 아니냐는, 그것이 예술적인 경향과 감각을 지니고 있느냐 아니냐의 문제로 귀결된다고 볼 수 있다. 결국 지배적인 정황이 존재하지 않는 작품은 미적 인식으로 기능할 수 없으며, 시적 순간이 될 수도 없다.

시적 순간은 바로 이와 같은 지배적 정황과 깊은 연관을 맺는다. 지배적 정황을 통해 시는 비로소 시적인 순간과 만나게 되는 것이기 때문이다. 시적 순간은 지배적인 정서와 감각을 통해 표현되는 지배적인 정황이다. 미적 순간과 미의식의 첨예한 지점을 포착하고자 하는 것이 바로 지배적인 정황이다. 지배적인 정황은 우리의 미적, 예술적 의식과 관계를 맺고 그것을 끊임없이 지배하고자 한다.

자, 여기 하나의 사물이 있다. 그것은 생선일 수도 있고 통나무일 수도 있다. 여러분은 앞에 놓인 생선이나 통나무를 바라보고 무엇을 느끼게 되는가. 대상의 겉으로 드러난 장면만을 파악할 때, 그것은 좋은 시적 감각이 되지 못한다. 미적 순간은 생선이나 통나무의 표피적인 것만을 파악하고자 할 때는 발생하지 않는다. 우리에게 필요한 것은 대상이 지니고 있는 표면적 이미지의 단순한 집합이 아니다. 시를 쓰고자 하는 우리에게 필요한 것은 지배적인 정서와 정황을 느낄 수 있도록 특별하게 선택하고 재조직한 미적 순간이다. 지배적인 정황은 아무렇게나 바라볼 때 드러나지 않는다. 지배적인 정황은 여러 정황들 중에서 특별하게 선택된 정황이다. 그것은 쉽게 발견할 수 없는 것들까지 제시할 수 있어야 한다. 흡사 생선이나 통나무를 자른 후에 그 단면을 보여주는 것처럼 말이다. 어느 지점이 가장 지배적일 수 있는지를 파악한 이후에 그것의 숨겨진 모습까지 예리하게 관찰할 수 있어야 한다.

그렇다면 여기에서 우리는 지배적인 정황으로 좀 더 적합한 정황이 있냐는 질문을 하게 될 것이다. 결론부터 말하자면 지배적인 정황이 강하게 드러나는 정황은 분명히 존재한다. 이를테면 로드킬 당한 동물의 사체가 주는 감각과 학교 앞 분식점에서 떡볶이를 먹고 있는 초등학생의 모습은 같은 감각을 제시하지 않는다. 여러분이 생각한 것처럼 학교 앞 분식점에서 떡볶이를 먹는 장면보다는 로드킬 당한 동물의 사체가 훨씬 강한 지배적 정황으로 기능한다. 그리하여 로드킬 당한 동물의 사체는 우리의 미적 인식을 파고들며 시적 순간이 되기에 이른다.

바로 이와 같은 감각이 지배적인 정황이다. 이처럼 지배적인 정황이 더욱 도드라지게 내재된 장면은 분명히 존재한다. 그러나 지배적인 정황을 특정한 어떤 것으로 확정할 수는 없다. 지배적인 정황으로 더 적합한 것은 분명 존재하지만, 그것은 언제나 유동적인 것일 수밖에 없다. 또한 지배적인 정황은 매우 정교한 장치이기 때문에 단순히 비극적 장면을 그리는 것만으로 시적 감각의 첨예한 지점을 표현하기도 쉽지 않다.

아울러 똑같은 장면일지라도 어느 경우에는 지배적 정황으로 기능하는 반면 어느 경우에는 지배적 정황을 전혀 느낄 수 없는, 평범한 장면으로 전락하는 일 역시 흔하다. 시인은 언제나 시가 탄생할 수 있도록 지배적인 정황과 시적 순간을 조직해야 한다. 그리하여 아무것도 아닌 것들을 시적인 것으로 치환시켜야 한다.

밥을 먹는 장면을 상상해보기로 하자. 밥을 먹는 행위는 어떤 면에서 보면 무의미하고 무가치한 일상의 한 장면일 뿐이다. 이런 경우, 밥을 먹는 행위는 그 어떤 미적 인식도 느낄 수 없는 평범한 일상에 불과한 것이다. 단순히 밥을 먹는 행위만 남기 때문에 미적 인식으로서의 지배적인 감각을 부여하기 쉽지 않다. 그러나 폭식증이나 거식증에 걸린 사람의 모습을 집중적으로 부각시킨다면 이야기는 달라진다. 이럴 경우 먹는 행위는 단순히 음식을 섭취하는 것을 넘어 욕망이나 결핍과 같은, 시적 상징을 제시하는 지배적인 정황의 자리를 마련하게 된다.

미적 인식과 지배적인 정황

시가 될 수 있느냐 없느냐. 혹은 좋은 시가 될 수 있느냐 없느냐는 여러 조건을 충족해야 한다. 그러나 그중에서 중심이 되는 것은 지배적인 정황이다. 그것이야말로 모든 시적 행위의 가장 중요한 출발점이라고 할 수 있다. 그렇기 때문에 시란 무엇인가를 논할 때 가장 먼저, 그리고 가장 중요하게 언급해야 하는 것 역시 지배적인 정황이다. 시를 쓴다는 행위는 여러 의미와 가치를 내포한 것이지만, 분명한 것은 그것이 언제나 미적 순간에 대한 탐구이며 미의식의 발로라는 점이다. 그리고 이러한 미적 순간에 대한 탐구는 지배적인 정서와 지배적인 정황을 파악하고자 하는 처절한 사투의 과정이라는 것이다. 어쩌면 그것은 시를 쓸 때 가장 중요한 전제 조건이자 시 쓰기의 모든 것일지도 모른다. 아름다운 시적 수사가 지배적인 정황을 확보하지 못한다면 그것은 껍데기뿐인 언어로 전락한다.

더욱이 시가 현대의 영역으로 옮겨오게 된 이후에 지배적인 정황은 더욱 중요한 가치를 지니게 되었다. 시는 이제 더 이상 시인의 내면을 직접 드러내지 않는다. 그리고 시적 이미지는 더욱 정교하게 상징을 숨겨, 보다 복합적인 층위에서 시적인 것을 재현하려고 한다. 오늘날 시적 순간을 제시하기 위해서는 한층 더 정교하게 조직된 지배적인 정서와 감각이 필요하다. 시는 직설적이고 즉흥적인 감정이나 도식적인 이미지의 장이 아니다. 아울러 시적 순간은 단순히 언어의 문제로 국한되지 않는다. 시의 언어 이전에 지배적인 정황이 있다는 점을 잊으면 안 된다. 시적 순간이 지배적인 정황과 밀접한 연관을 맺고 있다는 점 역시 잊어서는 안 된다. 지배적인 정황을 통해 드러나는 시적 순간! 바로 그곳에 시와 시인의 자리는 마련된다.

작품 출전

【 시 】

강성은, 「12월」 『구두를 신고 잠이 들었다』 창비, 2009, 58~59쪽.

권민경, 「소문」 『베개는 얼마나 많은 꿈을 견뎌냈나요』 문학동네, 2018, 96~97쪽.

기형도, 「안개」 『기형도 전집』 문학과지성사, 1999, 33쪽.

_____, 「위험한 가계(家系)·1969」 『기형도 전집』 문학과지성사, 1999, 92~95쪽.

김기택, 「꼽추」 『태아의 잠』 문학과지성사, 1992(2판), 32~33쪽.

_____, 「호랑이」 『태아의 잠』 문학과지성사, 1992(2판), 12쪽.

김동명, 「내 마음은」 『김동명 시선』 지식을만드는지식, 2012, 8~9쪽.

김명인, 「동두천1」 『동두천』 문학과지성사, 1979, 33~34쪽.

김민정, 「오렌지 나라의 얼굴을 잃어버린 오렌지들」 『날으는 고슴도치 아가씨』 열림원, 2005, 38~39쪽.

김선우, 「거꾸로 가는 생」 『도화 아래 잠들다』 창비, 2003, 73~75쪽.

김 안, 「이암(泥巖)」 『미제레레』 문예중앙, 2014, 36~37쪽.

김 언, 「연인」 『소설을 쓰자』 민음사, 2009, 48~49쪽.

김이듬, 「푸른 수염의 마지막 여자」 『명랑하라 팜 파탈』 문학과지성사, 2007, 42~44쪽.

문태준, 「가재미」 『가재미』 문학과지성사, 2006, 40~41쪽.

박노해, 「노동의 새벽」 『노동의 새벽』 풀빛, 1984, 101~103쪽.

박형준, 「불탄 집」 『불탄 집』 천년의시작, 2013, 14~15쪽.

박후기, 「격렬비열도」 『격렬비열도』 실천문학, 2015, 13쪽.

서정학, 「평일의 동물원」 『모험의 왕과 코코넛의 귀족들』 문학과지성사, 1998, 12~13쪽.

서효인, 「인천」 『여수』 문학과지성사, 2017, 30~31쪽.

오 은, 「용의자」 『우리는 분위기를 사랑해』 문학동네, 2013, 106~107쪽.

유치환, 「깃발」 『청마시초』 열린책들, 2004, 18쪽.

유형진, 「피터래빗 저격사건-의뢰인」 『피터래빗 저격사건』 랜덤하우스코리아, 2005, 90~91쪽.

윤성학, 「매」 『당랑권 전성시대』 창비, 2006, 8쪽.

이대흠, 「큰 산」 『당신은 북천에서 온 사람』 창비, 2018, 18쪽.

이성복, 「그날」 『뒹구는 돌은 언제 잠 깨는가』 문학과지성사, 1980, 63쪽.

이수명, 「어항」 『붉은 담장의 커브』 민음사, 2001, 80쪽.

이승원, 「근미래의 서울」 『어둠과 설탕』 문학과지성사, 2006, 28~30쪽.

이승하, 「김천화장장 화부 아저씨」 『생애를 낭송하다』 천년의시작, 2019, 112~113쪽.

이영광, 「직선 위에서 떨다」 『직선 위에서 떨다』 창비, 2003, 8~9쪽.

─────, 「덫」『끝없는 사람』 문학과지성사, 2018, 16~17쪽.

이지아, 「도시는 나에게 필연적 사고 과정을 부여했다」『오트 쿠튀르』 문학과지성사, 2020, 94~97쪽.

─────, 「캔과 경험비판」『오트 쿠튀르』 문학과지성사, 2020, 48~52쪽.

이혜미, 「피어리 아라베스크」『보라의 바깥』 창비, 2011, 20~21쪽.

장석원, 「개구기」『역진화의 시작』 문학과지성사, 2012, 164~167쪽.

장정일, 「아파트 묘지」『햄버거에 대한 명상』 민음사, 1987, 143~144쪽.

정지용, 「유리창1」『정지용 시선』 지식을만드는지식, 2013, 64쪽.

정현종, 「섬」『나는 별아저씨』 문학과지성사, 1978, 65쪽.

조동범, 「개」『심야 배스킨라빈스 살인사건』 문학동네, 2006, 11쪽.

─────, 「검은 TV와 신문의 날들」『카니발』 문학동네, 2011, 14~15쪽.

─────, 「저수지」『카니발』 문학동네, 2011, 24~25쪽.

─────, 「태극당 모나카와 어느 오후의 줄줄줄」『존과 제인처럼 우리는』 천년의시작, 2021, 98~101쪽.

최금진, 「사랑에 대한 짤막한 질문」『새들의 역사』 창비, 2007, 78쪽.

최지인, 「돌고래 선언」『나는 벽에 붙어 잤다』 민음사, 2017, 13쪽.

함기석, 「아픈 방」『오렌지 기하학』 문학동네, 2012, 34~35쪽.

허수경, 「혼자 가는 먼 집」『혼자 가는 먼 집』 문학과지성사, 1992, 27쪽.

황유원, 「세상의 모든 최대화」『세상의 모든 최대화』 민음사, 2015, 124~128쪽.

【 소설 】

이광수, 『무정』 문학과지성사, 2005, 461~462쪽.

【 사진 】

이명호, 「Tree#2」 Ink on paper, 52×76cm, 2012.

한성필, 「마그리트의 빛」 chromogenic print, 122×152cm, 2009.

낸 골딘, 「간이침대 위의 트릭시」 뉴욕, 미국, 1979.

【 영화 】

왕가위, 〈중경삼림〉, 1995.

참고문헌

김준오, 『시론』 삼지원, 2002(4판).
오규원, 『현대시작법』 문학과지성사, 1993(2판).
이상섭, 『문학비평용어사전』 민음사, 1976.
진중권, 『현대미학강의』 아트북스, 2013(2판).
가스통 바슐라르, 정영란 옮김, 『공기와 꿈』 민음사, 1993.
앙리 르페브르, 박정자 옮김, 『현대세계의 일상성』 기파랑, 2005.
옥타비오 파스, 김홍근·김은중 옮김, 『활과 리라』 솔, 1998.

찾아보기